偏愛俏郡守 下

風 文創 595

卿心 著

目錄

第二十九章　聖命難違

隔天，皇帝傳旨要舉辦一場蹴鞠賽，皇子與各大臣之子皆可參加，這是皇帝在送瑞王離京前為其準備的一場送別禮。既然是比賽，獲勝便有賞賜，就是瑞王從青郡帶來的一支由名匠打造的碧玉釵。

這支碧玉釵通體碧色，匠人為造此釵，花了數載不說，甚至斷過一隻手指；加上此匠人在雲鄴享有盛名，因此這支碧玉釵十足珍貴。

碧玉釵被保管在雍貴妃的年錦宮，寧禾被李茱兒拉著去瞧那支髮釵。

此時年錦宮內已擠滿各皇子妃與好奇的宮女，有人為寧禾讓出一條道，寧禾便上前朝雍貴妃與蘭妃行禮。行完禮後一抬眸，她就見到顧姮的皇子妃張綺玉候在雍貴妃身旁，小心地護住腹部。

張綺玉也朝寧禾投來一眼，她的目光不似往日那樣無關緊要，對寧禾有了一絲防備。

寧禾移開視線。她心裡清楚，張綺玉是顧姮的皇子妃，眼下整個皇室就她兩人懷有子嗣，若誰先誕下男皇孫，自當最得皇帝歡心。

蘭妃朝寧禾道：「阿禾，妳也瞧瞧這支釵子，當真是技藝高超。」

寧禾上前望了望，一時之間被吸引住了目光。那支碧玉釵玉質滑潤，釵身上雕的鳳凰非常細緻，做工細膩，確實無可比擬。

「怎麼樣？很美對吧！」李茱兒興奮地對著寧禾說。

「確實。」寧禾點了點頭，腦中想到的卻是顧琅予髮冠上的青玉簪。她不是沒為他戴過青玉釵，可一般釵子的品質，完全比不上這碧玉釵，若她能戴上這支釵子，定與他那青玉簪是絕配。

回到常熙宮，顧琅予碰巧也從皇帝那邊歸來。時值酉時日落，素香便命人端來膳食。

顧琅予替寧禾挾了菜，說道：「妳要多吃一些。」

「若我吃胖了，會變醜的。」寧禾將顧琅予挾的魚放入他的碗中。眼下她雖然已有四個多月的身孕，但除了小腹有些隆起，身體倒是沒胖太多。

說著，寧禾勾起笑道：「今日我去了雍貴妃娘娘的年錦宮。」

「是去看那釵子？」

寧禾點了點頭說：「那支碧玉釵，實在是稀世之物。」

「若妳喜歡，我幫妳拿下來。」

寧禾忍不住調侃他。「朝中世家子弟們皆會參賽，你現在一口承諾，到時若拿不到怎麼辦？」

顧琅予並不將寧禾這話放在心上，他成竹在胸地說：「吃飯吧，妳且等著。」

寧禾雖然的確喜歡那支碧玉釵，但她只當顧琅予是隨口一提罷了，不過既然他有心，那她自然也該「回報」一下。她決定等蹴鞠賽結束之後，找個好時機告訴顧琅予昨晚她沒能說出口的話。

蹴鞠賽這一日，皇帝坐在上座，其餘地方也已坐滿官員與女眷。

各皇子與世家公子皆穿著賽服，髮冠高立，裝束颯爽，攢動的人群中，寧禾朝顧琅予遙遙望去，他亦朝她這邊投來目光，輕抿雙唇綻出一個淺笑。

寧禾回以笑容後，發現李茱兒正左顧右盼，模樣有些慌張，她忍不住打趣道：「我哥哥在左前方，第一排。」

李茱兒不禁紅了俏臉，訕訕一笑。

賽事開始的鑼鼓敲響，出戰的人皆撇開君臣之禮，互不相讓。李茱兒緊張地望著賽場上的寧一，低喃。「二郎也有這般英勇的一面，不知他累不累……」

寧禾糗她道：「別擔心他，妳好生觀看。」話雖如此，她的目光卻一直追逐著顧琅予穩健的身影。

幾輪下來，眾人一一落敗，只剩顧琅予與顧衍兩人對峙。席上竊竊低語聲交錯流竄，寧禾雖然聽得不真切，但她怎會不知，顧琅予與顧衍那夜打架的事早已傳遍朝廷上下，即便只是一場蹴鞠賽，此番兩人再戰，旁人自然要抓住機會八卦一番。

只見顧琅予身手矯健，幾次避過顧衍的防守，將蹴球穩穩投進球門。顧衍緊了緊腰帶，溫和的眸光變得冷冽，不甘示弱地與顧琅予對視。

此時顧琅予起身投躍，卻被橫衝過來的顧衍絆倒，他健壯的身體重重地跌在地面上，四周黃沙揚起，他一時之間竟沒有起身。

鑼聲響起，宣判者喊道：「三皇子殿下與六皇子殿下二比一，最後一輪！」

寧禾緊張地望著倒地不起的顧琅予。不知道他傷得怎麼樣？她不由得暗暗自責，都是她想要那支玉釵才會這樣……在寧禾擔憂得想過去看看時，顧琅予恰巧爬起身來。

他拍了拍身上的塵土，直直望向顧衍，開始最後一輪比試。這次他用足了精神，眸光緊緊追隨顧衍的舉動與方向。

當蹴球刷地進入球門時，鑼聲驟響，宣判者大聲說道：「三比一，三皇子殿下獲勝！」

寧禾站起身，在一片掌聲中朝顧琅予快步走去，只見他隔著一片漫天飛舞的塵埃朝她綻出笑，他獲勝的身影格外瀟灑，恍若烈日般灼眼炫目。

穿過短牆護欄，寧禾奔至顧琅予身旁，問道：「你可受傷了？」

搖了搖頭，顧琅予回道：「無事。」

皇帝此時朗聲道：「朕的兒子個個驍勇，今日公平競爭、相互較勁，朕心中甚為歡喜。」

顧琅予上前朝皇帝拱手行禮道：「父皇，兒臣可否拿到那獎勵？」

「難不成你這番施展拳腳，只為了那區區獎勵不成？」皇帝揮手朝內監道：「把那支釵子送至常熙宮。」

「父皇，現在給兒臣便可。」

寧禾見顧琅予沒事且已得到賞賜，就準備回到坐席，豈知手腕忽然被握住，她回過身，就見顧琅予朝她笑了笑。

內監呈上碧玉釵，顧琅予接過手，當場將它插入寧禾髮間。

寧禾怔怔地望著顧琅予，那雙深邃的黑眸中滿滿都是她的容顏，他與她十指交握，緩緩勾起了唇角，雖未言語，卻是無聲勝有聲。

四周又傳來低低的交談聲，千百雙灼灼眼眸，都投射在寧禾與顧琅予身上。

顧琅予牽著寧禾回到坐席上後才離開，李茱兒不禁揚起笑對寧禾道：「三皇子殿下待妳真好！」

寧禾抿起唇輕笑，心裡彷彿剛吃了口蜜一般甜蜜。

李茱兒起了打趣寧禾的心思，笑道：「方才我聽身後女眷們一陣驚呼，顯然是羨慕妳能得到三皇子殿下這般疼愛，我還偷偷打量了一下，那幾個皇子妃看得可是嫉妒豔羨呢！」

寧禾無奈道：「妳這般說，可是也羨慕我？」

李茱兒連忙點頭。

「那不如妳嫁給我哥哥做我嫂子，如此就不用羨慕我，能讓旁人也用那種眼光對著妳了。」

李茱兒消遣寧禾不成，只能吶吶地看著她，不再多說。

由於瑞王後日將攜兒女回京，因此蹴鞠賽結束後的晚宴，算是皇帝為自己表兄一家餞行，只有皇親參加。

寧禾與顧琅予入殿就座，她再次注意到坐在對面的靳虞凝視顧琅予的目光。這個美貌郡主專心望著顧琅予，就連寧禾回望她，她都不曾察覺。

敏銳如顧琅予，不是不知道靳虞只要一有機會就朝自己投來視線，但他卻目不斜視，只顧著小心攙扶著寧禾入座。

「殿下的魅力果真不淺。」寧禾故意開口道，還扶了扶髮間那支碧玉釵。

顧琅予勾起唇角說：「妳在想什麼？」

「顧姮曾說靳虞郡主傾慕你已久，你當初若娶了她，也是郎才女貌的一對。」

顧琅予笑意更甚。「妳在吃醋？」

寧禾瞪了他一眼。「醋是什麼，好吃嗎？」

聽到她說的話，顧琅予越加得意。「醋妃，好生坐著。」

「說實話，若沒有娶我，你是不是就會娶靳虞？」寧禾不知道自己為什麼會這麼問，也許是看到靳虞少女懷春的癡情，也或者是……她比自己想像中更在意眼前這個男人吧！

顧琅予認真地望著寧禾，有些無奈卻堅決地說：「當初娶妳時，我便認定自己宮中不過是多擺了個花瓶，若我沒娶妳而娶別人，恐怕仍不知真心為何物。」

前半段話並不好聽，但由顧琅予說來，卻十足真誠，他的這份真心，寧禾既是歡喜，又有些猶疑。

前一世那惡夢般的記憶仍不時會在她腦海中浮現。顧琅予若成為儲君，當真只會專情她一人，而不納妃？

心中那股甜蜜瞬間化作迷茫，寧禾微微嘆了口氣，輕輕撫上腹部。她沈默了片刻才說：

「琅予，你能接受我腹中的孩兒嗎？」

世間沒幾個人是聖人，寧禾也並非聖母，這話一問出口，她既期待他的答案，也早已料想他或許會令她失望。

顧琅予停頓了許久才說：「父皇來了。」

果然……他不僅僅是個男人，還是身分尊貴之人，他的血脈只能是嫡親正統，而非她腹中那「旁人的骨血」。

寧禾移開目光，淡然道：「回宮後我想告訴你一件事。」

他對她總歸有了愛意，就算她不滿意這個答案，但是既然她願意生下這個孩子，還是應該照計畫告訴他實情。

席間，皇帝一直在與瑞王暢談，顧衍與顧姮也笑著搭話，倒是顧琅予的話有些少，他坐在寧禾身旁，一直替她挾菜。

寧禾無意間抬眸朝那群男人望去，恰巧撞見顧姮的目光，他細長的雙眸睨著她，見她看向自己，便咧出了個笑來。他這個舉動，讓寧禾忽然間覺得有些冷意。

只見顧姮轉頭朝皇帝道：「父皇，我們兄弟已陸續娶妻，可世子與郡主如今年歲已到，卻都還未成婚呢！」

皇帝點了點頭，沈吟道：「靳恒可有婚配？」

「陛下，靳恒心性尚不夠沈穩，臣還沒替他物色對象。」瑞王回道。

「男人年紀到了，總該娶妻生子，才會日漸穩重。」

瑞王頷首稱是，皇帝又道：「朕答應你，靳恒看上哪家小姐，朕便替他指婚；還有靳虞，這小丫頭生得端正，也該許配一個好人家。」

聽到這裡，寧禾心中那份冷意更甚，沒來由的，她朝顧姮看去。

顧姮細長的眸子閃過一抹深意，朝皇帝道：「父皇忘了，郡主小時候入京時，還在三皇兄身邊纏了一段時日，直嚷著要當他的皇子妃呢！」

瑞王立即回道：「那是小女不懂事，眼下三皇子殿下與皇子妃琴瑟和鳴，皇子妃還有了身孕，再好不過。」

顧姮笑道：「我原想郡主可以做三皇兄的側妃，畢竟我們是一家人，這樣是親上加親；可繼而一想，瑞王乃是父皇器重的王爺，肯定不想將愛女送入皇宮當個區區的側妃。」

瑞王惶恐道：「能伺候皇子是靳虞的福氣，臣自當不會有怨言。」話落，瑞王猛然住口，這才知自己竟著了顧姮的道。

此時顧姮笑道：「父皇，您不如成全郡主的一番心意？」

靳虞期待又緊張地望著皇帝，寧禾一顆心則是猛跳，案桌下，顧琅予默默緊握住她的手。

皇帝有些為難地說：「靳虞傾慕琅予已是年少的事了，再怎麼說她都是個郡主，若嫁給皇子當側妃，怕是委屈了。」

顧姮繼續遊說道：「父皇，郡主傾慕三皇兄之事先不提，單說三皇兄多次遠赴各郡縣替父皇奔波政務，難道不該為他納個側妃以示慰勞？」

他的語氣彷彿真心顧琅予著急。「三皇嫂已有身孕，皇兄又不喜那兩名侍妾，總該有個能伺候他的人。」

皇帝掃了面容沈靜的顧琅予一眼，已有些動搖，沈思一會兒，他隨即對瑞王笑道：「若讓靳虞做皇子的側妃，表兄可會怪朕？」

「臣不敢。」瑞王立刻俯身跪地。

「這是做什麼？快起來！」皇帝扶起瑞王，唇角揚笑道：「既然如此，就讓靳虞做琅予的側妃吧，你覺得如何？」

瑞王哪裡不知自己女兒的心思，皇帝開口便是聖旨，他已無反抗的餘地，只得接受。

顧琅予鬆開寧禾的手，起身道：「父皇，靳虞郡主正值大好年華，若嫁給兒臣為側妃，實在是委屈了。」

「如今你的皇子妃有孕在身，身邊應當有個側妃侍奉你。」皇帝覺得自己是在為顧琅予考慮，只道：「靳虞是個郡主，你也是朕看重的兒子，你們在一起，不會委屈了她。」

一句「朕看重的兒子」堵住了顧琅予的嘴，他望著皇帝眸中的慈愛，緩緩垂下眸光，沒再多言。

寧禾的心瞬間涼到極致，雙眼也失去了光采。

「阿禾，妳可要養好朕的小皇孫，不要太替琅予操勞。」

皇帝對寧禾說起叮囑的話，可她的腦袋卻一片空白，應了一聲之後，接下來她再也沒開口。

寧禾覺得全身冰冷，不知道自己是怎麼回到常熙宮的，她只記得在她從席間起身時，靳虞那含羞歡喜的眼神，深深烙印在她腦海中。

享居寢房內四角放置著夜明珠，將原本的漆黑照得恍若白晝。寧禾恍然回過神，她望著明亮的夜明珠，隨手將離自己最近的一顆取下，然後鬆手，任由那夜明珠落地碎裂。

顧琅予見狀將寧禾摟入懷中，安撫她道：「大不了我不寵幸她。」

寧禾推開顧琅予，站定後直直望向他說：「我總算知道，權力的確是萬能的東西，它輕易就能讓人服從，也能隨意定人生死。」

「今日的情況妳看見了，我也拒絕過，妳還要如何？」顧琅予臉上有些怒色，可望著寧禾冰冷的面容，卻不好發作，只能無奈地看著她。

寧禾惱怒不已，但更多的感覺卻是痛心。她愛過，深知自己已經將面前這個男人放在心上，所以眼下才會這般難受。

「我寧禾說過，若要我甘願留在你身旁，你只可有我一個妻子。」

「她是側妃，不是正妻。」

「我也對你說過，既然要娶我，便再不能娶別的女人。」

顧琅予惱怒地望著寧禾眸中的凜冽道：「事已至此，我如何推託？」

寧禾移開眸光，走至妝檯前落坐，她抽出髮間那支碧玉釵，丟至妝奩中，任由一頭青絲如墨洩下，覆住她單薄的雙肩，卸妝完畢後，她解下衣衫道：「請殿下回常居。」

顧琅予這時神色一沈，低聲道：「妳究竟鬧夠了沒有？」

寧禾自顧自地寬衣上榻，並未回應他。顧琅予等候了片刻，見她鐵了心不開口，終究甩袖出了寢房。

寢房門口處的珠簾被他猛力一揮，搖晃不止，在珠子碰撞的聲音中，寧禾躺在床榻上，雙手擱於腹部，出神地望著床頂。

她今日原本想告訴顧琅予她腹中懷的正是他的親骨肉，可為何半路會殺出這樣一件事？原來，她始終將愛情想得太美好，也想得太簡單，她以為兩個人只要相愛，便能突破萬難，但她忘了顧琅予跟顧衍一樣，會有身不由己的時刻。她能體諒這種任人拿捏的痛苦，可作為重生一次的人，她卻覺得這是因為愛得不夠堅決。

這一夜，是他們同榻好長一段時間以來，第一次分開。

枕邊空盪盪，衾枕孤寒。

第三十章　新納側妃

瑞王攜世子靳恒回青郡，靳虞則照皇帝的命令留下來，只是她在京城中無落腳處，便暫居惠林宮，由蘭妃照顧。不過一個未出嫁的郡主不便久居後宮，於是皇帝將婚事定在七月初一，好盡快了事。那天不是最宜婚嫁的日子，但畢竟只是娶側室，只要不沖煞新人即可。

寧禾坐在享居書房中看書打發時間，李茱兒則坐在一旁。她與顧琅予冷戰的第二天，他便被皇帝派去乾州處理公務，同行者包括顧衍。

昨日李茱兒來常熙宮看她時，說起明明是盛夏，皇帝竟有些怕冷，在蘭妃處留宿時，衾被也蓋得很厚。寧禾心中明白，皇帝的身體已逐漸衰弱，所以這次才會讓顧衍跟著顧琅予一同前去，只怕是要藉機磨鍊一下這個小兒子吧！

李茱兒見寧禾面容平靜，便試探地問道：「阿禾，妳是否介意三皇子殿下納側妃一事？」

寧禾淡淡地噙著笑說：「自古男人三妻四妾最是平常，我能如何？」

李茱兒安慰她道：「妳不必多想，殿下本就寵愛妳，且靳虞郡主為人客氣，待我就如妳待我一般友善，姊姊也很喜歡她。」

寧禾朝李茱兒嘖嘖道：「原來我待妳就只有『友善』可言，我還以為妳將我當作閨中密友呢！」

知曉寧禾是在開玩笑，李茱兒只得無奈一笑，她留下來陪寧禾用完晚膳後，才回去惠林宮。

日頭西沈，寧禾在庭院漫步消化積食，沒多久就見到琴姑命宮女端著一鍋湯跟餐具走來。

琴姑撞見寧禾，面色一喜，連忙上前道：「皇子妃，原來您在這裡！」

「琴姑。」寧禾待琴姑很客氣，有禮地喚了一聲。

「老奴給皇子妃燉了些人參雞湯，這東西很是滋補！」

自從知曉張綺玉有身孕之後，琴姑便有些焦躁，之後就在寧禾的飯菜中加入許多補藥，但她實在難以下嚥，便讓廚房換掉了。這才多久，琴姑就耐不住，親自燉了湯送來。

「本宮已用過膳，此刻出來消化腹中積食，實在吃不下了。」

琴姑的臉色不再似往日冷淡，她朝寧禾擠出個笑容，小心翼翼道：「皇子妃不喝，可您腹中的孩子得喝啊！」

寧禾拗不過琴姑的熱烈請求，只得當場喝了一大碗下肚。

琴姑心滿意足地點了點頭，接過空碗說：「皇子妃，先前是老奴不懂規矩，還請您不要怪罪老奴。老奴一介粗人，只知忠心事主，若哪裡做得不妥，您直說便是。」

望著琴姑眼中那份慈愛，寧禾心知她的轉變是源自於顧琅予。那次蹴鞠賽，他贏過多少人才得到那支碧玉釵，還當著滿朝權貴皇親的面，將那支釵子插入她髮間。如今那是京中一段佳話，外人都道三皇子殿下雖然性子冷漠，卻十分憐愛皇子妃。

寧禾收回思緒，對琴姑道：「琴姑是殿下的乳母，本宮也應感激妳對殿下的悉心照拂，既然本宮喚妳一聲『琴姑』，琴姑也不必再自稱『老奴』了。」

琴姑望著寧禾，咧嘴一笑，重重道了一聲「多謝皇子妃」。

接下來，琴姑陪寧禾散步，還囑咐她要多休息、勿憂思，末了，琴姑輕嘆一聲，說道：「老奴知曉殿下因婉貴妃娘娘鬱鬱離世而不能釋懷，不想寵幸侍妾，也不想多娶妻妾。皇子妃，靳虞郡主就算入門，您始終都是正妻，又懷有嫡嗣，不需要介懷。」

寧禾沒多說什麼，一逕沈默。在古人眼中，男人三妻四妾再平常不過，女人最好的歸宿便是生下嫡嗣，坐穩正妻之位。

可她寧禾，並不想做這樣的女人！

梳洗過後，寧禾有了些倦意，命阿喜熄燈後，她便上床歇息。睡了一覺醒來，只見眼前漆黑一片，原來仍是深夜，寧禾有些口渴，掀開衾被下床，想倒杯水喝。

黑暗中，忽然有人靠了過來，一雙有力的臂膀緊緊地攬住了她，一顆心沒來由地猛跳，竄入鼻端的，是顧琅予身上那熟悉的木質淡香。

厚重的男子氣息包裹著寧禾，原本摟著她的大手撫上了她的臉頰，溫熱的吻覆蓋住她的雙唇，讓她喘不過氣——顧琅予回來了。

溫熱的大掌覆住寧禾胸前的柔軟，她不由自主地輕哼了一聲，他竟大膽地加重了力道，身下的熾熱緊緊抵著她的大腿，他步步後退，一路吻著她往床榻去。

寧禾的心跳得很快，此刻也早已被顧琅予撩撥得渾身躁熱，可當他的大掌往她身下移過去時，她立刻按住了他的手。

「回來了。」她輕輕吐出這三個字。

「嗯。」他應了一聲，繼而舔吻她的耳垂。

寧禾離開顧琅予的懷抱，低聲說：「夜深了，早些睡。」

顧琅予卻走上前再度擁住她，在她耳側呵氣道：「阿禾，我想妳。」話落，細密的吻又朝寧禾襲來。這一次他強硬地將她打橫抱到床榻上，沈重的身軀壓了上去……

這吻急促，像凌厲的刀光閃過；這吻也柔，如蓮葉沾雨，轉瞬滑落。

寧禾終究忍住心頭那被撩撥的躁動，她轉開頭，伸手覆上他的唇，輕輕道：「我不方便，也不想。」

顧琅予的動作僵住，他躺到她身側，喉間逸出一聲淺嘆，安靜許久後，他問了一句。

「妳這些天可好？」

「好。」

「可有念我？」

「無。」

「當真不念？」

「是。」

「就不能多說一個字？」

「殿下風塵僕僕歸來，應命人燒水沐浴才是。」

寧禾正要起身，顧琅予卻按住她，說道：「我已沐浴過了。」

過了一會兒，顧琅予低沈的聲音再次傳來。「阿禾，我真的不想走父皇與母妃當初的路。」

他的語氣頗為無奈。「還記得妳當初不小心闖到一個沒人居住的地方嗎？那是上景閣，一個常熙宮中廢棄已久的住所，母妃當年便是在那裡離我而去。她性格倔強，不懂迂迴與奉承，不似顧衍的母妃心機深，也不像她那般會花言巧語，被人陷害之後，她只能苦苦等候，期盼有重獲清白的一天。」

說起那裡，寧禾的確有印象。當時她差點摔下那邊的臺階，多虧顧琅予抱住她，雖然她早已知道他母妃的遭遇，卻是第一次聽他在她面前提起生母，她不禁有些為他心疼。

「在那之後，我便對女子毫無興趣，若我娶妻，也只為傳宗接代；既然妳我已為夫妻，我便如妳所願只娶妳一人，但如今這番境況，妳讓我如何拒絕父皇的旨意？」

衾被中，顧琅予不禁握緊了寧禾的手。他雖是皇子，且野心勃勃，可羽翼尚未豐滿，他沒把握能抵擋皇權。

寧禾同樣無奈。她並不願意為難他，聽他吐露真心，她能選擇體諒他，卻不再憧憬與他之間的未來。

「靳虞入常熙宮後，我不動她，待我登上帝位，就還她自由身。」

寧禾終究只得苦笑妥協道：「她一心愛慕你，又生得美貌，娶到了手，你豈有不動心之理？」

顧琅予鬆了口氣，知道寧禾已同意，他擁緊了她，說道：「論美貌，世間哪有勝過妳之人？」

「你是看中了這副皮相？」寧禾心中發酸。前一世的她容貌雖不及這一世，但也是清秀麗人，若這一世的她沒這張臉皮，難道他就不動心了？

「傻阿禾。」他拍了拍她的臉頰，低聲說：「睡吧，我累了。」

剛閉上眼，顧琅予就想到一件事，他問道：「前些日子妳似乎有話同我說？」

寧禾知曉顧琅予所問之事，她想要說腹中胎兒是他親生骨肉，卻碰巧都被打斷。

「沒有。」她已經沒有這份心思了。

話音剛落，枕畔的人已傳來沈重而均勻的呼吸聲。他已入睡。

想來是長途趕路回京所致……寧禾暗嘆口氣，閉上了眼睛。

隔日早晨，寧禾睜開眼時，顧琅予已經離開去上朝。寧禾命人做了早膳，沒想到送膳食過來的人竟然是琴姑，她知道顧琅予已回宮，因此今日的飯菜格外豐盛。

琴姑對寧禾囑咐道：「皇子妃，這雞湯您多喝一些，昨日喝得太少了。」

寧禾頗為無奈地說道：「眼下是清晨，我哪喝得下這些油膩的？」

沒奈何琴姑不斷勸進，寧禾不得不先喝了一碗雞湯，好回報琴姑一片心意。

顧琅予回來時，看見一桌頗為豐盛的菜餚，也對琴姑道：「早膳不必弄得這般隆重，阿禾喜飲清淡的食物。」

自從顧琅予改變對寧禾的態度之後，常熙宮的下人對待寧禾越發敬重，連琴姑都轉性了。

琴姑望著相當匹配的兩人，唇角噙著笑出了門，她只盼這胎能是個男孩，這樣她家殿下便能得到皇上重視。

用過早膳後，顧琅予要去常居的書房處理一些事，找了寧禾一道過去。往日顧琅予在書房忙碌時，寧禾從不會去打擾他，現在看他埋首在案牘間，她便坐在一旁，隨手拿本書起來看。如今她在識字方面已經沒有太大的問題，字也寫得比以前好得多。

半個時辰後，顧琅予擱下筆，說道：「乾州一行，我才發覺顧衍也是有野心之人。」

寧禾有些摸不著頭緒，不明白他為何會提及顧衍？

顧琅予站起身，負手立於窗前，遠眺著重重宮闕，說道：「他更加與我敵對了。」

「你與其他兄弟的關係幾乎都是這樣啊！」寧禾淡笑了一聲說。

「我只是在想，這場仗或許要搬到檯面上打了。」

寧禾微微有些驚訝。過去的局勢都是暗潮洶湧，如今卻是要開始明爭暗鬥了？

「你在父皇身邊的眼線是何人？」寧禾想起那個小內監，忍不住問道。

沈默許久之後，顧琅予回身望著寧禾說：「辛銓。」

這下寧禾真的吃了一驚，辛銓是大內監、皇帝的親信，她之前接觸過辛銓數次，完全看不出異常，想不到他竟是顧琅予的眼線！這麼說，那個小內監就是他的徒弟了。

「阿禾，若我輸了，妳當如何？」

寧禾答得堅定。「你會贏的。」

話雖如此，寧禾心中卻是有些陰鬱。說到底，她不是生在皇家，不了解奪嫡有多艱難與險惡，只是連顧琅予這般善於運籌帷幄的人，都顯露出不確定的態度，那麼這一仗，無論如何她都得幫他才行。

正當他們心思重重之際，何文在門外說有事稟報，進門後，他望了望兩人，緩緩道：「成如宮那邊傳來了喜訊，六皇子妃已有兩個多月的身孕了。」

寧禾一喜，急問：「當真？我去看看！」她剛站起身，忽而愣住，漸漸斂下臉上的歡喜，對顧琅予說：「這麼一來，父皇自當最喜歡長姊的孩子。」

顧琅予沒說什麼，但最後寧禾還是去道賀，還命阿喜帶上許多禮物。她與寧知畢竟是姊妹，這種事豈能裝作不知？

坦白說，寧禾是真心替寧知歡喜，她知道寧知一直愛慕著顧衍，如今他們有了子嗣，顧衍肯定能收回心好好對待寧知了。

晚風熱氣湧動，寧禾坐在庭院中，在案臺上擺放了一顆夜明珠照明，不時有飛蟲撲向那光芒。

寧禾命阿喜鑿冰讓她拌著西瓜吃，她吃了一碗後還想要，此時顧琅予碰巧從書房走出來，他拿走阿喜要遞給寧禾的一碗西瓜碎塊，從桌上的器皿中舀起一些碎冰，拌著吃下。

眼看自己的西瓜沒了，寧禾無奈地瞪著面前這個人。

「貪吃這東西，對身體可沒好處。」顧琅予說道。

「六月的天，躁熱得很。」寧禾慵懶地倚在貴妃椅上，一頭黑髮只用碧玉釵固定。她身穿一襲縷金挑線煙羅衫，這衣料很薄，若隱若現，就是在常熙宮，她也只敢在夜間穿。

顧琅予來找寧禾後，阿喜就很識相地離開了庭院，此刻他毫無顧忌地從背後環住寧禾的雙肩，聞著她身上的芬香，雙唇吻上她後頸，一點一點往她唇畔進攻。他的吻總是又深又溫柔，每每待她呼吸急促，才將她放開。

寧禾喘息著，嗔怒地瞪了顧琅予一眼，見他的視線落在她胸前，她低頭緊了緊衣襟，再次斜睨著他。

「竟不知殿下這般貪圖女色。」

顧琅予唇角含笑，他湊到寧禾耳側，輕輕吹氣道：「有美妻，貪不夠。」

寧禾無奈地站起身，望著另一個方向道：「碧水閣已布置妥當。」

顧琅予眸中的柔情漸漸斂去，他低聲道：「難為妳了，阿禾。」

「回去吧！」

寧禾轉身走去宮廊下，她一手輕撫著隆起的腹部，終究還是沒告訴他腹中孩兒的事。

七月初一，是顧琅予迎娶靳虞的日子。寧禾坐在享居內，聽著外面的喧鬧，心頭似是擱了把冰刀，涼而痛。

她知道顧琅予今日會穿著大紅的喜服、會與靳虞拜天地、會接受各方恭賀，也會留宿在碧水閣內，儘管他承諾過不動靳虞，可此刻，她的心還是有些痛得發緊。

坐在菱花鏡前，只見鏡中的女子貌比百花嬌豔，眸卻如墨色般深沈。寧禾被簇擁著盛裝打扮，過一會兒，她就要去喝側室對正室所敬之酒。

寧禾自認不是委曲求全的人，今日能做到這個地步，無非是明白她心底在乎這個男人，而且想成全他的夢想，但是她的退讓只有一次，再無第二回。

她心想，待顧琅予登上儲君之位或是帝位，她便不需要再這樣勉強自己了吧？

此時素香進來說道：「皇子妃，可以去永寧宮了。」

寧禾將那支碧玉釵送入髻間，盛裝而行，當她到達時，只見顧琅予立於大殿中央，一身紅衣正如她與他成婚時那樣，鮮豔而醒目。

顧琅予的雙眸牢牢望著朝他走過來的人。

寧禾髮間珠玉輕晃，她腳步輕盈，珥璫搖擺，水袖生風，耳鬢間墨色的髮絲被風吹動。

有一瞬間，顧琅予產生了錯覺，他覺得寧禾好像踏著雲從另一個世界前來，那一身殊於世俗的氣場與身旁的人格格不入，恍若生錯了時代。他以為她今日會惱、會痛，卻不想她玉一般的面容依然平靜，鎮定如常。

當寧禾步上石階那一刻，顧琅予未顧及身旁穿著嫁衣的靳虞，反而邁步往前攙扶住寧禾。

她抬眸朝他一笑，這笑溫婉恬靜，卻含著疏離。

靳虞上前對寧禾俯身行禮道：「妾身拜見皇子妃。」司儀高喊敬酒，靳虞端來酒盞，垂首遞給寧禾。當寧禾伸手之際，顧琅予搶先握住酒盞道：「皇子妃有孕在身，這酒本殿喝了。」說罷，他一飲而盡。

接著在司儀的喊聲中，寧禾完成接下來的儀式，而後安靜地退出了永寧宮。對顧琅予而言，今日不過是走個過場，可他仍舊在人群的恭賀中抽不開身，直到暮色降臨，戌時初刻，他才被簇擁著扶到位在常熙宮一隅的碧水閣。

寧禾聽著宮女來稟，淡淡地說：「退下吧！」她卸妝寬衣，早早上了床榻。

第三十一章 節外生枝

碧水閣內，那一身嫁衣、頭覆蓋頭的女子嬌羞又緊張地坐在床沿，等著她的新郎來揭蓋頭。

顧琅予進入屋內，一時之間未適應裡面的光線，微瞇起了眼。寧禾喜愛用夜明珠照明，整個房間經常如白晝一般，此刻置身在一片橙黃的燈火中，他只覺得太過昏暗。

宮女呈上玉如意，顧琅予接過東西時，卻出了神。那天，寧禾也是一身紅衣坐著等他，他卻滿心憋屈，只覺得自己被迫娶個失去貞節的女人。如今，他很後悔當時沒好好待她。

握住手上的玉如意，顧琅予挑起靳虞的蓋頭，紅蓋下，靳虞美麗動人，她一雙鳳目含著柔情，嬌羞地望著他。

顧琅予將玉如意放在一旁，面色淡然道：「郡主，本殿恐會辜負妳一片心意，妳可以將這裡當作暫時的安身之所，日後妳便可重獲自由，另尋良配。」

靳虞愣住了，面上的嬌羞已換作不解，她有些遲疑地問道：「殿下，您說的話，妾身聽不明白。」

「我與皇子妃情投意合，未有再娶之心，若非局勢所迫，不會有今日之事……是本殿對不住妳。」最後一句話，顧琅予思索了一下，還是說出了口。

由於性子冷傲，在漸漸變得在乎一個人之後，顧琅予才懂愛的不易，那句話，其實他也很想對寧禾說。

靳虞怔怔望著顧琅予，雙眸泛起淚花道：「妾身自幼欽慕殿下，即便只做側妃，妾身也甘願。」

她垂首，淚水滴落在袖襬，輕聲道：「當初一知道陛下問及殿下的婚事，妾身便求父親入京，沒奈何晚了一步。今日，妾身得償所願，殿下卻拒絕妾身，難道是妾身的錯？」

「妳沒有錯。」顧琅予轉過身。現在的他很清楚，即便旁人再好，也不是他心底那個人。

他繼續說道：「妳算半個皇室中人，自當了解眼下皇子之間的情況，本殿娶妳實屬無奈，待局勢穩妥，本殿便還妳自由身，妳仍可清清白白嫁人。」

淚水一顆顆落下，靳虞抬起頭看過去，顧琅予的背影，是那樣的冷漠絕情。她想起那個頭插碧玉釵、神情淡然的女人。都是因為她，自己的處境才會變成這樣！

靳虞深吸了一口氣，起身道：「妾身明白了，妾身知道殿下處於深宮，須得步步為營，妾身都聽殿下的。」

顧琅予聞言回身，望著靳虞猶掛淚痕的溫婉姿態，一時之間心中有些難受。

靳虞看著被褥上那一方潔白的喜帕，此刻那本應印證她處子之血的東西，竟是如此刺眼。她拿起那方喜帕說道：「這帕子……」

話落，她拔下頭上的簪子，狠狠劃過手心，鮮血滴落，將潔白的喜帕染出一朵朵紅花。

顧琅予臉色一變，上前握住靳虞的手，無奈地說：「這種事本殿自會處理，妳……」

「妾身不想殿下為難。」靳虞看著顧琅予，慶幸自己在他眼中望見一絲不忍。

靳虞受傷了，但今夜常熙宮外不知道有多少雙眼睛盯著，顧琅予並未喚來太醫，只命宮女取來酒與棉布，再尋貼身婢女替靳虞清理傷口。

顧琅予見靳虞的傷口已經包紮好，便轉過頭道：「妳且歇息吧！」今夜，他將留宿在碧水閣的書房。

挺拔的身影慢慢走出寢房，靳虞望著室內的紅燭，鳳目中閃過一絲深意，纏繞著棉布的手緊握成拳，她踱步至窗前望向享居，雙目如夜一般沈寂。

靳虞嫁入皇宮的第二日，按理她必須向寧禾請安敬茶。

坐在享居的廳堂內，寧禾瞧見垂首奉茶的靳虞左手纏著棉布，又見素香從靳虞的婢女容想手中接過那方喜帕，喜帕攤開後，那一片紅色赫然映入寧禾眼中。

寧禾雙目微瞇，只覺得一顆心瞬間絞痛起來，但是她想起顧琅予說的話——他不動靳虞。因此雖然那股痛楚不容忽視，她仍然相信他不會輕易失諾。

「送去雍貴妃娘娘那邊。」她淡淡說了一聲。

靳虞奉著茶說道：「姊姊，殿下已與妾身言明，妾身謹記殿下之言，不會越禮，但按照禮數，這茶妾身仍是要奉給姊姊。」

寧禾接過茶，命靳虞抬起頭，只見面前這個女子年輕貌美，那雙鳳目原本靈動，此刻卻有些落寞。

屏退了宮女，寧禾要靳虞起身落坐，並道：「妳手上的傷，是為殿下解圍而來的？」

既然靳虞知道顧琅予不會碰她，那麼喜帕上的血，就是用她手上的傷換來的。

靳虞微微頷首。

寧禾是女人，知道靳虞對顧琅予的這份真心，她望著靳虞手上的傷口，說道：「讓李複來幫妳處理一下傷口吧！」

「謝過姊姊。」

「這鎏金蝴蝶髮簪本是一對，是雍貴妃娘娘賞賜給我之物，也是她特地為殿下將來的側妃準備的，如今我們兩人就各持一支吧！」

那時她一心想與顧琅予和離，也認定自己沒機會將這髮簪賞給別的女子，誰知道……

靳虞接過髮簪，垂首道謝。

寧禾說不清心中是何滋味，她既不信靳虞能不惱不爭，又覺得心底有些愧疚。同為女子，她知道靳虞的不易。

頓了一下，寧禾說道：「妳嫁到常熙宮，就跟我嫁給殿下時的情景一樣，皆是因為宮內風雲詭譎；若妳不嫌棄，我與殿下會待妳如妹妹，日後有機會，再替妳另擇良婿。」

靳虞望了望寧禾，斂下雙眸道：「謝過姊姊，妾身從前確實傾慕殿下，但是來京後見殿下與姊姊這般恩愛，覺得若換作是妾身自己，也不希望有人插足。」

這番話讓寧禾有些感動，她搖了搖頭道：「並非畏懼旁人插足。」

曾經她相信顧琅予哪怕是身不由己，也不會娶側妃，現在一切雖然與她想像中不同，可她心底深處仍對他寄予期待。

靳虞凝眸，淺笑道：「妾身昨夜想了很多，如今這樣，也算了卻自己一番心願。試想，哪個女子不曾為情動心，但長成之後才知感情講究兩情相悅，所以怨不得人。妾身算是幸運的，日後還能得自由身，姊姊放心，妾身一定謹遵殿下之言，不會對外吐露半句。」

這些話讓寧禾終於相信靳虞已經放下，與靳虞的識大體相比，她心中那份酸澀實在不足一提。

此時顧琅予下朝後到了享居。昨夜沒再見到寧禾，他只想快些跟她說說話，不過他沒料到靳虞還在這裡，因此場面頓時有些尷尬。

靳虞看了顧琅予一眼，朝他行禮後便退下了。

廳堂內再無旁人，顧琅予擁住寧禾，埋在她髮間嘆息。

「怎麼了？」寧禾問道。

「本殿昨晚在想，不知道妳一個人睡得可好？」

寧禾抿唇笑道：「昨夜床榻寬敞，一人睡可以隨意翻身，舒服得很！」

顧琅予佯怒道：「哦？不如我命木匠造一張十幾尺的床，供妳我兩人翻身打滾。」

「滿口羞話！」寧禾從未想過顧琅予會講出這種不正經的話來，平常冷得像冰山的一個人，竟然也會開葷段子。

顧琅予擁緊寧禾，認真道：「靳虞識禮，妳不用再擔心什麼了。」

寧禾頷首，心中卻替靳虞惋惜，即便顧琅予沒碰靳虞，她的名聲終究有損……

用過早膳，阿喜稟報李茱兒來了常熙宮。李茱兒進入享居時，眉目間掩不住喜悅，盡是甜蜜。

寧禾挑眉笑道：「我哥哥今日又送了流月香坊的胭脂給妳，還是又為妳從盃州託人帶了新紗錦緞？」

自從寧一與李茱兒兩情相悅，寧禾便為寧一指點過一、兩回討女孩子歡心的訣竅，不想寧一買起東西來一發不可收拾，甚至請人去安榮府的店鋪帶來錦緞，為李茱兒裁衣。

李茱兒逕自落坐，她與寧禾已經非常熟悉，早不如初時那般扭捏。她捧著臉，眉眼笑彎成月牙道：「都不是。」

「難不成是我哥哥向陛下求娶妳了？」

李茱兒面頰飛起紅雲，狠狠點頭道：「是姊姊之前借三皇子殿下娶側妃，陛下心情愉悅之際，說了我與一郎的事，昨日陛下便允諾說要賜婚，日子都挑好了，只待降下旨意。」

寧禾大喜道：「那什麼時候舉行婚禮？」

「明年的三月初八！」

寧禾十分羨慕李茱兒與寧一的感情，不用顧忌政治與皇權鬥爭，就只是兩個人互相喜歡，單純而美好。

李茱兒有些不捨地握住寧禾的手說道：「聖旨一下，我便得回府上待嫁，不方便來看妳了。」

寧禾也覺得有些可惜，不過還是為他們高興，她笑道：「不要緊，我是皇子妃，可以召妳進宮陪我啊！」

有了寧禾這番話，李茱兒開心地點了點頭，忽然又有些膽怯地說：「阿禾，我是庶出，不知妳與一郎的祖母，可會介意我的身分配不上安榮府？」

「傻姑娘！」寧禾認真地說道：「祖母很疼我跟哥哥，只要我們過得好，她便歡喜；況且我哥哥要娶的是妳這個人，不是什麼身分背景。」

「一郎也是這麼說的，你們兄妹兩人果真知曉彼此的心意……」

送走李茱兒之後，寧禾不禁嘆息，日後這深宮內，便沒有這般真心待她的人能陪她說說話了。不過說到祖母，寧禾倒是有些想念許貞嵐。

她執筆寫了封信給許貞嵐，託人寄到盉州。許貞嵐年紀不輕了，寧禾只盼望她能身強體健、歡喜度日。

寧禾睡了個午覺醒來後，李複照例來為她請脈，他問道：「皇子妃今日是不是吃得很少？」

「天氣熱，我是吃得少了些。」

「這樣恐不利於胎兒生長，不如臣開些調理的方子，可增進食慾。」

「如此甚好，有勞李太醫了。」

回到太醫院後，李複進了藥閣配藥，此時閣門處走進一人，正是負責照看張綺玉腹中胎兒的太醫韋盛。

韋盛也是來抓藥的，他看見李複，便與他閒聊起來。「李兄，你也是來抓增進食慾的方子？」

李複是顧琅予這邊的人，自然不太搭理顧姮的心腹韋盛，他只淡淡地「嗯」了一聲，便不再多說。

韋盛不禁在心中冷笑。論醫術，他與李複水準相近，但就因為李複的性子沈穩了些，便多次替皇上診脈，顯得高人一等，此番自己拉下面子主動與他攀談，他竟不理睬？

不過韋盛鐵了心想套出一些話來，他邊抓藥邊道：「這些皇子妃身子都弱，天稍微熱一點便說吃不下東西，也是難伺候。」

李複淡淡道：「你我做好本分即可。」

他取出最後一味藥材，就將方子撕碎丟入紙簍中，說道：「我先過去了。」接著便出了藥閣。

韋盛低低唸了一句。「神氣什麼，不就是為陛下請過幾次脈罷了！」

不耐煩地打開一格藥櫃，韋盛倏然停住了手。

方才進來時，李複所抓的第一味藥是蒼朮，三皇子妃如今不過三個多月的身孕，怎麼能用蒼朮？

韋盛俯身從紙簍中掏出李複方才丟棄的藥方，雖然紙已被撕成碎片，但是韋盛認為李複一向小心，不至於抓錯藥，揣著被撕碎的藥方，悄悄出了藥閣，往建庭宮去。

建庭宮內，顧姮有些不耐煩地對韋盛道：「你匆匆忙忙求見本殿，所為何事？本殿說過了，皇子妃的事一概不需要稟報本殿，告知母妃便可。」

韋盛諂媚地邀功道：「殿下，下官發現了一個問題，想請示殿下。」

顧姮仍是煩躁地說：「皇子妃的身體有問題？去找雍貴妃娘娘吧！」

「不是四皇子妃，下官說的是三皇子妃。」

顧姮細長的眸子一瞇，說道：「三皇子妃？」

「下官發現李複為三皇子妃所配之藥，並非三個多月身孕可用，更似是五個月以上的胎兒才可受之者！」

顧姮立刻站起身道：「五個月以上？」他喉頭發緊。「你可確定？」

「下官確定！」韋盛將拼湊黏好的藥方遞給顧姮，說道：「藥方上的字跡雖然有些缺損，但是其中兩味藥材確實只有五個月以上的胎兒才可承受。」

顧姮緊瞇著雙眼，又驚又恨，他心想，原來顧琅予早就知道自己就是凌辱寧禾的人，難怪娶了她不說，還讓她生下腹中的胎兒！

夜色下，顧姮在朝廷內疾行，僻靜的長巷盡頭，顧末正候在那裡。

兩人交談一番之後，顧末臉色煞白，說道：「你說三皇兄已經知曉當時是我們派人劫走寧禾？」

顧姮頷首道：「沒想到他心思這般深沈，這麼久都按兵不動，不向父皇揭穿你我。」

顧末慌張地說：「這可是四皇兄一手策劃的，我只是聽命於你啊……」

「怕什麼，別嚷嚷！」顧姮鄙夷地睨著驚慌的顧末。若不是顧末聽信於他，可任他操控，他真不想跟這種愚笨的人共事。

顧姮繼續說道：「做那件事的人早被處理得乾乾淨淨，他就算知道了，也沒有人證！」

走出長巷，到了宮道上，顧末仍是驚慌不已，他不願多作停留，直接回到自己的住所，顧姮則在宮道上漫步，遠眺著東宮的重重宮牆，目光深邃悠長。

沒多久，顧姮的身後傳來腳步聲，他原以為是宮女，可待那人靠近了，他才聽到顧衍的聲音響起。「四皇兄。」

顧姮心中忽然有了計策，他勾起唇角，回身道：「原來是六皇弟。」

顧衍點點頭，並不打算與顧姮交談，可當他邁步往前時，卻被顧姮叫住。

「六皇弟，我聽到一些流言，不知當不當講？」

顧衍停下腳步，回過頭道：「四皇兄可另尋人講，我還有事。」

「那你去忙吧！」顧姮瞇起眼一笑，說道：「可惜了，跟三皇嫂有關呢……」

顧衍眸光一閃，望著顧姮說：「三皇嫂？」他聲音微微顫抖。「四皇兄想說什麼？」

「我聽太醫說，三皇嫂懷的不是三個多月的身孕，而是五個多月吶！」

顧衍整個人震住，不敢置信地說：「五個多月？」

看到顧衍吃驚的模樣，顧姮頗為得意，面上卻裝作驚訝道：「正是，算算時間，原來三皇嫂早在被劫持那一夜便懷上了身孕，三皇兄已知道三皇嫂腹中胎兒並非婚後所懷，卻仍對三皇嫂寵愛有加，難不成三皇兄不介意那不是自己的骨肉？」

顧衍雙手緊握成拳，手背上青筋暴起。原來寧禾腹中的胎兒是那一夜所懷，可顧琅予沒打掉那胎兒，反而將其留住，依照他冷漠的個性，只有一個可能——孩子是他的！

原來這一切，竟是顧琅予的計畫……

顧衍心中驚濤翻湧，根本沒看見顧姮的雙眸裡那抹奸計得逞的快意。

踏入成如宮，寧知見顧衍回來，連忙迎上前道：「殿下用過晚膳了嗎，需不需要安排？」

顧衍目光迷離，失神地說道：「不用。」

他緩緩走向書房，關上房門，這才察覺自己方才力道太重，握拳時竟將指甲陷進掌心，此刻上頭冒出些許殷紅，雖然皮肉不那麼疼，可他的心底卻像刀在刮一樣。

顧琅予，若不是他，自己早已與寧禾成為神仙眷侶！

第三十二章　短暫別離

雲鄴皇宮上方天色暗湧，明月被飄過來的烏雲掩蓋，驟起的狂風稍緩，一場大雨便瞬間落下。雨連著下了兩日，將空氣中原本的悶熱掃得一乾二淨，增添了一絲涼爽。

享宮的寢房內，寧禾靜靜坐在窗前，一面拿著針線忙碌，一面聽著窗外雨聲。

抬眸時，只見窗檻被雨水淋濕，簌簌雨簾外，紅牆青瓦都化作一片朦朧。煙雨斜風中，寧禾好似望見一座座摩天大樓，十字路口周遭燈火通明，喇叭聲在雨中直鳴。她穿過斑馬線，走在人群中，聽著商場巨幅螢幕裡傳來的當季新品資訊……

「嘶——」回過神，寧禾的食指已經被針扎破，讓她輕呼出聲。

顧琅予在一旁聽到聲響，連忙走到寧禾身邊，抓起她的手說：「怎麼這麼不小心？」

「不礙事。」

「妳在想什麼？」

寧禾抬眸，眼神越過重重宮闕，望向遠處山巒，她輕聲道：「想家。」

顧琅予從背後擁住寧禾，說道：「這裡不就是家嗎？」

寧禾從椅子上站起身，將頭埋在顧琅予的胸膛，低低說道：「這一世，恍若夢一樣。」

顧琅予聽不懂她話中深意，忍不住搖頭一笑道：「那就不要醒來。」

「要是醒來，回到了我原本那個家，該怎麼辦？」

「若妳回了盃州，我便去尋妳回來。」

寧禾聞著顧琅予身上熟悉的木質清香，聽到他這麼說，不禁笑了一笑。她忽然說：「若我回去另一個世界呢？」

「難不成……妳是仙子？」顧琅予打趣道。

寧禾噗哧一笑，點了點頭。

「阿禾。」顧琅予望著寧禾，神情專注地說：「我問過李複，他告訴我，這個胎兒已不能打掉，待妳生下孩子之後，再生一個屬於妳我的骨血，這樣妳便不會胡思亂想了。」

寧禾怔怔地望著顧琅予說：「我生下這個孩子，你不會計較嗎？」

顧琅予沈默了許久。他確實十分介意，但他問過李複，若在此時打掉胎兒，無異於要了寧禾的命，兩相權衡之下，他只能做出這個選擇。

「我只嘆沒能早些認識妳，不然便可不讓妳受那些罪過。」這些話，是他肺腑之言。

寧禾不禁猶豫起來。眼前之人確實待她真心，她是不是應該再試著告訴他真相？

望著顧琅予，幾番猶豫之下，寧禾開口道：「有件事，我想了許……」

「殿下、皇子妃。」寢房門口處，素香行禮稟道：「殿下，陛下召見您。」

顧琅予看著寧禾，問道：「妳方才要說什麼？」

寧禾無奈一笑。每次她想說出事實真相，就會被打斷，或許老天也不希望她告訴他吧？她的心之所以反反覆覆，皆源自於前一世受過的傷害，延宕了許久，仍未能解決此事。

「沒有，你先去吧！」

顧琅予在寧禾額間落下一吻，說道：「妳好生歇會兒，別再縫製這些東西了」。

寧禾點了點頭，目送顧琅予出門。

顧琅予離開後，寧禾拿起書看了一會兒，直到晚上，她有了些睏意，才走到雕花屏風後準備寬衣。到現在，寧禾還是不習慣讓人伺候，這些事仍舊由她自己處理。當衣衫褪盡時，她才發覺屏風上頭沒掛著她那件菊紋寢衣，想來是洗過之後還沒拿來放。

寧禾朝屏風外喚道：「阿喜，將我的寢衣拿來。」

沒多久，寢衣就從屏風後面遞了過來。寧禾眼下已寸縷不著，只想拿過寢衣穿上，誰知才剛接過衣服，屏風後便閃出一個人影。

那道高眺身影欺身上前，一把將寧禾摟入懷中，熟悉的氣息在她鼻端縈繞，接下來，胸前便是一陣酥麻——他回來了。

顧琅予的手掌覆住寧禾胸前的柔軟，她完全沒料到他會在此刻出現，一時之間倒抽了口氣，這聲嬌喘聽在顧琅予耳裡，更是讓他心頭發癢。

寧禾扳開顧琅予那作怪的大手，連忙將寢衣抱在胸前遮擋，接著羞惱地睨了他一眼。此刻顧琅予雙目灼灼，他的唇角掛著一抹笑意，這笑是寧禾從未見過的浪蕩。

穿上寢衣，寧禾惱怒道：「殿下竟是色魔。」

「色魔？」顧琅予笑意更甚道：「本殿獨身多年卻因而妳破例，妳不該回報一下嗎？」

寧禾忍住想翻白眼的衝動，她心想，為何顧琅予這般死皮賴臉？想起從前兩人形同陌路的時候，他對她簡直是避之唯恐不及，與如今相比，真是天差地別。

她伸出手揉著他的側臉，用手將他的頭推開，輕笑道：「快歇息吧！」

宮女入房熄了燈，寧禾唇角噙著淺笑，漸漸進入夢鄉。

睡夢中，她夢見自己懷的是個女兒，女兒有大大的眼睛、小巧的鼻與小嘴，她尚在襁褓中，滴溜溜地轉著黑亮的大眼，嘟著嘴吮吸手指頭。一眨眼，那小嬰兒就變成了一個三歲左右的小女童，臉頰又肉又粉嫩，她捏著女兒軟軟的臉蛋，女兒卻忽然眨巴著眼睛問她。「娘親，我的爹爹呢？」

在寧禾發愣之際，女兒伏在她懷裡大哭，顆顆淚水滾落，哭嚷著要見她的爹爹。

朦朧中，只聽見一聲轟隆巨響，寧禾猛然睜開眼坐起身，黑暗中，閃電不時照亮房內，外頭已是雷聲大作。

夢境裡，女兒的哭聲太過真實，那一聲聲哭泣往寧禾心頭上扎，令她有些難受，不住大口喘息。

身旁傳來顧琅予安撫她的聲音。「是雷聲，不要怕，我在。」

寧禾馬上躺回床榻上將頭埋入顧琅予懷中，聞著他身上那熟悉的氣息，一顆心漸漸平復下來。

顧琅予輕拍她的肩道：「作惡夢了？」

寧禾圈住他的腰，再次猶豫起來。算算時日，再四個多月左右她便要臨盆了，這是他的孩子，他該知道真相。

「琅予……」耳側是顧琅予強而有力的心跳，這是寧禾第一次叫他的名字，她閉上眼，深吸口氣後開口道：「其實我腹中胎兒是……」

「殿下——！」何文急促的聲音伴著驚雷傳入寢房內，將寧禾要說的話截斷。

顧琅予全身一顫，他拍了拍寧禾的肩，急道：「父皇出事了，妳先睡。」

「父皇出事了？」寧禾驚訝不已。

「他今日晚膳時咳了血，辛銓派人暗中來報，父皇龍體漸衰，恐有危險。」說完，顧琅予已披了件長袍，匆匆走出寢房。

皇帝在寢宮大口咳血，眾皇子皆跪在甘泉殿外，太醫入室細細診斷後，喚宮女熬湯藥餵給皇帝飲下，皇帝才悠悠轉醒。他得知兒子們都在殿外跪著時，忍不住大聲怒斥，明明是剛醒來的人，吼聲卻大到外面都聽得見。

「朕不過偶染風寒，你們卻全都跪在這裡，難道是想看朕賓天?!」

皇子們被皇帝怒罵過後，全都回到了各自的宮殿，但是他們心裡有數，自己的父皇只怕是行將就木。

這幾天，顧琅予都很忙碌，他早出晚歸，眉宇間常帶著倦意，為了不讓寧禾憂心，他並未告知她他所做何事。寧禾同樣精神不濟，她的身體越來越乏力，儘管午間十分嗜睡，卻總是擔憂顧琅予，並未歇好。

這日中午，琴姑端來補湯時，寧禾實在不想喝，只道：「先擱旁邊吧！」

「皇子妃，這補湯一涼便失了藥性，趁熱喝吧！」琴姑勸道。

寧禾有些無奈。琴姑不同於旁人，算是顧琅予的長輩，她很難直接拒絕，但她還是搖了搖頭說：「眼下本宮喝不下，先擱著，待會兒本宮再喝。」

其實她說的不過是緩和氣氛的話，待會兒她也不會喝。

琴姑依舊堅持道：「皇子妃，您不喝，腹中的小娃兒總要喝，這補湯藥性淺，聞不出藥味來，您且喝了吧！」她一面說，一面將補湯放置在寧禾身旁的桌案上。

放好了東西，琴姑就候在一旁，眼含期待、咧著笑望著寧禾。寧禾忽然間有些不快，她並不喜歡被人逼迫，哪怕琴姑是為她腹中胎兒好也一樣。

寧禾的臉色漸漸往下沈。難道自己對琴姑的敬重，便是換來她逼迫主子的底氣？這一次，寧禾偏不喝。

琴姑看似平靜地等寧禾喝補湯，可卻慢慢按捺不住，眸中浮現了一些惱意。

此時顧琅予走過來說：「琴姑，將補湯端下去。」他望了寧禾一眼，說道：「天氣熱，叫人端些蒲桃來。」

顧琅予都出聲了，琴姑這才將補湯端走。

寧禾嘆息道：「你回來得正是時候。」

「妳不想喝這東西，對琴姑直言便是。」

「方才那些話你都聽見了，她終歸是你的乳母，我不想難為她。」

顧琅予點點頭，在寧禾身旁坐下，一手撐於案上，閉目揉著眉間的印堂。

看著往日神采奕奕的人此刻這般疲倦，寧禾不禁柔聲道：「不如去寢房睡一會兒？」

顧琅予許久都沒回答，過一陣子以後他才睜開眼望著寧禾說：「阿禾，妳出宮去雲芷汀住一段時日吧！」

雲芷汀是寧禾舉薦寧知為皇子妃時，皇上賜給她的府邸，那裡還有奴僕二十人。

寧禾一怔。「為何？」

「或許宮內要起硝煙了。」

顧琅予平靜地說出了這幾個字，寧禾明白他終究下定決心要爭奪帝位，如果皇帝立的儲君不是他，皇宮便會迎來一場血戰。

寧禾沈默良久，才道：「好，若有安榮府能幫上忙的，隨時告訴我。」

這時候留在他身邊，只會是一個包袱。寧禾忽然想到了寧知。寧知腹中有將近三個月的身孕，她並不希望寧知出事。

「你會殺顧衍嗎？」猶豫許久，寧禾仍是問出了口。

顧琅予凝眸望著她說：「他與我，只能活一個。」

寧禾並不想傷害寧知，將寧知推到顧衍身邊的人是自己，害寧知夾在她與顧衍之間受苦的人也是自己，說到底，她並非有意如此，卻總是在無意間傷害了寧知。

「若我求你放過他呢？」

顧琅予眸色漸沈，冷道：「那段情，妳仍是沒放下。」他的語氣冰涼，隱含殺意。

寧禾解釋道：「我只是不想讓寧知一個人孤苦無依，將她推到顧衍身邊的人是我，她正懷著身孕，孩子是無辜的。」

「孩子？」顧琅予看了寧禾隆起的腹部一眼，冷笑道：「她的孩子是皇室血脈，是顧衍的骨肉，自然留不得。」

「看在我的面子上，放過他們一家三口吧！」寧禾知道，顧琅予連日忙碌，一定已經做好了萬全的準備。他比顧衍果決，處事又雷厲風行，如果兩人交鋒，顧衍肯定難逃劫難。

此時顧琅予起身湊近寧禾，低頭望著她說：「妳到底是不忍寧知的孩子受苦，還是心疼顧衍？」

寧禾怒上心頭，忍不住說：「你為何要事事提及顧衍？我說過，那已經是過去了。」

看著有些惱怒的寧禾，顧琅予也面色不佳地說道：「我說過，我與他只能活一人，若他為帝，勢必不會留我活口，我為何要放過他？」

「他是你的兄弟。」

聞言，顧琅予凝望著寧禾，忽然勾起一笑。「兄弟？兄弟又怎會欺我之妻？」他想起兩人那次打架，彼此都沒手下留情。

這句話在寧禾聽來不僅輕薄，而且充滿了不信任，原本她打算過幾日再出宮，可眼下她心裡堵著一口氣，立刻命阿喜收拾細軟。

顧琅予一直站在一旁，明明知道寧禾是負氣離去，他卻沒有一句勸慰的話語。

離開享居時，寧禾側首淡淡道：「妾身走了，煩勞殿下向父皇說一聲。」

寧禾離開當晚，皇帝傳眾皇子去用膳，顧琅予稍加思索後帶上了靳虞。不管怎麼說，他都需要顧及皇帝的想法。

席間，皇帝雖然威嚴不減，但是面容卻比往常蒼白許多，他見寧禾不在顧琅予身邊，便問道：「你的皇子妃呢？」

顧琅予垂首道：「父皇，阿禾有了身孕後便很怕熱，眼下正值酷暑，她去父皇賞賜的宮外府邸歇上幾日。」

皇帝微微頷首道：「雲芷汀確實是個納涼的好地方，多派一些人過去伺候她吧！」

顧琅予身旁的靳虞端起一杯茶水，低眉送入自己口中，接著又將顧琅予面前的茶盞斟滿，將茶遞給顧琅予。

顧姮見狀，笑道：「靳虞弟妹為三皇兄倒茶做什麼？父皇痊癒了，應當喝些酒替父皇慶賀才是。」

說罷，他起身將斟滿的酒盞遞給顧琅予道：「三皇兄，來，這杯祝父皇龍體康復、萬壽永駐！」

顧琅予接過酒盞，一飲而下。

為了在皇帝面前盡孝道，皇子們在一片歡聲笑語中連連碰杯，顧琅予面上雖有淡笑，心底卻早已波濤洶湧，不得平靜。

最後舉杯之際，顧琅予的酒盞正巧與顧衍的酒盞相碰，顧衍的眸中分明寫滿了憎惡，卻在眾人面前收斂起情緒，朝顧琅予溫和地投去一笑。

顧琅予以淡笑回應，一口飲盡手上的酒。

散會時，顧琅予的腳步有些虛浮，靳虞在他身後小心提醒。「殿下，當心。」

回到常熙宮後，顧琅予雖然踉蹌欲倒，思緒卻很清明，他看也不看靳虞，只揮手說道：「妳下去吧！」

靳虞離開後，恍惚間，顧琅予走進了享居，踏入寢房。

目前享居因為女主人不在而無人值守，他走到妝檯前，從妝奩中取出一顆夜明珠，瞬間照亮整個寢房。

寧禾在卸妝時，都會拿出這顆夜明珠照明，同衾共枕的這些夜晚，他記下她的習慣，也自然而然地跟她做了一樣的事。

眼前的視線有些曚曨，顧琅予恍若瞧見寧禾坐在鏡前綰髮，她正回過頭來，朝他柔柔一笑。

顧琅予睜大了眼，這才瞧清妝檯處空空盪盪，哪有什麼人影。他走去案前的椅子上落坐，腦袋有些昏沈——今夜他確實是喝得多了一些。

寂靜中，門口處的珠簾忽然發出清脆的聲響，顧琅予凝眸望去，靳虞正走入房內。

第三十三章　落入陷阱

顧琅予今日雖然喝了許多酒，令他腦袋有些昏沈，但意識還是清醒的，在寧禾的寢房，不該出現靳虞的身影，抬眸，顧琅予掃去一眼，問道：「妳來做什麼？」

靳虞手上端著一個青銅香爐，縷縷青煙從香爐鏤空處升起。

「殿下飲過酒，這爐內點上了熏香，可以緩解頭腦脹痛。」她答道。

顧琅予揉了揉太陽穴，閉起眼睛，未再看靳虞，只道：「將香爐放下，妳出去吧！」

室內一片寂靜，沒有任何應答聲。

聞著熏香的氣味，顧琅予確實感覺到頭腦不再那般疼痛，也漸漸有了睏意，當他睜開眼想走去床榻時，發現靳虞竟然仍在房內，還未離開。

「怎麼還沒走？夜深了，妳回去碧水閣吧！」說完，顧琅予便不再與靳虞交談。

靳虞等了一會兒，緩緩上前道：「殿下應是睏了，妾身扶殿下去床榻後便離開。」

她走上前想要攙扶顧琅予，顧琅予甩袖避開，起身時，卻覺得有些暈眩。在顧琅予跌倒之前，靳虞扶住了他，但是她身軀嬌弱，他全身又無力氣支撐，靳虞根本扶不動他，花了好一番工夫才把他拉到床榻上。

「殿下，妾身伺候您寬衣。」

顧琅予靠著床沿坐下，靳虞的手伸入他腰間，解開了他的腰帶。

腦子越來越沈重，濃濃的倦意襲來，聞著熏香的芬芳，顧琅予發覺自己竟連抬手的力氣都沒了，可他還是憑著最後一絲清醒的意識，按住靳虞在他腰間寬衣的手。

「妳退下。」

凝眸望去，身前的女人身影忽然變成兩個，顧琅予極力睜開眼，這才瞧清是寧禾在替他寬衣。

「殿下，妾身伺候您寬衣……」這句話宛若春日一汪湖水在他心裡激盪，泛出陣陣漣漪。

那雙手解開他的衣衫，褪下裡衣，撫上他滾燙的胸膛，一個翻身，他便將她壓在身下，正想吻上去，他驀然閉上眼，接著便倒在她柔軟的身體上。

靳虞側首，目光越過顧琅予結實的肩膀，落在妝檯前的香爐上，只見青煙裊裊，徐徐騰升。她翻身讓顧琅予躺到床榻上，褪去他剩餘的衣物，眼神停留在他沈睡的臉上。

「殿下，靳虞十歲便傾心於你，既然我入了常熙宮，你當真以為我會甘心做你的妹妹嗎……」唇角微微揚起，靳虞笑得嫵媚。

不再像平日那個知書達禮的女子，靳虞坐起身，拔掉頭上的髮簪，任由一頭青絲瀉下，最後解下褻衣，寸縷不著，被她放置在一旁的裙子上，且早已事先染上朵朵血紅的印記。

唇角的笑意更甚，靳虞看著熟睡的顧琅予，緩緩道：「我知你外表冷漠，卻重情重義，若我成為你的女人，你還會放我自由，許我嫁給旁人？」

伸過手，靳虞將沾血的裙子丟至床下，隨即在顧琅予身旁躺下睡去。

皇宮之內，晨曦照耀一座座青瓦紅牆，常熙宮內，素來早起的顧琅予睜開眼，他望著藕色紗帳，腦袋仍有些沈重，全身也十分乏力。

緩緩閉上眼睛，顧琅予想待思緒清晰一些再起床，卻察覺肩頭似有重物壓著，別過頭一看，他臉色驟變。

坐起身，顧琅予才知自己未著任何衣物，靳虞被他驚醒，含羞帶怯地望著他。

「殿下醒了。」靳虞笑得溫柔，她按住胸前的衾被，彎身去撿拾顧琅予在地面上的衣物，說道：「殿下的衣衫已沾上酒氣，不可再穿，請殿下稍候，妾身差人為殿下送朝服來。」

顧琅予雙眸一瞇，沈聲道：「妳為何會出現在享居？」

靳虞拾起地面的裙子，只見上頭沾了血跡，她委屈地望著顧琅予說道：「殿下，昨夜之事你記不得了嗎？」說著，她害羞地垂下頭去。

顧琅予頓時震驚不已。昨夜？他是喝了酒沒錯，但並未喝醉，為何會疲憊睡去，而且根本不記得發生何事？此刻望著靳虞裙子上那醒目的幾抹暗紅，他只覺得雙目被刺得睜不開。

「妾身伺候殿下更衣。」說罷，靳虞便要朝房外喚人。

顧琅予霍然起身下床，拾起地面的衣衫披在身上，接著猛然攥住靳虞的手腕。

他的聲音冷如冰霜。「妳入碧水閣那日，本殿便告訴過妳不要懷這些心思不是嗎？」

靳虞驚慌抬眸，淚水滑落眼眶，傷心道：「殿下，妾身知道你不喜歡妾身，可妾身眼下已是你的女人，這本是夫妻常事……」

「本殿的妻，只有寧禾一人。」

「殿下是怪靳虞不守規矩？」靳虞花容覆淚，弱如蒲柳，說道：「昨夜殿下醉酒，妾身點些安神熏香後便想離開，沒奈何殿下誤將妾身當作皇子妃，才會發生這種事。」

聞言，顧琅予狠狠甩開靳虞的手，旋即轉身離去。

回到碧水閣，靳虞坐在鏡子前，只見鏡中的女子眼角眉梢皆是笑意。低下頭，她望著被顧琅予攥得發紅的手腕，微微有些疼痛，可她心底卻十分暢快。

靳虞起身，將香爐中的粉末倒入窗戶旁一株白鶴蘭的盆栽中，沈聲命令婢女容想道：「將這香爐清洗乾淨，丟至棄井中。」

今日朝堂上，顧琅予全程恍惚出神，好不容易挨到下朝，他立刻坐上馬車出宮，趕去雲芷汀。當馬車停在府門外時，他遲疑了許久才踏進去。

阿喜出來倒水，見顧琅予來到雲芷汀，欣喜地俯身行禮。「殿下來了，皇子妃正在睡呢！」

「還未醒嗎？」

「或許是換了環境不習慣，皇子妃昨夜明明歇得早，卻在卯時初刻才睡去。」

顧琅予放緩步伐走入寢間，到了床邊，傳來寧禾均勻的呼吸聲，他的心在這一刻才稍微平靜下來，坐到床沿上，他伸手替寧禾掖了掖被角。

朦朧間，寧禾睜開了眼，望向正俯首看著她的顧琅予，不禁有些心酸地開口道：「你還是不信我。」

「是我不該說那些話。」顧琅予嘆息一聲，俯身抱住寧禾，低聲道：「我不該那麼說，但妳既然已是我的妻，還是別再念及旁人之事。」

寧禾仍執意道：「那就是我想做的事，傷了顧衍便是傷害長姊，我不希望長姊難受。」

顧琅予未再多言，聞著寧禾身上的芬香氣息，他有些遲疑地說：「若我答應妳不傷害他們，將來妳可會答應我一件事？」

「我答應你。」寧禾毫不猶豫地說。

「妳不問是什麼事？」

寧禾退開顧琅予的懷抱，朝他微微一笑道：「你總不會違背對我的諾言吧？只要是其他事，我都答應你。」

她笑得開朗，顧琅予望著她，實在無法開口說出原本要說的話。

陪寧禾在雲芷汀用過早膳，顧琅予回了皇宮，臨走時，他告訴她舅父紀修盛的行程有變，不知何時才能入京。寧禾雖然不在皇宮，卻知道皇帝不在此時讓她舅父回京的原因，若皇子之間真起了儲位之爭，那麼舅父眼下回來，無異為顧琅予增添了助力。

寧禾在雲芷汀這一待，便是一個月，這段時間，顧琅予每日都會出宮來看她，偶爾也會留宿在雲芷汀。

顧琅予老實告訴寧禾，他在宮外養兵五千，五千的兵力稱不上多，但是訓練有素，只待蓄勢待發那一日。

外有良兵、內有辛銓為眼線，雖然寧禾拚命說服自己要相信她這個丈夫，卻仍是替他擔心。

八月的天氣不如以往熱了，寧禾坐在庭院內，手上拿著一本《雲鄴朝書》，是她託顧琅予從宮內的文淵閣帶來的。此書為雲鄴建朝至今的史錄與帝王本紀，儘管她不愛看此類書籍，卻仍想多了解皇宮之事，好為他分憂。

寧禾正看得意興闌珊時，李茱兒與寧一相偕走入庭院，寧禾遙遙朝他們兩人一笑，擱下手上的書。

「如今妳肚子這麼大，還在外頭吹風可不好。」李茱兒將手上的食盒放到案上，對寧禾說道：「這是一郎排隊去買的桂花蜜釀，妳讓人熱了再喝。」

寧禾看著面前這對璧人，打趣道：「哥哥特地排隊買給妳的，我不過隨口說了一句好喝，妳便讓他天天買來，就不吃我的醋？」

李茱兒瞪了寧禾一眼，說道：「我怎麼吃妳的醋？咱們以後是一家人啊！」

見自己說完話以後，寧禾與寧一臉上的笑意更甚，李茱兒不禁嗔怒地瞪了寧一一眼。

此時寧禾忽然收起笑，望著李茱兒說：「蘭妃娘娘的花苑如今還有花在開嗎？」

「姊姊的花苑所植花卉種類繁多，四季都有花開，妳想去看？」

「的確想去，可眼下肚子大了，越發不愛動，興許看不成了。」寧禾淺笑，裝作不經意地問道：「父皇平常愛去那個花苑嗎？」

李茱兒點了點頭。「陛下常愛與姊姊在花苑中對弈，也極喜閒敲棋子落燈花之境，所以苑中花房內有幾處高架，專門擺放各式棋盤與夜明珠，是以夜間也可臨花對弈。」

寧禾垂眸道：「原來如此。」一場腥風血雨即將掀起，她必須早些拿到虎符才行。

接近日落時，李茱兒便要告辭回府，寧禾叫住寧一道：「哥哥送完茱兒後再來一趟，我有件事託你幫忙。」

半個時辰後，寧一獨自前來，他走入內室時，瞧見寧禾正拿起幾件嬰兒穿的小衣比劃，阿喜與素香在她身旁，兩個人滿臉歡喜。

寧一上前道：「妳做的怎麼都是姑娘家的小衣？」

「母女連心，我就覺得是個女兒。」寧禾笑著回道。

寧一也笑得柔和。「未想一眨眼的工夫，我竟然要當舅舅了。」

「是呢，再一眨眼，你也能當爹了。」

寧一無奈道：「別取笑我與茱兒。」不過他唇角噙著笑，看樣子十分期待。

「對了，方才我忘記告訴妳，祖母來信說寧攬與寧玥下個月成婚，妳託人送些禮吧！」

「她們姊妹嫁到哪裡？」

「寧攬嫁給盉州郡守家的大公子，寧玥嫁入黎家。」

「是前朝名望頗盛、陛下曾讚賞過的黎家？」

「正是，她們一個嫁入官家，一個嫁入書香世家，且非遠嫁，祖母不用操什麼心。」寧一猶豫了一下，才開口道：「阿禾，祖母之前受過風寒，身子有些弱，眼下還未好全。」

寧禾微微一怔。「什麼時候的事？怎麼會這樣？」她臉上泛出憂色，說道：「現下我離不得京，我派李複去岙州看看吧！」

「我就是怕妳知道以後會憂心，才暫時壓著不說的。李複是照料妳胎兒的太醫，派他去岙州以後妳怎麼辦？」

「不要緊，目前我身子很穩。」再過兩個多月她就要臨盆，不必再讓李複日日來請脈，雖然她的肚子偏小，但是李複保證胎兒健康無虞，因此寧禾不是很擔心。

話落，寧禾囑咐素香去請李複，並讓顧琅予向皇帝請旨恩准，又讓阿喜準備給寧攬、寧玥姊妹倆的禮物。她雖然不喜歡她們，但是表面的禮數仍要做足。

寧一問道：「妳有什麼事託我辦？來了這麼久，竟然忘了問妳。」

寧禾朝室內侍立的婢女掃去一眼，示意她們退避，待房裡只剩他們後，她才沈聲說道：「我要一塊巨石，上面須刻有『萬壽予之，天顧恩澤』八個字，且字要是上古範文，準備好之後，我再告訴哥哥怎麼做。」

寧一不解地望著寧禾說：「上古範文是第一任帝王所用的文字，除了幾個學識淵博的老臣，雲鄴幾乎沒人識得，妳要這個做什麼？」

寧禾取出一張紙，遞給寧一道：「我尋到了一本例文，已經照寫好了這八個字，哥哥幫我依上面的字去做便可。」

自從寧禾落水醒來之後，寧一便覺得這個妹妹沈穩聰慧許多，他雖然感到疑惑，卻也全心信任她，接過那張宣紙，寧一垂眸唸著那八個字。「萬壽予之，天顧恩澤……」

猛然間，他抬眸震驚地望著寧禾說：「顧、予？這是三皇子殿下的名諱，妳要做什麼？」

寧禾不想瞞著寧一，於是回道：「哥哥在朝中為官，也知眼下局勢，這一仗，三皇子殿下不能敗。」

寧一幾乎能猜到寧禾要做的事。自古以來，起兵立朝的帝王不在少數，顧琅予雖是皇子，但若被天下人冠上謀反的罪名，也難得人心，如果這個時候天降巨石，著刻讖文，又為雲鄴第一代君主所用之文字，這樣一來便無人敢反駁了。

這一點，寧禾比寧一更了解，炒作是一種達成目的的捷徑，在這個時代，冥冥之中的天意比事實更能讓百姓心悅誠服。

「不要告訴殿下，他要擔心的事情太多了。」

寧禾淺淺吐出一聲嘆息。能做的她都會去做，就看顧琅予是否真的有這個命了。

一個多月之後，巨石已經鑿建好，就等寧禾一聲令下。

這段時間以來，顧琅予出宮的頻率似乎讓皇帝察覺到不對勁，因此他安排許多瑣事讓顧琅予留在宮內處理，以致寧禾與顧琅予相見的次數少了許多。

若不是思及顧琅予的囑咐，寧禾很想回皇宮見他一面，如今她既期盼那場風暴快些到來，又不希望它真的降臨。不知是否憂慮過甚，抑或是寧禾天生麗質，儘管她已經懷有八個多月的身孕，肚子卻看起來像六個多月，是以一般人未曾起疑。

李茱兒照例來雲芷汀陪寧禾，她今日帶了閒暇時做好的虎頭鞋與兩件小衣，兩人聊著小娃兒的事，寧禾這才有了些笑容。午時剛到，李茱兒便要入宮去蘭妃那裡商議婚禮細節。

素香想起寧禾這幾日愁容滿面，也為她腹中胎兒憂心，便道：「皇子妃，不如您與茱兒小姐一起入宮，去看看殿下？」

李茱兒也道：「是啊，妳與殿下多日未見，不如今日我們一同入宮？」

「罷了，還是不要入宮吧！」如今皇上疑心大起，她不想為他徒增煩憂。

素香忽而雙眸一亮，說道：「皇子妃，奴婢竟忘了，明日便是殿下的生辰啊！」

寧禾一怔，愣愣道：「生辰？」她重生至此這麼久，卻不知道顧琅予的生辰。

「是，明日便是殿下二十四歲的生辰！」

寧禾不禁有些著急，她回道：「妳今日才對本宮說，本宮該如何準備禮物？」

阿喜在一旁笑道：「奴婢覺得皇子妃不必準備什麼，殿下最大的喜好不就是您嗎，皇子妃去了，殿下就會高興。」

寧禾佯怒，臉上卻掩不住笑容。想見顧琅予的心讓寧禾不再遲疑，她命素香去準備馬車，當即便與李茱兒一同入宮。

第三十四章 人心險惡

常熙宮內，顧琅予處理完皇帝交代的瑣事，微微有些倦意地撐著頭小憩。

何文進入書房稟道：「殿下已多日未曾出宮，今日可要去雲芷汀？」

顧琅予嘆道：「目前這個情況，暫時不能出宮。」他沈吟了一會兒，說道：「天氣涼了，你託人帶一些厚衣去雲芷汀，告訴她不必替我掛心。」

何文回道：「殿下，明日是您的生辰，當真不出宮？」

顧琅予一怔，說道：「竟已到本殿生辰了？」他起身繼續道：「準備出宮，畢竟是生辰，父皇不至於怪罪下來。」匆匆踏出房門，他的唇角止不住地揚了起來。

出了常居，靳虞正領著人端著午膳前來，她停在顧琅予面前，福身行禮道：「殿下，午時都過了，你還未用膳呢！」

顧琅予斂下臉上那份欣喜，淡淡道：「不必了。」

靳虞抬眸望著他。從那一夜後，他未再與她說過話，就算她親自端去膳食，他的神情也總是冷淡。

「殿下不用膳，那妾身就端回去。」

顧琅予望著靳虞離去的背影，沈吟了許久之後喊道：「靳虞。」

靳虞轉過身，有些期待地看著他。

顧琅予語氣平淡地說：「一、兩個月之後，本殿便送妳出宮，妳提前想好去何處吧！」

聞言，靳虞全身如遭電擊，她顫抖道：「妾身已是殿下的女人……」

「本殿的妻，只有寧禾一人。」

「哪怕為妾，我也心甘情願。」靳虞深深凝望顧琅予，面色哀戚。

顧琅予未再看靳虞，只從她身邊快速走過，毫無留戀。

靳虞佇立在宮廊下，怔怔望著廊外的湛藍天空，她的雙目被烈日灼得有些疼痛，一行清淚滑下，她捂著心口回到碧水閣。

婢女容想也替主子流淚，卻仍是勸解道：「郡主，不要難過，您仍是清白之身，就算出宮……」

「閉嘴！」靳虞猛然回身狠狠瞪了容想一眼，狠道：「我已是殿下的女人了，那一夜，裙子上有我的處子落紅。」

容想再不敢多言，只得垂下了頭。

死一般的寂靜籠罩著碧水閣，許久之後，靳虞毅然說道：「我記得太醫院的劉太醫，曾受過父王的恩惠……」

容想驚訝地抬頭，愕然道：「郡主，您這樣不妥啊……」

「有何不妥？為了他，我什麼都敢做。」靳虞臉色一沈，冷道：「常熙宮皆是殿下的眼線，妳請劉太醫過來，帶他去上景閣。」

從雲芷汀到皇宮，明明只要花半個時辰，車伕卻因為顧慮寧禾的身孕，不敢走得太快，花了一個時辰才到。

進入常熙宮時，寧禾見內部陳設依舊，卻沒有顧琅予的身影，召來何文詢問後才知道，顧琅予去了雲芷汀，想來他們兩人應該是在路上錯過了。

寧禾在大廳內坐了小半個時辰，顧琅予便回來了。

他走得快，額間還有些汗水，在思念之情驅使之下，他三步併作兩步上前一把將她攬入懷中緊擁。

寧禾淺笑著伸手環住他，接著忍不住拿出手絹拭掉他額上的汗。

顧琅予在她耳側吐著溫熱的氣息道：「可有想我？」

「想。」

「如何想？」

寧禾故意問道：「你說應當如何想？」

顧琅予深深望著她，眸中閃著慾火，他俯身咬住她的耳垂，低聲道：「想我陪妳睡。」

寧禾臉上的笑意更甚，她踮起腳尖在他唇上落了個吻，哪知顧琅予乘機進攻，他柔滑的舌侵占住寧禾口中的柔軟，將這蜻蜓點水變成綿長深吻。

放開寧禾時，顧琅予雙眸中盡是促狹之意，他就喜歡看她臉紅氣喘的樣子。

平復自己的呼吸後，寧禾昂首望著他問道：「明日是你的生辰，你想要什麼生辰禮？」

「今夜別走了。」他埋入她髮間，手臂收緊了些。縱使知道依她現在的情況，他什麼都做不得，卻仍想與她一同入眠。

寧禾的心喜悅得恍若開出一朵花來，她輕聲道：「好。」

這甜蜜的一刻沒辦法持續太久，皇帝派人叫顧琅予去稟報政務，他只得抽身去了御前。

寧禾這趟回來十分疲倦，腹中的小傢伙好像一直在翻身，胎動十分明顯。她輕撫著肚子走入寢房，躺到床榻上，打算在顧琅予回來之前好好歇息。

琴姑得知寧禾回宮，便在她睡醒後連忙端了補湯給她，瞧見她的肚子隆起得十分明顯，又驚又喜地催促她快些喝下，寧禾頗為無奈，只得依言喝了下去。

雖然寧禾覺得自己這個覺睡得很久，但其實才一個時辰，顧琅予仍未歸來，倒是聽起素香說琴姑問她今日想吃什麼？

寧禾忽然間閃過一個念頭，她說道：「今日我去灶房做晚膳。」

阿喜詫異極了，驚道：「皇子妃，您不會做飯啊！」

寧禾但笑不語。前一世她並非出身大富大貴之家，她喜歡好吃的，也會自己做些飯菜，如果顧琅予知道晚膳是她做的，會不會很吃驚？

這麼一想，寧禾的眼角跟眉梢皆是笑意。

常熙宮灶房的宮女們瞧見寧禾過來，個個瞪得眼珠子都快掉出來了，待反應過來之後，連忙四處幫寧禾遞東西、打下手。琴姑見寧禾能讓她家殿下傾心相待，懷著子嗣也不驕縱，甚至踏入灶房要做晚膳，真是歡喜得不得了。

「皇子妃，您需要什麼就跟我說，我能幫忙。」琴姑含笑道。

寧禾思索了一下，問道：「可有新鮮的竹葉？」她想做的一道菜，需要沁入竹葉清香。

琴姑連連點頭道：「有，昔日貴妃娘娘在上景閣後方種植了許多青竹，我這就去挑一些回來！」話落，琴姑已小跑出了灶房。

寧禾望著琴姑奔跑時帶了些喜感的背影，忍不住搖頭一笑。

揉搓一團糯米粉一陣子後，寧禾忽然聽見身後素香喊了聲「茱兒小姐」，寧禾回過頭，就見到李茱兒抱著一盆倒掛金鐘走進灶房。

李茱兒驚得嘴合不攏，道：「妳忘記琴棋書畫就罷了，怎麼忽然會下廚？」

雲鄴的貴女自幼便被培養各種才藝，卻不包括灶房裡的活兒，難怪李茱兒驚訝不已。

寧禾淺笑道：「妳怎麼來了？這裡亂，小心裙襬沾了灰。」

李茱兒將手上的植物放下。「那日妳不是惦念著姊姊的花苑嗎？今日我入惠林宮時提起，姊姊便讓我將這盆倒掛金鐘送來給妳。」

原來是因為這個。寧禾未停下手上的工作，只笑道：「替我謝過娘娘。」

李茱兒見寧禾雖然忙碌，卻滿臉甜蜜，恍然大悟。「明日是三皇子殿下的生辰，原來妳是專門做給殿下的！」

聽李茱兒這麼說，寧禾臉上的蜜意更濃，她問阿喜。「琴姑去了一會兒了，怎麼還未歸來？」

李茱兒看到阿喜跟素香都在旁邊忙得團團轉，笑彎了眉眼道：「妳們主僕都忙得停不下手，琴姑在何處，我去幫妳看看。」

「去上景閣後方採竹葉了，那裡荒置已久，妳要去的話，尋個宮女帶路吧！」

「好。」李茱兒頷首，提著裙襬走出了灶房，她迎面撞上一個宮女，便直接問道：「上景閣怎麼走，妳帶我去。」

宮女面有難色道：「茱兒小姐，這花露是好不容易才蒐集來的，容奴婢先送給皇子妃，再為您引路吧！」

「那妳告訴我怎麼走，我自己去。」

幾乎整個常熙宮都在寧禾的號召下總動員，李茱兒覺得自己不便擾亂大夥兒，記住宮女所指的路後，她獨自尋了過去。

當年婉貴妃不得寵後，選擇蝸居在常熙宮一角，待她過世，上景閣就此廢置。多年後，原本繁花盛開之處，只剩後方一片竹園仍舊翠綠，連用來取水的一口深井也已枯竭斷源。

容想避開在常熙宮內巡視的侍從，將劉符引入上景閣的竹園深處後，便垂首站在一旁。

劉符對靳虞說道：「靳夫人，若要使用這個辦法，還須服下藥丸，如此脈搏方能如盤走珠，似孕婦脈象。」

「有可能被查出來嗎？」靳虞望著劉符，謹慎地問道。

「此藥能打通筋脈，可以假亂真，就算是由其他太醫診斷，也會認定是喜脈。不過此藥極傷身體，停藥之後，將使女子月事紊亂，若調養不當，再受孕的機會微乎其微。」

靳虞眸色一沈，冷然道：「知道了，那我腹中的皇嗣就拜託劉太醫了。」

劉符抬眸與靳虞對視一眼，回道：「瑞王爺對下官一家有恩，若非瑞王爺，犬子早已命喪黃泉，下官自當盡力而為。」

他呈上一個精巧的匣盒，靳虞打開一看，只見裡面躺著八顆藥丸，她緩緩抬眸，卻在竹子枝葉間瞧見琴姑震驚的臉。

靳虞的臉色瞬間一變。

琴姑站在原地，狠狠道：「好個靳虞郡主，竟然想假懷皇嗣！殿下豈是這般好糊弄的？」說罷，她瞪了靳虞一眼，轉身欲離開上景閣。

靳虞大驚道：「攔住她！」

劉符也受到了驚嚇。此事絕不能被顧琅予知曉，這可是株連親族的死罪啊！容想快步跑過去，一把拽住琴姑的手臂，但是她力氣不敵琴姑，頃刻便被琴姑甩開倒地。此時劉符大步衝上前，大掌一把摀住了琴姑的口鼻。

靳虞目露凶光，狠狠道：「將她拖入那口枯井！」

劉符拽著琴姑走到那口深井邊，琴姑抓住空隙咬向劉符的手掌，令他吃痛地放開了手。琴姑大口喘氣欲逃，轉身之際，靳虞的雙掌直接推向她。一聲驚懼的呼喊之後，井底傳來沈重的驚響，接下來，便是駭人的寂靜。

靳虞的胸口上下起伏，此時她才察覺手指傳來疼痛，低頭一看，原來是中指的指甲方才推人時折斷了，指尖還冒出了血跡。她的指甲留得很長，平日還精心修飾，此時其中一指變短了，瞧著便有些突兀。

不過此刻靳虞想不了太多，她喘著氣望向劉符與容想說：「走！」

他們三人回過身，卻同時怔住了——

前來尋找琴姑的李茱兒踏上最後一層石階，剛往前走兩步，就見到這般駭人的一幕。

李茱兒震驚得睜大了雙目，一顆心差點跳出胸膛；靳虞的心同樣不能平靜，她深深望著李茱兒，鳳目中殺意翻湧。

見到那一道似箭的目光帶著殺氣朝自己射來，李茱兒揪著裙襬的手沁出冷汗，雙腳不由自主地往後退。

一步，再一步，猛然間，她腳下踩空，身體直直滾下石階。

「啊——！」

淒厲的一長聲驚呼過後，再無聲響。

靳虞跑上前察看，只見石階最下方，李茱兒閉著雙目，青絲散亂，頭部周圍冒出鮮血。

劉符快步奔下石階，探了探李茱兒的鼻息，又握住她的手把脈，他回頭對靳虞說道：「活不長，就算倖存，也難甦醒。」

靳虞深深望了李茱兒一眼，原本那個羞怯溫婉的女子，此刻正浸在一片血泊之中，奄奄一息。深吸了一口氣，靳虞忽然拔下髮間的一支鎏金蝴蝶髮簪。

這支簪子，是她成婚第二日向寧禾敬茶時得來的，她記得寧禾有支一模一樣的髮簪。

「將這髮簪丟入井中。」將髮簪遞給容想後，靳虞步下石階，經過躺在地上的李茱兒時，她垂眸道：「不要怪我，要怪只能怪妳運氣不好。」

宮牆上方的天空漸漸染上一層灰色，當烏雲飄來時，隱隱傳出轟隆聲。

阿喜望著宮牆外的天色，喃喃道：「像是要下雨了。」她囑咐一旁的宮女道：「快些將菜餚端入享居，殿下馬上要回來了。」

享居內，剛才在灶房忙碌了半個時辰的寧禾，此刻正十分疲累地撫著肚子癱在貴妃椅上。其實她還想多忙一會兒的，沒奈何此刻她腹部沈重，實在撐不了太久。

琴姑沒拿來竹葉，李茱兒也還未回來，最後那糯米糰子就被寧禾放在一旁，沒做那道菜了。

聞著鼻端飄入的飯菜香氣，垂眸望著高高隆起的腹部，小傢伙又在肚子裡踢了一腳，讓她不禁柔柔地漾起笑來。等顧琅予歸來時，瞧見她做了這一桌菜，會不會很驚訝？

門外響起一陣腳步聲，寧禾朝門口望去，卻是靳虞進入了寢房。

靳虞走近她，福身參拜道：「姊姊。」

「妳有何事？」

靳虞勾起唇角，笑道：「妾身要告訴姊姊一個好消息，方才有太醫來為妾身把脈……」她望著寧禾的腹部，眸中笑意更甚。「妾身已有兩個月的身孕了。」

聞言，寧禾的心跳像是瞬間停止了。

「妳說什麼？」寧禾說這句話時，聲音微微顫抖。

靳虞走近寧禾，朝殿內宮女道：「妳們都下去。」

眾宮女望著寧禾等候指令，寧禾抬手示意她們退下，她望著靳虞，靳虞眸中的喜悅與狠絕一一落入她眼中。此刻，她忽然明白靳虞是個什麼樣的人。

靳虞笑著對寧禾說：「怎麼，姊姊方才沒聽清楚？那妾身再向姊姊稟告一次，妾身已有兩個月身孕，正是殿下的骨肉。」

望著靳虞那得意的模樣，寧禾雖然難受，卻不相信顧琅予會背棄他們的誓言。

「若妳想破壞我與殿下之間的感情，只怕妳的念想要落空了。」寧禾微揚下頷，冷冷地瞪視她。

「姊姊若不信，隨便找個太醫來替妾身把把脈就是了。」靳虞走近寧禾，淺笑道：「姊姊離宮那個夜晚，就在享居，姊姊的寢房內。」

靳虞臉上笑意深濃，她走到妝檯前，伸手輕撫著上面的妝奩，看著鏡中反射的寧禾身影，說道：「殿下將妾身抱上姊姊睡的那張床榻上……」

寧禾一張臉色頓時失了血色，失神地望著靳虞。

靳虞在妝檯前停頓了一會兒，接著轉身睨著寧禾道：「妾身回宮去喝安胎藥了，姊姊信與不信都行，但是不妨親自問問殿下。」

她昂首闊步，笑著出了寢房，留下還未回過神的寧禾。

寧禾不信顧琅予會背棄承諾，可為什麼一顆心宛如被人割了肉一般疼呢?!

窗外雷聲轟隆響起，頃刻，大雨滂沱而下。雨勢來得急，滴滴聲響如珠落玉盤，寧禾只覺得雨聲極為刺耳，讓她心煩意亂。

不知過了多久，房門被人推開，顧琅予邁步踏入，他望著餐桌上一盤盤菜餚，雖不及廚子做得好看，卻看得出極為用心。

顧琅予走到寧禾身前，一把擁住她道：「我聽宮女說了，妳竟會做菜，連母妃都不會呢！」

他歡欣雀躍，宛若一個孩童般拉起寧禾的走去餐桌，說道：「快坐下，吾妻親自下廚，本殿真是何等有福……」

「顧琅予。」寧禾忽然出聲喚道。

「嗯？」他回眸，笑望著她。

「兩個月前，你寵幸了靳虞？」

顧琅予的笑瞬間僵住，他有些愧疚地望著寧禾，低喃。「阿禾……」

「有，或沒有？」

他移開眸光，不敢正視她，低聲道：「那日是醉酒所致，我並無意。」

啪嚓——寧禾只覺得心底傳來了碎裂的聲音。

第三十五章　拂袖而去

眼眶中濕氣翻湧，寧禾用力睜著眼逼回眼淚，她抽出被他握住的手，喃喃道：「醉酒真是一個好理由。」

「那一日父皇傳我們用晚膳，席間我心情不佳，飲多了酒，意識不太清楚。」

寧禾望著眼前這個男人，儘管他一臉愧疚，但是她心底的期待，早在他承認一切時碎裂四散，幻化成灰。

「恭喜你，終於有了自己的骨肉，要有子嗣了。」她移開眸光，望著窗外簌簌直落的大雨，冷笑著說出這句話。

顧琅予極為震驚地說道：「子嗣?!我打算遣走她啊！」

也難怪顧琅予大驚，從外面一回來，他就直奔享居來找寧禾，根本還沒有人告訴他靳虞懷上子嗣的消息。

寧禾只覺得自己錯得離譜。她愛上了，就以為他會遵守承諾，可細細一想，從她答應他娶靳虞為側妃的那一刻起，就難以避免今日這個局面。

世間沒有哪個女人能輕易放下感情，甘心無所作為，只怪自己一時心軟，相信了靳虞。

「你想要儲君之位不是嗎，如今有了子嗣，豈不是如虎添翼?」

「阿禾，我無心靳虞，我心中只有……」

話未說完，何文快速奔入房中，連一聲通報都沒有，他急道：「殿下，琴姑遇害了，李小姐身受重傷！」

寧禾錯愕不已，幾乎失聲道：「你說什麼？」

此刻她與顧琅予放下爭執，兩人相偕走出房門，琴姑的屍體被抬至廊下，而李茱兒則是一身衣裙被鮮血染紅，靜靜地躺在綁著布的竹架上。

寧禾奔至李茱兒身旁，顫抖地撫著她的面頰道：「茱兒，妳醒醒啊，茱兒……」

何文沈聲道：「已經去喚太醫了，李小姐還有氣息，皇子妃勿動了胎氣。」

顧琅予望著琴姑的屍身，怒道：「為何會發生這種事？給本殿嚴查！」

何文遞過一支鑲有金蝶的髮簪道：「琴姑去為皇子妃採竹葉，李小姐則是去尋琴姑，宮女見兩人久久未歸，前去上景閣，發現李小姐躺在血泊中，琴姑則墜入枯井身亡，胸口上有這支髮簪。」

顧琅予接過那支髮簪，覺得有些眼熟。

寧禾回身一看，猛然道：「是靳虞！」她沈聲喝道：「將靳虞喚來！」

顧琅予望著寧禾說：「妳認得這東西？」

「這是雍貴妃娘娘賞賜給我的，原是一對，一支在我這裡，另一支要由我賞賜給你的側妃，靳虞入常熙宮隔日，我便給了她。」

豈料靳虞被喚來時，髮間卻戴著一支鎏金蝴蝶簪，寧禾幾乎不敢相信，她死死盯著靳虞，心裡的怒火不得平靜。

「妳為何會戴這支髮簪？」說什麼寧禾都不相信今日的事與靳虞無關。

靳虞怯怯地看著他們兩個人，接著泫然欲泣地對顧琅予說：「妾身已經聽說了，琴姑與李小姐怎麼會慘遭這般不測？到底是何人所為！」

顧琅予沈聲開口道：「將妳頭上的髮簪取下。」

靳虞一愣，裝出不明所以的樣子取下髮簪，遞給顧琅予道：「殿下，這是皇子妃賞給妾身的，可有什麼問題？」

當顧琅予伸手接過髮簪時，寧禾注意到靳虞全部剪短的指甲。深宮中的女人大多喜留長甲，再於上面做出各種裝飾，但靳虞的指甲卻修得極短……不過此刻寧禾無暇細想，只專注在那支髮簪上。

看著手上的簪子，在顧琅予的印象中，這跟寧禾那支髮簪可說是一模一樣。

顧琅予抬眸凝視寧禾，問道：「妳那一支呢？」

這一刻，寧禾心底好似有了答案，卻不敢確信，她輕聲道：「妝檯的妝奩中。」

方才靳虞笑盈盈地走入她的寢房，靠近妝檯，背著她撫著妝奩，說出句句剜心的話。

顧琅予命人拿來妝奩，打開之後，卻沒發現那支髮簪的蹤影。

他凝眸朝寧禾望去，雙眸深邃如夜色，令她讀不出他的情緒。他就像初見時那個寡言冷漠的人，隔著數尺靜靜地看著她。

此時靳虞忽然摀住嘴，俯身在一旁乾嘔。

顧琅予揮手示意內眾人迴避，頃刻，偌大的大廳只剩他們兩人，他將妝奩放在一旁的茶几上，聲沈如冰。「想想看，妳的髮簪在何處？」

寧禾淡淡回道：「是靳虞拿走了我的髮簪。」就這麼短短一句話，其餘她未再解釋。

「靳虞素來守禮，為何會拿妳的髮簪？」

這一次，是靳虞勝了。從成婚那日起，靳虞便自割手掌染紅那方印證處子之血的喜帕，當時她就用這個行動取得了顧琅予的信任，然而此刻寧禾並無證據，如何能讓他信服？

他凝視著她許久，泛出一個苦澀的笑，說道：「寧禾，我想不通妳為何會如此。」

寧禾也淡淡回了一個笑。「既然你想不通，那便不是我所為。」

「妳要怎麼證明自己的清白？」顧琅予未再看她，他望向窗外，看似沈靜的面容下是一顆傷痛的心。如果她不拿出證據來，他找不到理由為她開脫。

寧禾沈默地站在原地，許久之後才開口道：「我為何要殺琴姑，要殺茱兒？」

「我不知道妳為何要殺琴姑，但是妳殺李茱兒，或許是因為她看見了不該看的，得要滅口。」他這番話便是外人會猜測的，這個時候他這麼說，其實是想替她分析局勢。

然而寧禾卻冷冷一笑，只當他是疑心自己，她回道：「你替我想的這個理由甚好。」

顧琅予回眸望著寧禾，不解地問道：「妳就不解釋？」

琴姑待寧禾甚是恭敬，除了經常逼她服用補湯，讓她有些惱怒之外，再無其他事情。此刻遭逢失去乳母之痛，顧琅予實在無法細細思考。

寧禾回望顧琅予，四目相對間，冷寂無言。

過了一會兒，寧禾仍未回答他的質疑，只道：「你與靳虞的事已經有兩個月了，為什麼不告訴我？」

知道這件事以後，讓她覺得這些日子以來自己就像個傻瓜，每天為他憂心、為他牽掛，如今事實證明他在她離宮當晚就碰了靳虞，還有什麼好說的？

「本殿不記得那一夜發生了什麼事。」

寧禾嘴角忍不住浮出一絲冷笑。不記得了？這也是一個好藉口！

「你還記得自己答應過我什麼嗎？」她平靜地問道。

顧琅予回答。「記得，本殿說過不會碰她。」

「我們大婚那日，你還記得我也說過一句話嗎？」

說起那天，顧琅予只記得他們兩人鬧得很不愉快，他搖了搖頭。

「我曾說過，唯有我眼中待見、心中待見，我才甘願。」

寧禾很清楚她的心已裂為碎片。前一世，她愚蠢地相信所愛的人；這一世，她以為會得到幸福，卻恍然明白原來這不過是奢望而已。

她伸手握住左手手腕處的白玉鐲，狠狠脫下。

因為沒打上皂水，這般狠狠一拽，讓她的手腕瞬間疼痛不已。這股痛楚蔓延到心頭，甚至傳到了腹部，讓寧禾整個人顫抖起來，可她卻始終強忍著淚水，不讓他看見自己有多痛。

脫下玉鐲後，寧禾輕輕鬆手，任由它掉落地面。玉鐲四分五裂，再不復以往。

寧禾的雙眸越過顧琅予，望向窗外的大雨，低聲道：「此後再無明月，也無伊人。」

當初顧琅予被蛇咬傷後才剛好，便出宮去尋回這個白玉手鐲，他曾滿目柔情，將玉鐲套入她的手腕，在她耳側含情脈脈道：「明月初回，白玉配伊人。」

如今這一切，全都成了過去。

寧禾轉身離開常熙宮大廳，走入雨簾中，素香與阿喜連忙撐著傘來追寧禾。

「皇子妃，雨勢急，您先回宮吧！」素香憂心地攔在寧禾身前，替她高高舉著傘。

寧禾置若罔聞，她要阿喜去叫馬車，接著回眸望向重重宮闕，只見宮燈被晚風吹打，在廊下搖晃，昏黃的燈火中，再看不出一絲暖意。從前，她說服自己可以將這裡當作家，眼下她卻一刻也不願多待。

腹中的疼痛越來越劇烈，寧禾忍著痛楚，待馬車到了之後，她神情淡然地上了車，阿喜隨她進去，拿乾布替她擦拭髮間的雨水。

素香也欲上車，寧禾卻直接伸手落下簾子，聲調涼如夜雨。「從此之後，我寧禾與皇宮再無干係。」

馬車駛出常熙宮的宮門，留下素香隻身站在雨中。

寧禾面無表情地坐在馬車內，心思飄忽。不是她不喜歡素香，只是素香是顧琅予的手下，她並不想帶走屬於這裡的任何東西。

伸手輕撫頭髮，溫潤清涼的觸感傳來，她頭上正戴著那支碧玉釵。猶記那一日，顧琅予當著眾人的面，將這釵子插入她髮間……

腹部的疼痛更加激烈了，寧禾倚在車壁上，只覺全身疼得近乎痙攣。

阿喜見寧禾的臉色蒼白如紙，驚慌不已。「皇子妃，您怎麼了？」

「不要叫我皇子妃。」

其實阿喜私底下習慣叫寧禾「小姐」，可是剛才素香還在她身邊，便一時忘了，她連忙點頭道：「好、好，小姐，您怎麼樣了，可是動了胎氣？」

寧禾咬住下唇。如今她腹部疼痛不說，下體似乎還有一道暖流湧出，她伸手摸去，只覺一片潮濕，抬手一看，竟是醒目的鮮紅色。

「啊！」一望著寧禾手上的鮮血，阿喜驚呼出聲，她驚慌道：「奴婢去叫殿下！」

寧禾吃力地拽住阿喜。「命車伕快些，回到雲芷汀之後，妳去請大夫與穩婆！」

一波波疼痛襲來，寧禾知道自己這是動了胎氣，恐怕會早產。

車伕不敢耽擱，飛快將馬車駛回雲芷汀。

在顛簸的路途中，寧禾強忍著疼痛，回到雲芷汀後，她被婢女攙扶著進入內室。

阿喜將大夫與穩婆帶來之後，大夫立刻為寧禾把脈，穩婆則囑咐婢女。「去多燒一些熱水來！」

內室中，阿喜跪在床邊，焦急道：「小姐，您要挺住啊……」

大夫把完脈後鬆了口氣。「幸好腹中胎兒無大礙，但畢竟是早產，又是第一胎，一定要挺住，好好配合穩婆才能順產。」

餵寧禾吃下增補氣力的藥丸後，大夫便退至屋外，穩婆一直陪伴在寧禾身側，但是兩個時辰過去了，胎兒仍未產下。

穩婆不住為寧禾打氣。「夫人，如今宮口已開，您加把勁啊！」

寧禾躺在床榻上，整個人疼得使不出力氣，她手指死死攀住床沿，虛弱道：「我生不下……」

這一刻，忍了許久的淚水終於滑出眼眶，她搖著頭說：「太疼了，我生不下。」

穩婆安慰道：「夫人，生孩子哪有不疼的，您再使把勁，孩子就出來了！」

「來，吸好氣之後憋住，下巴頂住胸口，用力使勁……」穩婆擦去寧禾額間大顆大顆的汗水，不停地鼓勵她。

轉眼間，已到隔日的子時，窗外大雨仍下個不停，六、七名婢女皆端著熱水疾步在廊下穿行。

穩婆滿頭大汗，繼續道：「再出點力，看見腦袋了！」

床榻上，寧禾早已精疲力竭。她的髮絲被汗珠浸濕，凌亂地貼在額間，雙頰上滾落的不知是汗水還是淚水，身下那撕裂般的疼痛，在她使勁的同時更加劇烈，讓她話都說不出來了，只能偶爾哀號幾聲。

「夫人，想想您家官人，想想孩子，再加把勁——」

聽到「官人」兩個字，寧禾忽然想到，她的丈夫已經另有子嗣了，他從來不知道這就是他的孩子，可腹中的胎兒何其無辜，她怎麼能因為忍不住生產的劇痛而放棄呢？

寧禾睜大雙眼望著床頂。她不是早在重生醒來後就發誓不再涉及男女之情，要努力為自由而活嗎？遇見顧琅予只是場意外，她要回到正軌，帶著孩子過自己的生活！

狠狠吸了口氣，寧禾擠出最後一點力氣，拚命要讓孩子來到世上。

一聲嬰兒啼哭在室內響起，寧禾終覺身下一空，精疲力竭地躺在床榻上一動也不動。

穩婆剪斷臍帶，抱住小小的嬰兒，歡喜地說道：「恭喜夫人喜獲千金！」

由於阿喜找人時慌了手腳，話都說不清楚，穩婆為了了解情況，先問過婢女，對方只道寧禾懷有六個多月的身孕，她還以為孩子肯定活不成了，誰知這嬰兒竟比她想像中大上許多，看起來就像八、九個月，不知道是哪個富貴人家有這般福氣呢！

「讓我看看……」寧禾努力偏過頭，只見那小小的嬰兒咧嘴啼哭，渾身皮膚通紅，面頰也是皺巴巴的。果真如她夢中那般，她期盼已久的女兒終於與她見面了。

寧禾心滿意足地笑了，她想伸手觸碰女兒的小臉，卻再無力氣，只能沈沈睡去。

阿喜快步上前從穩婆手中接過嬰兒，小心地將她抱在胸前看了看，確定沒問題之後，她便將嬰兒交到穩婆手上，鄭重道：「好生照看我們家小姐與小小姐。」

囑咐過穩婆，阿喜接著撐了把傘走出門，喚來車伕道：「去皇宮。」

身為婢女，阿喜自然知道她家主子的心思，他們明明心裡有對方，卻因誤會而硬生生分別。她不明白今日為何會接連發生各種狀況，但是她此刻只想做一件事，就是讓殿下知曉皇子妃已經生下孩子，讓他知道這是他的骨肉！

阿喜早已從寧禾身上拿了顧琅予的附令，因此即使是這個時間，馬車仍舊順利地駛入皇宮，然而她剛跑到常熙宮宮門外，就被容想攔住了。

「妳讓開，我要進去！」

容想撐著傘，趾高氣揚道：「皇子妃害死了殿下的乳母，還想再入常熙宮嗎？」

「妳家主子不過是個側妃，妳也敢攔我的道?!」為了寧禾，阿喜的態度非常強硬。

「她不敢攔妳，那我呢？」話落，靳虞出現在宮門屋簷下，她勾起一笑，說道：「妳家主子傷了殿下的心，妳這個做婢女的還是不要出現在殿下面前了。」

阿喜恨恨地瞪著靳虞說：「讓開，常熙宮不是妳說了算的，我要見的是殿下。」丟開傘，阿喜跨上臺階，欲往前行。

靳虞一揚手，便有侍從將阿喜攔下，阿喜個頭嬌小，兩三下便被侍推倒在地。

雨水淋濕阿喜的衣衫，她一身狼狽，怒道：「往日我家皇子妃怎麼不知妳竟是這般蛇蠍心腸！」

靳虞眸中漾滿得意，冷冷道：「想跟我鬥，只怕妳家皇子妃還不夠本事。」

阿喜不再看靳虞，她在雨中大喊。「殿下，皇子妃腹中胎兒是您的骨肉，奴婢求您出宮看看皇子妃！」

靳虞沈聲朝侍從道：「將這婢女的嘴堵住，拖出去，閉宮門！」

沒多久，阿喜再也出不了聲，她的口鼻皆被侍從死死摀住，連呼吸都變得困難，就這樣，她被拖離了常熙宮。

雨聲不休不止，靳虞走到享居外，卻被何文攔下。

「靳夫人，殿下不見任何人。」何文睨著靳虞。眼前這個女人美貌尊貴，但是在他眼中，品性卻遠遠不及享居那位主子，今日之事，恐怕不是這麼湊巧！

與寧禾一樣，何文留意到靳虞的手指修剪得相當乾淨，但他只淡淡道：「靳夫人請回吧！」

靳虞望著享居裡透出來的燈光，無奈地返回碧水閣。

第三十六章　情勢驟變

顧琅予一個人坐在享居內，餐桌上，寧禾做的菜早已涼透。他原本應該覺得幸福，但是那個多年如母如僕照顧他的琴姑死了，寧禾也因靳虞的事情狠心離開他，甚至他從未正眼瞧過的靳虞，竟懷了他的骨肉……

何文推門入內，勸道：「殿下不可再飲了。」

斟滿了酒，顧琅予大口飲下，此刻他只想醉得不省人事。

「查了沒有？」

「確實是皇子妃吩咐琴姑去採竹葉的，過了一陣子之後皇子妃便從灶房回到享居，屏退宮女，只道要歇息。素香說她不敢打擾皇子妃，房門外也無人值守，因此無法得知皇子妃到底有沒有去過竹園。」

「她肚子這麼大了，不會跑去荒置已久的上景閣。」顧琅予又喝了口酒，雙目迷茫。方才他並未多想，如今細細推敲，她怎麼可能挺著肚子跑去那裡？

何文道：「既然殿下相信皇子妃不是殺害琴姑的凶手，那為何不追回皇子妃？」

追回？顧琅予苦澀地一笑。他身分尊貴，卻獨獨勉強不了她的心。他曾以為世間最倔強之人當屬母妃，卻不想寧禾比她還要強硬，哪怕心裡有他，仍要離他而去。

「如今局勢詭譎，顧衍在外擁兵、顧姮屢次設計本殿，本殿尚且不能自保，並不希望她被牽扯進來。」顧琅予丟下手上的酒盞，拾起那碎裂的白玉鐲，原本的溫潤美好已經碎成幾截，好似他們之間的感情，再不復初。

何文道：「蘭妃娘娘驚聞噩耗後，已準備徹查，若蘭妃娘娘得知此事與皇子妃脫不了關係，皇子妃恐難洗脫罪責。」

顧琅予眸光凜冽，冷道：「尋個宮女受下這罪，妄加議論者，格殺勿論。」

他凝視著碎裂的玉鐲，沈聲道：「靳虞當真懷了子嗣？召李複來診脈。」

何文稟道：「殿下忘了，皇子妃將李複調去岙州為她祖母看病，太醫院院判已為靳夫人診斷過，確實是喜脈。」

望著窗外的大雨，顧琅予低聲道：「今日之事，你要嚴查，待靳虞產下子嗣，將她送至朔北，永不得歸。」

晨光破曉而出，整夜的雨水洗去宮殿的塵土，連空氣都變得清新許多，得知昨天發生的事，散了朝之後，寧一便心急火燎地趕去雲芷汀。

到了雲芷汀後，寧一就見到阿喜守在內室。

「阿禾呢？」寧一著急地問道。

「大公子！」阿喜落下淚來，輕聲說：「小姐仍在睡呢！」

「茱兒為何會受傷？昨日到底發生了什麼事？」

待阿喜說明過後，寧一的雙唇失了血色，擔憂道：「如今阿禾怎麼樣？」

「小姐平安無事，只是生產過後還未醒來。」

「生產？」寧一瞪大雙目道：「孩子呢？」

他們兩人的談話聲喚醒了寧禾，阿喜連忙端了杯熱水讓寧禾飲下。

寧禾望著寧一，深吸了幾口氣後才吐出話來。「茱兒怎麼樣了？」昨夜她完全沒時間思考李茱兒的事，此刻既憂心又愧疚。

「她……」寧一微微哽咽，堂堂七尺男兒，竟流下淚來。

寧禾的心漏跳了一拍，緊張道：「她怎麼了？」

「失血過多，發現得太晚，此刻她在李府由太醫照料，但是不知道何時才會醒來？」寧一的雙手緊握成拳，往日灑脫的男兒此刻充滿傷痛與憤怒。

寧禾怔怔地失神道：「是我害了她。」她不忍地望向寧一說：「對不起，哥哥，是我沒照顧好她。」

然而寧一此刻卻沒有心思回答她，只是沈浸在自己的思緒中無法自拔。

寧禾思考了一下昨日的情形，說道：「茱兒一定是發現了什麼，所以才會慘遭毒手。哥哥，這段時間你一定要保護好茱兒。」

「我已經錯了一回，再也不想錯第二回了。」寧一長嘆一聲。此刻他心情欠佳，甚至連寧禾剛產下的女兒也沒瞧一眼，便去了李府守候李茱兒。

待寧一離開後，寧禾急忙問阿喜。「孩子呢？」

阿喜立刻命人抱來嬰兒，寧禾輕輕將孩子擁入懷中，唇角浮上一絲滿足的微笑。

「小姐，小小姐乖巧得很，夜半哭過一回之後，就一直睡到現在呢！」由於寧禾這次意外早產，加上又是深夜分娩，因此無法及時找到乳母，幸好雲芷汀有下人正好在為孩子哺乳，寧禾的女兒才沒挨餓。

寧禾摟緊懷中的嬰兒，這小小的人兒似乎察覺到了，她用還睜不太開的眼睛瞧著寧禾，此刻她不哭不鬧，咧著小嘴，流出了津液。

伸手輕輕擦掉唾液，寧禾將臉輕輕貼在小嬰兒細嫩的肌膚上，心底泛著一片暖意。

「我的女兒……娘親終於等到妳了。」

寧禾的眼眶濕熱，一顆眼淚滴落在女兒的頸脖處，往她小衣裡面滑，寧禾慌忙掀開衣服想為她擦拭，下一瞬間卻愣住了。

女兒的胸口處有三顆醒目的紅痣，宛若含苞待放的一朵紅梅。

常熙宮中多少個夜晚，她與顧琅予同衾共枕，自然記得他胸膛上正有這三顆紅痣，如今女兒的生辰不但與他同一天，身上竟也有同樣的印記。

拭去女兒身上的淚水後，寧禾仔細替她穿好衣物，心中百感交集，不知是何滋味。

眨眼間，已經過去半個月。寧禾早產之後，身體仍然很虛弱，一直在雲芷汀調養身子。此刻的雲芷汀如一座與世隔絕的小苑，除了每日採買伙食的廚娘，便無人進出院門。

之後又過了半個月，李茱兒仍舊昏迷不醒，無論用藥還是施針都不見好轉，如同一個木偶沈睡在李府閨房中。

揮別秋季進入初冬，到了夜間溫度便降低許多。阿喜抱了厚毯進入內室，瞧見寧禾蹲在搖床前逗弄女兒，不由得說道：「小姐，地面涼，您回床上躺著吧！」

寧禾望著睡得正香甜的女兒，柔聲道：「我已坐足月子，也應該多走走。」

這一個月裡，她與顧琅予再未見過，不過她早已收起那份心痛，只當自己不曾愛過，眼中除了女兒，再無旁人。

此時，房門外忽然傳來急促的響聲，女兒「哇」地哭出聲來，寧禾慌忙抱起女兒，示意阿喜打開房門。

只見門口站著一個壯碩魁梧的中年男子，他瞧著寧禾，雙眸露出疼惜之色。

寧禾怔怔望著他，回過頭又看到阿喜一臉欣慰，驀地，寧禾明白這是她的舅父紀修盛。

除了舅父，世間再無一個這種年紀的男性長輩疼愛她了。

「阿禾，妳受苦了。」

「舅舅。」寧禾禮貌地喚了一聲。此時夜風襲來，她擁緊了襁褓中的女兒，退步讓紀修盛入室。

坐在室內，紀修盛深深望著寧禾道：「我聽聞妳落水失憶，可還記得從前之事？」

寧禾看著這個真心關愛她的長輩，搖了搖頭。

紀修盛喟嘆一聲，沈吟了許久後才道：「為何要與三皇子殿下鬧得分開？」

寧禾小心地將女兒交到阿喜手上，接著替紀修盛斟了茶，問道：「舅舅怎麼知道的？」

「身為手握雲鄴兵權的武將，妳當舅舅沒個眼線在宮裡？」

寧禾失笑道：「這是我跟他的事，舅舅就讓我自己處理吧！」

紀修盛未置可否，只從懷中拿出一枚青銅手令，說道：「阿禾，姊姊只有妳一個女兒，她離世時託我照顧你們兄妹，雖然舅舅遠在邊關，身不由己，但妳出事，舅舅也有責任。」

他將手令放入寧禾手心，又道：「這是多年前從我軍隊裡撥出的一支兵力，被陛下分散在京畿各處做普通看守，只要在奉鎬山頂點燃紫霧煙火，便能以此手令召集千名勇士。」

寧禾驚道：「舅舅，您為何給我這個？」

紀修盛回道：「我從軍多年，雖然雲鄴與祁水無戰事，可我卻深知朝堂險惡，預先留了一條後路；儘管這支兵力只有千名，但是他們實乃精強之人，如今，舅舅覺得妳比我更需要幫助。」

寧禾動容。她重生後不過與紀修盛第一次見面，然而這短暫的接觸，卻讓她感受到這份親情的真摯與美好。

「舅舅把手令給我，今後您又該怎麼辦？」

「目前局勢混亂，但是三皇子殿下有可能成為儲君，有妳在，他還敢動舅舅不成？」

紀修盛的語氣聽起來輕鬆，寧禾卻滿懷愧疚。過去她有多糾結先略過不提，但是從那一日起，她早就決心斬斷這份感情了。

「陛下沒召舅舅回京，舅舅怎麼來了？」

聞言，紀修盛臉上帶著笑說道：「我正要告訴妳，由於擔心妳與三皇子殿下的處境，所以我悄悄跑回來了。」

寧禾失笑，覺得這個長輩實在親切又可愛，她問道：「那接下來怎麼辦？」

「我打算偷偷回朔北去。」

寧禾有些無奈。這個高大魁梧的男人像個孩子一般，朔北與京城之間千里迢迢，他竟說來就來，說走就走。

「阿禾，妳已經長大，不再是去年舅舅看到的那個小姑娘了。為人妻母，做任何決定，一定要三思而後行。」紀修盛站起身，囑咐著寧禾。

寧禾沈默地點了點頭。

紀修盛朝阿喜懷中的嬰兒投去慈愛的目光，接著轉頭對寧禾說：「舅舅回去了，安榮府與紀氏一門的榮辱興敗，都繫在妳身上了。」

話一說完，紀修盛便轉身離去，留下寧禾怔怔地望著他的身影消失在夜色中。

過去，她一心想要為自由而活；此刻，她也一心想要為自己而活。可她到現在才認清，她不僅身負安榮府的興亡，也勢必要挑起母系家族的重擔。

若顧琅予失敗，屆時將牽連安榮府，也會累及她那手握兵權的舅父。

這一夜，寧禾睡意全無。

寧禾一直不出雲芷汀的大門，但是寧一會定時為她遞來宮內的消息。皇上的身體越來越差，數次在朝堂咳血不止。

這一日，寧一帶來的訊息，讓寧禾驚慌到近乎窒息。

為了醫治皇上的病，需要一味藥材，此藥生長在深山峭壁上，皇子們出宮為皇上採藥，不料顧琅予落入懸崖下，生死不明。

寧禾顫抖道：「讓府上所有人去尋，務必找到殿下！」

她以為自己能放下他，可是在聽到他生死未卜時，她才明白心中還有牽掛；就算不能在一起，到底是她愛過的人，也是她女兒的父親，她希望他仍活著。

顧琅予被雲芷汀的人尋獲時，正躺在一處水岸旁，衣衫被鮮血浸透。

侍從將他送回寧禾身邊，從他身體上的傷口看來，並非失足落入懸崖，而是被刀劍傷過，也就是謀害。

此時女兒啼哭起來，細嫩的聲音讓寧禾不忍，她對阿喜說道：「將孩子抱去乳母那邊，讓哥哥進宮去請何文。」

大夫處理完顧琅予的傷口，便守在耳房候命。

寧禾坐在床沿，望著昏迷中的顧琅予，只見他眉目緊蹙，即便在睡夢中，神色也是冰冷警戒。他的五官依舊英挺，面頰略有消瘦，稜角分明的輪廓讓他更難以親近。

她怔怔望了他許久，緩緩起身，手卻被顧琅予握住，他閉著眼，雙唇因失血而泛白，但是手上的力道未減，仍緊緊抓著她。

寧禾用了點力將手抽回，轉過身，不想再看他的容顏。

何文匆匆入室，瞧見顧琅予的那一瞬間如釋重負，他感激地望著寧禾說：「皇子妃，殿下有妳，才得安康！」

寧禾只淡淡道：「將你家殿下抬走。」

何文一愣，緊盯著她說：「皇子妃可是惱殿下這些時日未來看皇子妃？其實殿下是怕局勢……」

「將這人抬走，你不抬，我便讓人將他丟出去。今日之事，也不需要跟他提起。」

面對寧禾散發出來的冰冷氣勢，何文無奈地命人抬著顧琅予上馬車。臨走前，他對寧禾說：「皇子妃不要誤會殿下，他並不信皇子妃會害琴姑，殿下對皇子妃其實情深義重。」

寧禾聽了這番話，仍是面無表情，何文只能默默帶著顧琅予離去。

當夜，寧禾手執紀修盛給的那塊青銅手令，登上奉鎬山頂，沈聲命隨從點燃紫霧煙火，倏然騰升的火花瞬間璀璨綻放，照亮漆黑夜色。

寧禾心想，她這麼做只是為了自己與女兒、為了安榮府與紀氏一族，可心底最深處的那份悸動卻時隱時現，總在無意時揪痛她的心。

難道她這麼做，不是為了他？

握緊了冰冷的青銅手令，寧禾知道，一場戰爭，或許馬上就要開始了。

數日後，帝崩於甘泉殿，辛銓宣讀先帝遺詔，傳帝位予皇三子，皇六子舉兵入宮，於金鑾殿外與皇三子兵戎相見。血濺宮殿，眾人驚慌奔竄，皇六子敗於皇三子所設重伏，以謀逆罪扣於天牢。後查，先帝死因為每日所服之藥丸，此藥丸為皇四子私研，以毒草摻浸，故而敗壞龍體，害其性命。

當喪鐘傳來的那一刻，寧禾正站在雲芷汀的庭院內，聽著喪鐘一聲聲敲響，她心中只有一個念頭：他不要有事！

驅車趕去皇宮，鎮守城門的將領已換了面孔，寧禾坐在馬車內，身後領著千名士兵，正是紀修盛交給她的那支軍隊。

守門將領表情冷酷，望著寧禾厲聲道：「三皇子妃所領何軍？又因何入宮？」

寧禾沈著地回道：「我要進宮，你攔得住嗎？」

她知道喪鐘應該是先帝駕崩許久後才傳出來的，這段時間裡，顧琅予一定解決了所有麻煩，面前這個阻攔她去路的將領沒逮捕或斬殺她，只有一個原因，就是他是顧琅予的人。

不過寧禾有一點想不透，皇帝最喜愛的兒子是顧衍，卻傳帝位給顧琅予，其中究竟發生了什麼事？

那個將領猶豫了一會兒，答道：「下官要通傳。」

半刻鐘後，城門打開，寧禾將軍隊留在外面，獨身入宮。

第三十七章 與君和離

寧禾腳步匆匆，她途經甘泉殿，經過常熙宮，最後停留在後宮。她第一時間沒有去見那個人，而是要進惠林宮。

此處有士兵把守，見來人是寧禾，雖然恭敬行禮，卻未讓步，只道：「若無新帝諭令，不可入內。」

寧禾沈下臉色，冷面以對。「正是新帝吩咐的。」

守門的士兵面面相覷，見寧禾氣勢凜然，又清楚她的身分，便不再阻攔。

惠林宮內，寧禾隨口問了一個宮女蘭妃所在之處，便逕自前往。走入花苑，蘭妃正端坐在案旁，見到寧禾走來，她的表情泰然自若，並未吃驚。

「蘭妃娘娘。」寧禾恭敬地行了個禮，坐到蘭妃對面。

「妳已產下子嗣了。」蘭妃溫和的目光停留在寧禾腹部，平靜地開口說道。

按照外人的眼光，寧禾的孩子這個時候生下來，幾乎沒有存活的可能，然而此刻皇宮遭逢巨變，因此無人有心思深究這件事。

「蘭妃娘娘，我是來救五皇子殿下的。」

聽到寧禾這句話，蘭妃猛然抬頭望著她說：「妳……」

「先帝已崩，五皇子殿下昔日與四皇子殿下結黨，待三皇子殿下登基為帝，五皇子殿下性命就難保了，只有娘娘才能救他。」

蘭妃警戒地盯著寧禾，隨即透過她的目光明白了一切。「妳怎麼知道精兵調令一事？」

寧禾只道：「娘娘，五皇子殿下雖然不站在三皇子殿下這邊，但我知道他並非大逆不道之人，若娘娘現在不出手，恐怕今後我也幫不了他。」

蘭妃沈默了一會兒，便起身去宮裡拿寧禾要的東西。

虎符到手之後，寧禾心想，若不是皇帝駕崩得太過突然，甚至沒囑咐蘭妃交回虎符，只怕她無法輕易將這五萬精兵的調令拿到手。

離開惠林宮，寧禾朝金鑾殿走去。放眼望去，宮道上有眾多士兵嚴守，金鑾殿外，漢白玉石階處血跡斑駁，肅殺之氣尚未消散，血腥味仍充斥著整座皇城。

寧禾走到殿門外，身穿盔甲的將領攔住她，說道：「皇子妃，請容下官通稟。」

將領邁步走去殿內，而後返回恭請寧禾進去。

走入殿中，只見那人依舊身著皇子所穿的蟠龍紋飾長袍，髮冠間斜插一支青玉簪。聽到寧禾的腳步聲，他回頭望著她，如墨的雙眸飽含思念，接著又看向她那平坦的腹部。

相較於他，寧禾精緻美麗的容顏平靜如水，毫無漣漪。

顧琅予張開嘴，卻未開口。他想問她孩子是否平安生下？可一想起那不是自己的子嗣，她又這般安然地站在他面前，擔憂之情便消失了一半。

「我來談當初你我那個交易。」寧禾輕聲說道。

顧琅予望著寧禾說：「什麼交易？」一個多月未見，她對他說的第一句話竟是這個。

「殿下忘了？大婚那日你我約定，只要我助你奪下儲君之位，你便還我自由。」一字一句，她說得平靜淡然。

顧琅予忍不住上前握住寧禾的雙肩道：「阿禾，琴姑的死疑點重重，我並非認定是妳所為。」

寧禾後退一步，避開他溫熱的大掌，低聲道：「既然先帝已立下聖旨將皇位傳於殿下，我又帶了虎符前來，殿下這交易並不虧。」

望著面前這個人，寧禾忽然間笑得嫵媚，繼續說道：「殿下已有美妾在懷，妾身既是殘花，何必眷戀。」

顧琅予冷笑一聲道：「妳當真以為父皇立我為儲君？他欲傳位於顧衍，而非我。」

寧禾驚訝地問：「所以你就弒父奪位，假造聖旨？」

顧琅予收起笑，面色漠然道：「是父皇病危欲立詔之際，遭顧姮逼迫立他為儲君，因而動怒身亡。顧姮這麼做正好讓我有機可乘，我不過坐收漁翁之利罷了。」

他眷戀地凝視著寧禾，急切地說：「阿禾，待我登基就遣走蘄虞，妳我……」

「那你的子嗣呢？」寧禾冷冷打斷他的話。「你可以遣走任何人，但是你能讓我當作這一切全都沒發生過？」

顧琅予沈默以對。

「你完成心中夙願，我也只想好好與孩兒過日子，自此你我互不相欠，你要娶誰，再與我無關。」

寧禾拋出手中的虎符，被顧琅予穩穩接住，接下來她從腰間錦袋中拿出兩張宣紙道：「我已擬好和離書，請殿下簽了吧！」

顧琅予的胸膛猛烈地起伏，他狠狠拽住寧禾的手腕，將她帶入自己懷中，溫熱的氣息噴在寧禾的肌膚上，他喉頭發緊道：「妳心中可有我？」

常熙宮中那些甜蜜的過往，難道她真的都忘了？

寧禾直視著這雙緊緊逼視她的眼眸，往事浮現在腦海中——他曾霸道地扯掉她的衣衫，強壓她在身下，也曾用盡柔情吻遍她周身，一遍遍愛她；他曾深情繾綣，語氣親暱地說著「明月初回，白玉配伊人」……

「我心中，再無你。」

顧琅予陡然鬆開手，拿走寧禾手中的兩張宣紙，帶著一腔怒火轉過身快步至御案前奮筆疾書，隨即將兩張和離書拋至空中。

宣紙緩緩飄落，靜悄悄地落到地面上。

寧禾拾起其中一張，望著那個此刻怒不可遏的人，說道：「多謝陛下。」

此刻，她改了對他的稱呼，她靜靜凝望他許久，他也無聲地注視她。

顧琅予的胸口仍然劇烈地起伏，既嚥不下那口氣，也不好對她咆哮，只能透過雙目傳遞他的憤怒與痛苦。

寧禾忽然靜靜開口道：「臣女有事想求陛下。」

「說。」他的聲音沒有溫度。

「臣女無家可歸，想拿一千勇士換個官職。」

顧琅予雙眸微瞇，冷笑道：「妳給朕暖床倒適合，還想為官？」

寧禾也不惱，只淡淡道：「臣女還要養女兒，和離後回娘家恐受欺淩，想謀個盉州郡守之職。臣女有千名勇士可與陛下交換，他們實乃精強之人，一能抵十；此外，陛下初登基，須耗費巨資重整內政，臣女可為陛下獻上黃金、銀器。」

顧琅予默默看著寧禾。他何嘗不明白，雖然她是安榮府的嫡孫女，可她無父無母，許貞嵐的身體目前又不好，若她帶女兒回盉州，處境勢必艱難。

方才一氣之下簽了和離書，顧琅予已經後悔了，但是丟出去的東西收不回，望著寧禾手中攥著的那張宣紙，他心中忽然有了計策。

「妳還有什麼要求？」

「再無。」

「朕答應妳。」

寧禾低眉，行了君臣大禮。「臣叩謝陛下。」

「替朕為官不比替朕暖床，此後盉州每歲須繳稅十萬兩，綾羅錦緞千疋，糧千斗。」

寧禾頓時憤慨不已，她見顧琅予眸中寫滿了刁難。分明是故意的！

雲鄴繳稅比例，按每個郡所得一成計算，如果每年要上繳十萬兩，相當於盉州所得需要達到一百萬兩。在盉州，綾羅錦緞幾乎被安榮府壟斷，他們的綢緞以品質取勝，上繳朝廷時從不以數量來計，若每年要上貢千疋，相當於大半年都在為顧琅予忙活；糧千斗便是萬升，碾百萬升穀方得幾萬升米，難道要盉州全民沒日沒夜地替他在田間吐血拚命？

這一切加諸在一個剛上任的郡守身上，無異於要百姓唾罵她暴斂橫徵，不察民情。

「陛下分明是刁難臣。」

「朕早就說過，為官不比為妻，看妳是要做官，還是當朕的妻……」

「陛下無須再言，臣認了。」

顧琅予深邃的眸子望著寧禾，再道：「那好，此刻已近年末，先略過不算，下一個年度開始，以三年為期，三年內若有一年達不成目標，朕便削了妳郡守之職。」

然後……再將妳擄回我身邊。

最後那句話，顧琅予是在心裡說的，寧禾自然不知道，她只怨自己不得不認栽。

「我還有一事相求。」寧禾換了自稱與口氣，用懇求的目光拜託顧琅予。「放過顧衍與顧末吧！」

過了許久，顧琅予才道：「好。」因為有愧於她，所以他同意了。

「妳還有什麼要求？」其實他想問的是：妳還有什麼話想要對我說？

寧禾環顧這金碧輝煌的大殿許久之後，才凝視著他說：「你有一塊碎裂的玉墜子，能不能給我？」

顧琅予凝眸望著她，輕聲說：「好。」

那塊玉墜子曾是他胸間垂掛之物，是母妃留給他的，好讓他能睹物思人。他過去無意間讓玉墜子摔為兩半，雖然黏合回去，最後還是掉落了一半，後來就被他收在書房裡。

他想，大概是她在書房瞧見過那塊玉墜子，所以才向他索討——這是她想要睹物思人的意思嗎？

「還有什麼？」

「再無。」

寧禾靜靜地望了顧琅予一眼，轉身走出大殿。

平治三十九年，新帝即位，改年號為建元。登基大典這一日，天氣晴朗，漢白玉石階盡鋪上紅毯，文武百官皆到場參見新帝。

金鑾殿前，顧琅予身著一身玄色帝王冕服，由內監與宮女簇擁而來。冕冠下十二旒玉串，為顧琅予那張俊朗的面容添上了威嚴，他的雙眸若隱若現，看起來深不可測。

顧琅予放眼望過去，只見四周人群黑壓壓一片，卻沒有他心底想見的那個人。

帝王冕服上，金地緯絲線所繡的十二章紋在陽光下熠熠生輝，蔽膝由錦緞製成，佩綬環腰，玄色赤舄尖覆東珠。今日的他，威風凜凜，君臨天下。

顧琅予昂然立於殿上，望向綿延至遠方的人群，心卻飛到城南那頭的雲芷汀。

身旁，通贊官唱道：「鞠躬，拜興，搢笏……」

通贊官再唱。「跪左膝，三叩頭，山呼萬歲——」

「吾皇萬歲萬歲萬萬歲——」

新帝登基為帝的第二日，朝中有人言新帝奪權篡位，不久後，京城的鶴鷺山有十二尺寬的巨石砸地，上面刻有上古範文，識其文的老臣指稱，文曰「萬壽予之，天顧恩澤」，此乃祥瑞喜兆，寓意新帝為雲鄴之主，無可替代。

何文被顧琅予任命為內史令，而辛銓在完成幫助顧琅予登基這個任務之後，便告老返鄉頤養天年，是以如今秦二是他身邊的親信。

「陛下，臣調查過了，鶴鷺山一切並無異常，巨石應當是天象所為。」

顧琅予坐在御案前，起身負手低喃。「天象？」

他不信天象，只信命運由自己操控，但為何鶴鷺山會降下巨石，解了他的燃眉之急？

「陛下，這次沒查出什麼，可要繼續查下去？」

顧琅予淡淡道：「罷了。」

何文忽然雙眸一亮，說道：「陛下，瑞王爺來京為陛下慶賀，昨夜正巧途經鶴鷺山。」

「瑞王？」顧琅予沈思不語。難道是靳虞謀劃幫助他的？

「你去常熙宮問靳虞。」他不在意這是否為靳虞的主意，只是這若是人為，那麼善後一定要乾淨。

何文應下，又道：「眼下靳娘娘身懷龍嗣，陛下也正須穩定民心，臣提議將靳娘娘接到後宮安置，別繼續待在常熙宮。」

顧琅予的神色依舊冷淡，他轉身走去御案前，背對著何文道：「隨你安排。」

何文去常熙宮時，靳虞正伏在院中大口乾嘔。在外人眼中，她已有近四個月的身孕，孕吐應當減輕才是，但只有靳虞知道，這是她服下藥丸的反應，不僅日日乾嘔不止，連臉色也憔悴許多，若非用脂粉遮蓋，只怕會比往常看起來老個三、五歲。

看見這副景象，何文便靜候在一側，只見靳虞的背影有些顫抖，戴著琺瑯鏨花甲套的修長手指緊扣著梨花雕柱。

待靳虞緩和一些以後轉過身，何文便問她鶴鷺山天降巨石一事。

靳虞眸光流轉，沈吟過後說道：「這是我拜託父王所為。」

「原來真是瑞王爺。」何文問過一些細節之後，便回去稟報顧琅予了。

碧水閣內，容想面色焦急地說道：「郡主，那是天象，咱們王爺沒有做啊！」

「閉嘴，此事休要再提。」靳虞轉著手上的茶盞，沈聲囑咐道：「妳去告訴父王，務必要與我方才所言一致。」

既然是天象，便沒有人能察覺不對勁，她要他記得她，要他對她的舉止感動。如今她風華正茂，又有「他的」子嗣，而那個女人已經被他用一紙和離書遣出宮門，她不信今後他仍會無動於衷，不動一絲感情。

回盉州前，寧禾又去探望李茱兒一次。李茱兒現在就像一尊瓷器，彷彿一碰就碎，她沈睡了將近兩個月，絲毫沒有反應，可大夫卻說，在傷及頭部的情況下，這已是最好的結果。

寧禾知道，李茱兒這個症狀跟現代的植物人很像，以目前的醫療水準，李茱兒醒來的機率實在不高。

靳虞，那個在她與顧琅予面前低眉守禮、看似溫婉的女人，竟比她想像中還要可怕。寧禾在心裡發誓，她將來一定要靳虞為李茱兒與琴姑付出代價！

當天晚上，寧一拖著腿來到雲芷汀，他看見寧禾時十分無奈地說：「昨日我要進宮稟報陛下天降巨石一事是妳的主意，妳為何派人攔我馬車？」

「我不想讓他再因為此事而有所牽絆，我要自己養活女兒。」

「這是他的孩子，他就這般不聞不問與妳和離了？」寧一望著寧禾懷抱中的小嬰兒，有些氣惱地說：「他怎麼捨得下孩子！」

寧一不知道真相，寧禾也不想再談這個話題，只道：「哥哥，你腿傷可好些了？」

「說到這個我就來氣！」寧一坐在椅上，微惱道：「我不小心被那巨石碰傷腿，不知多少天才好得了，若我成了瘸子，陛下可要負責！」

寧禾深感愧疚，只好柔聲朝懷中的女兒說：「甜心，叫妳舅舅不要生氣了。」

聽到寧禾這麼說，寧一這才收起不滿的情緒，朝寧禾的女兒露出寵溺的笑容，問道：「陛下可為甜心賜了名？」

寧禾並未回答這個問題，只道：「哥哥真的不帶茱兒跟我一起回盉州嗎？」

聞言，寧一面露哀戚道：「雖然我打算辭官，但我要留在京城，帝京繁華，名醫無數，對治療茱兒有幫助，說不定什麼時候她忽然就會醒過來，衝著我笑呢……」

寧禾的眼眶湧起霧氣，更加怨恨靳虞，況且若非靳虞，她的寶貝女兒也不會早產。

不知是否太過年輕，寧禾這胎沒有母乳，甜心又早產，多虧眾人悉心照料，她的狀況才穩定下來。望著懷中的女兒，那小小的臉頰白白淨淨，一雙黑曜岩般的大眼睛經常閃亮亮地瞅著寧禾，面對她，寧禾的心總是柔軟得像是能掐出水來。

寧一又坐了片刻，便離開雲芷汀，回去自己的府邸。

第三十八章　塵埃落定

隔日，早朝散會後，寧一便前往乾承殿遞辭帖，他俯首道：「陛下，臣欲請辭，還望陛下恩准。」

顧琅予看也不看那帖子，只道：「你這腳是怎麼回事？」

這件事正是寧一的煩惱之一，但他只道：「上山時被一塊大石頭碰了一下。」若非寧禾攔著，他真想要以大舅子的身分好好說說面前這九五之尊。

「既然你身體不適，朕許你半月之期將養身體。」

「臣是來辭官的，還望陛下恩准。」寧一堅持道。他不想隱瞞自己真正的目的，便繼續說：「臣要看護茱兒，有官職加身，臣行事不便。」

「朕會替你找尋名醫，照顧李茱兒與在朝為官並不衝突，朕會命尚書減輕你每日政務，這樣你便能多些空閒。」

寧一凝眸望去，只見顧琅予面容沈靜，心意堅決。他忽然笑了一笑，說道：「別人想當官當不了，臣要辭官，陛下還偏不讓辭。」

顧琅予站起身踱步至窗前，遠眺著重重宮闕。「難道你不知道朕留你，便是留她？」

寧一沈默了片刻之後，低聲道：「她今日回盃州。」

聽到寧一這麼說，顧琅予並未做聲。

「陛下不為甜心賜名嗎？」得不到顧琅予的回應，寧一改用寧禾的女兒引誘他開口。

「甜心？」顧琅予回過身來，問道：「她為女兒取了這個乳名嗎？」

寧一點點頭道：「陛下為甜心賜個名字吧！」

顧琅予許久未回答，寧一等了片刻之後，被他揮手遣出宮殿。

遠眺著無邊的天色，顧琅予的聲音輕若未聞。「初玉是個好名字……」

明月初回，白玉配伊人。

然而，那是她的女兒，他賜不賜名，她何曾在意？

深吸了一口氣，顧琅予疾步出了乾承殿，往天牢而去。

天牢內陰氣重重，最深處的一座牢房內，顧琅予隔著鐵欄，望向牢內的顧姮。

顧姮身著囚服，鬢髮凌亂，細長的眸子陰鷙，深不可測。他不甘心地望著龍袍加身的顧琅予，雙目因憤怒而紅透。

「朕問你，從喜車上將寧禾劫走後，是誰動了她？」這句話從齒縫中擠了出來，這是顧琅予登基為帝、將當初的事情調查清楚之後經常在想的事。

顧姮以為自己將參與此事者都料理乾淨了，殊不知其中一人早就因為害怕而退出，後來得知那些人全被處理掉，更是嚇得絕口不提。直到顧姮入天牢，顧琅予重金懸賞知情者，他才藉機全盤托出，至於那五千箱新錢幣，也是顧姮藉職務之便暗藏，然後栽贓到顧琻頭上。

由於顧琅予剛即位，許多事情尚待處理，每每忙到深夜才歇息，因此過了一陣子才來天牢。

顧烜神色一變，吼道：「你不是已經知道了，問我做什麼！」

「朕在問你！」

望著幾乎咆哮的顧琅予，顧烜像是明白了什麼，他陰冷一笑，說道：「原來你竟然不知道？哈哈哈哈，若我不說，只怕你永遠不明白！」

看到顧烜那得意的樣子，顧琅予恨不得立刻將他千刀萬剮，好為寧禾報仇。

「朕知道是你策劃將她擄走的，告訴朕，動她的人到底是誰？」

顧烜鐵了心道：「我死也不會告訴你，既然你不知道，那便永遠被蒙在鼓裡好了！」

他心想，即便你登基為帝，卻不能與骨肉相認，我心快哉！

顧琅予雙眸殺氣翻湧，冷道：「朕再給你最後一次機會。」

嘴角浮起冷笑，顧烜回道：「即便你是皇帝又如何？我偏不說，就連顧末都不知道！」

顧末生性膽小，只怕不用逼問就會直接招認，他自然不能讓顧琅予去問顧末。

顧琅予望著得意到近乎癲狂的顧烜，一言不發地轉身離開天牢。

身後，秦二匆匆跟上他的腳步，問道：「陛下，五皇子殿下被關押在另一間牢房，可要奴才安排人去拷問？」

「不用了。」既然顧末不知，再逼問也無用，顧琅予低聲道：「賜鴆酒，你去送顧烜一程。」

建元元年冬，先帝四子顧烜因摻毒謀害先帝與私藏五千箱新錢幣之罪，被新帝賜了鴆酒，原四皇子妃遣回娘家，其子不得擁皇室頭銜。顧琁解除禁足之懲，獲封為康王，同月，新帝賜先帝六子封地朔北，為朔北王。

對顧衍來說，這是一個看似風光無限，實則永不能再回帝京的結局，但是對顧琅予而言，這是他最大的讓步。

寧知得到這個消息，是感恩且欣喜的。能與相愛的人廝守一處、遠離紛爭，是女人一生最渴望的事。

在顧衍與寧知離京之前，秦二進入乾承殿稟報。「陛下，朔北王求見。」

顧琅予淡淡應了一聲。

顧衍走入殿中，他的本性依舊溫和，但是看向顧琅予時，雙眸卻翻湧出憎恨與殺意。面對這個手下敗將，顧琅予只漠然道：「怎麼，不滿意朕坐在這裡？」

「你今日所坐之位，本應是我的。」顧衍含恨道。

顧琅予冷冷一笑，只道：「有本事你來搶。」

「我欲為帝，是因為我要阿禾。」顧衍直視坐在椅子上的人，聲音響徹大殿。

「她是朕的妻。」顧琅予睨著顧衍，沈聲道：「就算你與她過往情深，她也失去了記憶，你得不到她的心。」

顧衍大笑起來，說道：「我得不到，那你呢？你若得到她的心，怎麼會與她和離？」

自從顧姮告訴他那件事之後，顧衍便憤恨難平。他一生的幸福，便是毀於顧琅予之手，他怒道：「你在成親的路上劫持並凌辱她，我們才沒辦法在一起！」

顧琅予臉色突變，喝道：「朕劫持凌辱她？你聽誰胡言亂語！」

「若非如此，你怎麼肯留下她腹中的胎兒？」顧衍恨恨道。

原來是因為這個原因！顧琅予不願再與顧衍爭執，只淡淡道：「封你為王已是朕對你的恩賜，帶著你的王妃去朔北吧！」

說著，顧琅予要人上前強行「請」走顧衍。

掙扎中，顧衍憤然道：「顧姮已經告訴我了，是你凌辱了阿禾，就算你殺掉顧姮又怎麼樣？我早已知道真相……」

這一聲聲指控漸行漸遠，終至消失在宮殿內。顧琅予揮手要侍立在殿內的宮女退下，一個人在原地沈思。

顧姮非但沒告訴他傷害寧禾的那個歹人是誰，依照方才顧衍說的話，顧姮甚至栽贓給他，好影響顧衍的想法，讓他把矛頭對準自己。

那次懸崖採藥被人所傷，是顧姮與顧衍的詭計；金鑾殿外兩兵相爭，也是顧衍受顧姮挑撥後採取的行動。難怪那次他們去乾州時，顧衍對他的態度非常不友善，也讓他在事後查出顧衍培養了一支軍隊。

顧琅予最終仍沒有將顧衍的話放在心上，只當他是受人欺騙。那一夜，他醉酒後沒了童子身，身下那個人是西柳閣的妓女，並非寧禾。

古代的道路不似現代的柏油路，一下起雨來，路面便不好走，尤其是馬車，一輛輛都陷在泥濘中。在由京城前往盉州的官道上，前頭拐角處，卡著好幾輛馬車。

寧禾坐在車內，掀開窗戶的簾子，視線穿過大雨望去，前處一直有人在推陷入泥中的馬車，因此他們後面這些人暫時動彈不得。

乳母畫娘為甜心餵完奶、拍過飽嗝之後，便將她交到寧禾手中，退到另一輛馬車上。

看寧禾一直摟著孩子，阿喜說道：「小姐，您這樣手臂會痠，還是讓奴婢抱吧！」

「不礙事。」

低頭一看，甜心正轉著黑亮的眼珠瞅著她，小嘴吐了幾口奶出來。寧禾連忙拿手絹輕輕擦掉，此時女兒竟朝她微微一笑。

「小小姐笑了！」阿喜歡喜地說道：「小小姐如今比剛出生那會兒瞧起來好動許多，再過幾個月肯定更可愛！」

寧禾也忍不住綻出笑來。

阿喜望著寧禾，小心翼翼地說道：「小姐，小小姐的乳名雖然好聽，可也該給她起個名字了吧！」

寧禾靜默了許久，才回道：「那就叫她初玉吧！」

「初玉……真是個好名字呢！」阿喜笑著逗弄起初玉。「小小姐，妳有名字了，高不高興？小小姐要快快長大哦，阿喜好希望那一天快點到來！」

阿喜仍然像個孩子，眼下有了初玉，她每天都很開心。

過了一會兒，前方的道路終於暢通，馬車徐徐啟程，寧禾的頭微微探出窗子，回眸望去。城門旌旗上，「雲鄴」兩個字在風中飛舞，城垛上，那個人的身影依舊挺拔，隨著馬車漸行漸遠，那道身影變成了細小的黑點。

寧禾收回眸光、放下簾子，面容平靜得如一汪湖水，毫無波瀾。

連綿不休的雨勢中，馬車行駛了四日，終於抵達盉州。

甫入城門，許貞嵐派來迎接的人已經候著了，管家李叔站在寧禾馬車前，俯身道：「三小姐，老夫人命老奴在這裡等候，您可算是回來了。」

阿喜抱著初玉掀開車簾，寧禾再次見到盉州熟悉的街道，她望著李叔布滿皺紋的面龐上那期盼的神情，心情有些複雜。

許貞嵐已在前院等待，寧禾遠遠一看，只覺得祖母的鬢髮變白了些，冉如芬與黃玲兒則在一旁攙扶她。

此時李複瞧見阿喜懷中抱著的嬰兒，臉色微微一變。他走到阿喜身側，低聲道：「難道皇子妃早產了？」

這嬰兒看起來差不多兩個月大，他被寧禾調來為許貞嵐看病已有一段時間，很多事都不清楚。

阿喜點了點頭，李複忙將她引入內室為初玉把脈，幸好一切正常，他也就放下心來。

前院裡，許貞嵐將寧禾攬入懷中，喃喃道：「我的傻孩子……」

寧禾把臉埋入許貞嵐肩頭，鼻中泛起酸意，說道：「祖母，您病可好了？」

「妳一回來，我的病就好了。」

寧禾與冉如芬、黃玲兒沒什麼話說，打過招呼之後，許貞嵐就拉著寧禾進屋，她長嘆了一聲之後，才開口問話。

「陛下既然登基為帝，為何要與妳和離，遣妳回盉州？」

寧禾不願意隱瞞許貞嵐，老實地回道：「和離是我提的。」

許貞嵐大驚道：「妳怎麼能與陛下提和離？」

其實更令許貞嵐震驚的是顧琅予竟然會答應寧禾？就算是她提出來的，但是擁有那種地位的男人，難道不該是丟一紙休書給她嗎，怎麼會是和離書？

「祖母，事情都過去了。」

「可是你們的女兒也是陛下的子嗣，怎麼讓妳把女兒也帶回來了？」

顧琅予雖然從未對外公布和離一事，可是雲鄴百姓都已知情，至於她帶皇嗣離開，顧琅予只說是孩子離不開母親照拂。

寧禾雖然敬重許貞嵐，卻不想再提及那段傷心的過往。「祖母，我已成為盉州郡守。」

許貞嵐這下愣住更久才消化這個消息，許久之後，她嘆了口氣道：「我一向不干涉妳的決定，如今妳已為人母，相信妳自有考量，只是……寧攬畢竟才剛嫁入郡守府，妳的行事必須顧及妳們的姊妹情誼。」

寧禾明白許貞嵐的意思，點了點頭。

她成為盃州郡守的消息還沒正式公布，因此安榮府上下甚至整個雲鄴，都只知道寧禾這個新帝昔日的皇子妃，被和離遣回了娘家。

第二日，寧禾準備去郡守府，出門前她想先在庭院晃晃，才剛到那裡，便見到黃玲兒在散步。

「二嬸。」寧禾向她行了禮。

黃玲兒勉強笑了笑道：「妳起得這麼早。」

「阿禾等會兒要出去辦一些事，想先來走走。」

黃玲兒未再與寧禾多說，寧禾知道這是因為自己從前與寧知、顧衍三個人之間的關係微妙，她才會如此。

閒逛了一陣子，寧禾剛要回房更衣，黃玲兒忽然叫住她，說道：「我與妳二姊過幾日準備上京城。」

「去與二叔團聚嗎？」

「正是。」黃玲兒深深望著寧禾說：「朔北王能有如今的待遇，我知定是妳為妳長姊求情。阿禾，妳是個心地善良的孩子，雖然朔北是寒涼之地，但是知兒終是得償所願。」

寧禾回道：「二嬸不必謝我，長姊為人心慈，這是她應有的歸宿。」

「妳二姊如今已十七歲，是該入京與妳二叔團圓，好為她尋個良配，待我們離府後，妳可要照顧好母親。」

寧禾點頭應下。她知道，黃玲兒他們離開，形同放棄繼承安榮府的產業，然而與家人團聚相比，再多榮華富貴都沒有意義。這一點，寧禾是敬重二嬸黃玲兒的。

換好衣裳走出府門，坐上去郡守府的馬車，寧禾心中只覺蒼涼。人的一生便是如此，來的來，走的走，留下的只有回憶。

小半個時辰後，她的馬車穩穩停在郡守府門外。如今她已非閨閣女子，不再用油壁香車代步，今日她一騎施轓車穿過集市，惹來不少百姓頻頻回眸。這車並無車壁遮掩，車輿裝飾奢華，華蓋上更繪刻雲雀鳥紋，在雲鄴，雲雀紋只有官員可用，而這一騎施轓車，也只有中高等的命官才可乘坐。

寧禾一頭青絲高綰，只用了那支碧玉釵點綴髮間。她身著玄色的緞繡如意長袍，這沈穩的顏色襯得她膚色勝雪，恰似一株冷傲的冬梅，擁有殊於世俗的清豔。

郡守府外有兩名守衛與一名閽者，三人見到年輕貌美的寧禾從施轓車上下來，撩起長袍步上臺階，皆愣了一下才回過神來。

由於寧禾的馬車實在太過搶眼，加上她一身清冷絕豔，因此就算守衛上前攔住她，也不敢無禮。

「這位……姑娘，您來郡守府，可是要報案？」

寧禾只道：「我要見聞井芝。」

聞井芝正是盉州郡守的名諱，她敢直呼其名，守衛回話就更小心了。「您且候著，閽者已去通傳了。」

寧禾自從早產之後就畏寒，如今正值初冬，在郡守府外站立了小半刻鐘後，她的面色已有不耐煩，若非謹記著祖母的囑咐，她真不想給寧攬她公公一份情面。

此時閽者小跑過來，回道：「這位姑娘，郡守大人說不隨便見客，若您是來報案，直接去衙署擊鼓即可。」

郡守府分為幾個區域，有辦公與審理案子的衙署、收押犯人的牢房，以及供郡守一家人居住休憩的宅邸與院子。

寧禾不願再多說，只逕自往前道：「陛下有旨，將郡守大人調派至常遠任職。」

她沒再繼續往下說，但是此話一出，在場的守衛與婢女似乎都聽懂了，他們先是一愣，接著連忙齊齊下跪俯首。

第三十九章　新官上任

盉州郡守聞井芝聽到動靜走出了院子，他見到寧禾，也是一愣。

這一世，寧禾本就擁有過人美貌，如今她眸光犀利、氣質清冷，舉手投足之間氣場強大，絲毫沒有一般世家女子的溫婉，難怪聞井芝會呆住。

驚訝過後，聞井芝重振精神，沈聲喝道：「妳是何人，竟敢擅闖郡守府？」

「我並未擅闖，是走進來的。」

此時偏門處行來一抹娉婷身影，她的身體被石柱遮住一半，雖然看不清臉，寧禾卻知道那是寧攬。

寧攬繞過石柱走到寧禾面前，先是吃驚，而後便是不屑地看著她。

「原來是三姊，聽說陛下登基後便與妳和離，遣妳回盉州，看來皇宮裡的日子還不如我郡守府呢！」寧攬眉梢一挑，斜睨著寧禾。

寧禾並不惱，畢竟與寧攬相鬥沒有意思，這也不是她來這裡的目的，紅唇勾起一抹笑意，寧禾道：「郡守府的生活雖好，但是四妹恐怕待不了幾日了。」

話落，寧禾身後的隨從遞上聖旨與文書，她徐徐展開聖旨，唸道：「聞井芝接旨——」

聞言，聞井芝連忙撩起官服跪在地上，其餘的人也全都跪了下去。

「今調派聞井芝任常遠郡守，由寧禾接任盉州郡守。自接旨起，聞井芝應於兩日內出發至常遠，延期以瀆職罪論。」

一字一句讀完聖旨，顧琅予御筆所書之字蒼勁有力，寧禾恍惚間竟有些走神兒，想起那張俊朗的臉。

微微搖搖頭，寧禾道：「聞大人，這是調任文書。」她將聖旨與文書一併遞給跪地的聞井芝。

聞井芝已知曉寧禾的身分，不敢再有不敬之舉，只叩首接下那道聖旨，喊道：「臣領旨，臣立刻整裝遷往常遠，叩謝皇上，吾皇萬歲萬萬歲！」

寧攬一臉呆滯，待聞井芝起身後，她才尖叫了一聲怒道：「寧禾，妳要擔任盉州郡守？憑什麼趕我公公離開盉州啊，常遠可是個偏遠小郡，妳好狠毒的心！」

聞井芝臉色大變，連忙喝斥道：「住嘴，不可不敬！」

只是寧攬畢竟出身自安榮府，聞井芝不敢多加斥責她，只命下人將她拉走，待院內恢復安靜之後，聞井芝又連連對寧禾賠不是。

寧禾淡淡道：「聞大人收拾好後，本官再上任。」說完，她出了院子，坐上馬車離去。

消息傳得很快，時隔多年，在許貞嵐之後，盉州又有了女郡守。然而寧禾的名聲不如祖母，她先是被劫失貞，而後攜女被皇上遣回娘家，加上顧琅予訂的規矩與期限，想讓百姓對她有好感，無疑難上加難。

只不過，寧禾連死都經歷過，她不認為自己還有什麼做不到的。

回到安榮府，寧禾住所的院子內，灑掃婢女正拿著水瓢潑水，她沒留意到寧禾靠近，結果水勢收不住，全潑到寧禾身上，冰冷的水瞬間滴落至寧禾脖頸處，霎時令她打了個寒顫。

站在房門口的阿喜瞧見這一幕，立刻大步上前喝斥那婢女。「這是怎麼潑的水，全都潑到小姐身上了！妳可知小姐產後身體虛弱，要是害她受寒怎麼辦！」

那個婢女慌忙下跪俯首道：「奴婢錯了，奴婢沒瞧見小姐回來……」

「算了。」寧禾往房門的方向走，說道：「別責備她，燒水吧，我要沐浴。」

寧禾在浴桶內浸泡了一陣子，才漸漸覺得身子暖和起來。

阿喜在屏風後不滿地抱怨道：「那個冉辛就是個粗人，小姐好心讓她來府上做事，她學了這麼久，卻連這點小事都做不好。」

「冉辛？」寧禾疑惑地開口問道，她並不記得這號人物。

「小姐忘了，就是那個車伕的女兒啊！您可憐她，命奴婢打理了車伕的身後事，還將他的女兒冉辛接來府上當婢女。」

原來是她。寧知成婚途中，車隊受到襲擊，她的車伕不幸中箭身亡，那個名為冉辛的婢女，便是車伕的女兒。

「將她調至房內，做些雜事吧！」寧禾說道。

阿喜瞪圓了眼道：「她連灑水都做不好，怎麼能進來房間伺候？」

寧禾回道：「現在外面冷，她同妳一般年紀，妳好生帶帶她。」說到底，若當初她沒堅持護送寧知入京，冉辛的父親也不會出事。

阿喜雖然有意見，但是寧禾都這麼說了，她也只能接受。

沐浴過後，寧禾穿了件百褶如意雲緞裙，不同於那身玄色長袍，這裙子襯出了她屬於女性的柔美。

「甜心呢？」

「畫娘已經抱來了。」

「昨夜我囑咐的事可辦好了？」

阿喜道：「已經請匠人黏合上了。」說著，她拿出那塊玉墜子遞給了寧禾。

寧禾小心地抱過初玉，將玉墜子掛在她胸前。這塊玉墜子是他的所有物，重新黏合後雖然裂痕清晰可見，但是對女兒來說，這是她親生父親留給她的唯一一樣東西了。

凝視著玉墜子，寧禾眼前浮現了他們兩個甜蜜的過往，直到女兒揮舞的小手碰到她的胸口，她才回過神來。

再思及從前有什麼意義，既然已經決心遠離，便不要再回想了！

聞井芝在接下聖旨的第二日便踏上前去常遠的旅程，寧攬也隨她的夫君一同出發。

晨間早起，寧禾高高挽起秀髮，換上一身官服。緋綾官服胸襟前繡有雲雀鳥紋，她頭戴冕冠，整個人不但英姿颯爽，還流露出一股清麗的韻味。

當寧禾走出大廳時，在前院碰見了冉如芬，即便經歷了這麼多，冉如芬望著她的神情依舊如從前一般不善。

冉如芬微眯起雙眸看向寧禾道：「阿禾如今倒是風光得很，竟被陛下封為盉州郡守。」

「三嬸若無事，我要去郡守府了。」一說罷，寧禾走過冉如芬身旁，跨出了府門。

她為官，不過是知道這個時代的女子有多卑微不易，加上不想被男人瞧不起而已，實在沒必要跟冉如芬這種人一般見識。

郡守府的門口站滿了守衛與下人，他們見到寧禾的馬車停了下來，連忙迎上前俯首參禮。其實寧禾大可住在郡守府的宅邸，但是為了方便照顧女兒初玉，她選擇每日通勤。

寧禾下車後拾階而上，她逕自走入衙署的議政廳，有幾名屬吏跟在她身後進去。

案頭上，已擺了許多聞井芝交接給她的文書。

寧禾坐在椅子上，隨手翻起一本郡守府人員名冊，之後她開口詢問面前一個三十歲上下的男人道：「你是功曹參史張庸？」

「回大人，卑職正是。」張庸抬眸看向寧禾。即便雲鄴建朝以來出過幾位女郡守，但是從未聽過有這般年輕貌美者，讓他忍不住想多瞧幾眼。

張庸神魂蕩漾之際，正巧撞上寧禾冰冷的目光，他的心頭倏然湧現一股涼意，連忙垂下頭去。

「聞井芝調任常遠之前，帶走了他所任用的三名功曹參史，為何獨獨沒帶上你？」

張庸低眉答道：「聞大人問過卑職的意見，卑職一家都在盉州，因而仍想為大人您賣力。」

「為了本官？」寧禾抿唇一笑，說道：「難道不該是為了盉州百姓賣力嗎？」

張庸知道自己說錯了話，趕緊點頭稱是。

「你擔任功曹多少年？」

「卑職跟著聞大人已有六年。」

「身為功曹參史，你的資歷不錯。」雖然嘴上這麼說，寧禾心裡卻不這麼認為。

聞井芝為官無功也無過，最大的優點就是不貪。姑且不論張庸是不是因為家庭因素才留下來，光是從他不肯跟著聞井芝去財政不寬裕的常遠，而聞井芝也不勉強他這兩點來看，就知道張庸這個人有點問題了。

話鋒一轉，寧禾道：「既是如此，那林縣遭遇洪水時，為何你沒及時帶物資去救援？」

張庸連忙道：「大人，那次好像是路上不好走……」

「文惠縣鬧饑荒時，你帶著賑災銀兩去安撫百姓，事後為何少了足足一千兩白銀？」

此時張庸已汗流浹背，他囁嚅道：「卑職、卑職……那件事聞大人知曉，卑職依稀記得是有個小吏貪污了。」

寧禾嘆了口氣道：「既然這些事你都不甚清楚，給不了本官明確的答案，那你還是去常遠找聞大人吧！」

她沈聲朝門口吩咐道：「來人，待張庸脫下官服後送他返家，畢竟是六年老吏，本官也應安排下屬送送你。」

寧禾不敢輕易相信旁人，尤其是第一次見到她時雙眼就不安分的人。她命人散布消息，說是郡守府招賢納士，招募時間為期三日，自薦或舉薦皆可。

三日之內，許多仁人志士都來到衙署。寧禾定了筆試，再擇優秀的人入衙署面試，身為郡守，她擁有自主任用屬下的職權。前面的題目須針對問題的內容作答，最後一題則供他們針對盉州政務隨意書寫心中所想，將近一百份的試卷中，其中只有兩份她看得入眼。

其中一份，字跡蒼勁有力，所答句句切中要害，最後一道題，此人直言不諱地指出前任郡守在治事上的不妥之處，話鋒犀利，無所畏懼。

另一份的字跡相比上一份來得含蓄，最後一題逐條列出盉州眼下急需導正之處，還詳細地列出改善方法。

寧禾看著試卷上的名字，對衙役說道：「張榜，此兩人可以入衙署見我。」

當他們走入衙署時，寧禾微微有些驚訝，面前這兩個人不過弱冠，一個俊朗壯碩，一個則斯文秀氣。

寧禾拿起第一張試卷唸出名字。「孟舟行。」

那個身高八尺有餘、體格強健的男子上前行禮道：「大人，正是草民。」

寧禾問道：「你在筆試裡所提的，本官都看過了，只有幾個問題要問你。第一，你為何想做功曹參史？」

「回大人，草民想做功曹參史有兩個原因。一是想為盉州盡點心力，二是草民一家世代經商，為官者都瞧不起商人，草民想證明為商者亦能對政務有幫助。」

「第二，你覺得何為清官，何又為貪官？」

「不為民，則貪於己；為民者，私後義者，則為清。」

「若有人給你數不清的銀子，你可會私自行使職權幫助他？」

聽到這個問題，孟舟行有些不屑地抬起頭說：「回大人，孟家雖不及安榮府富有，可區區幾萬兩真金白銀還是拿得出來，若那個人能給草民一個郡，草民方會考慮。」

寧禾抿唇一笑。根據前一世在職場工作的經驗，讓她看出孟舟行並非口出狂言之人，這樣的人性情率真，她很喜歡。

聽到孟舟行的話，站在他旁邊的男子也忍不住浮起一絲微笑。

寧禾轉過頭問另一個人。「白青，你又為何想做功曹參史？」

「大人，其實草民的初衷沒有孟兄這般複雜，草民空有滿腹經綸，卻無處施展，常被家裡的長輩嘮叨個沒完，況且聽聞新郡守大人擁有沈魚落雁之姿，草民便想謀這份差了。」

聽到這些話，寧禾有些無奈，表面上卻淡然道：「空有理論難當重任，你不拿點真才實學出來，豈能為盉州百姓造福？」

「大人，正如草民試題中所答，盉州眼下仍有許多空地、荒山，這些都能用來種植作物，為盉州增加大筆收入；至於開墾土地者，一可徵集農民，二可……」

寧禾聽白青娓娓道來。他的想法很多都符合她心中所思，也就是儘量尋找盉州可供利用的荒地，好大幅增加農獲量，達到顧琅予的要求。

深談之後，寧禾了解在秀氣又不具威脅的長相之下，白青底蘊十足，確實有足夠的聰明才智，而與孟舟行交換過意見後，她也發現他在兵吏、牢獄管制方面有獨到的見解。

暮色降臨時，寧禾含笑對兩人說道：「三日後來衙署上任吧，但是若要跟著本官，有一個條件。」

他們屏息望著寧禾，只見她認真道：「忠心。」

兩人俯首行禮，異口同聲應下。

回府後，眾人皆已用過膳，許貞嵐差人為寧禾熱了飯菜，並在飯桌上陪寧禾說話，聊聊在郡守府任職的事，給她一些意見。

用過膳之後，寧禾連忙回去房裡抱女兒。這軟軟的肉團子貼在她胸膛，熨熱了她的心，小小的手掌則抓住她的頭髮，嘴裡咿咿啞啞，不知想說些什麼。

寧禾的眼角、眉梢漾滿母性的柔情，她對懷中的女兒笑著說道：「甜心，一整日沒見到娘親，是不是想娘親啦？」

她自然知道對兩個多月大的初玉說這些話沒有意義，但是只要她對著女兒笑，女兒也會朝她出聲。

阿喜在一旁笑道：「奴婢看小小姐倒是很想快些長大，好給小姐作伴呢！」

寧禾抱著女兒，抬頭說道：「叫畫娘早些歇息吧，現在初玉應當吃飽了。」

月數還小的嬰孩半夜也會哭著要奶喝，因此畫娘理應跟初玉睡一間，好及時應付她的需求；不過寧禾想多陪陪女兒，便安排畫娘睡在隔壁，初玉若想喝奶，再喚她過來。

待阿喜出門之後，寧禾抱著初玉睡去。重生而來這麼久，現在的時光是她真心渴望的。

儘管為官並不輕鬆，但她仍能抽空陪伴孩子，更重要的是，到達了無男女之愛、不受傷害的境界。

雖然寧禾這麼想，可好幾個夜裡，她總會夢到顧琅予對她說「閉上眼睛」，然後偷偷親上她的唇……

原來就算不把往事掛在嘴上，也會出現在夢裡，讓她不知所措。

上任這些天以來，除了衙署原本的公務，寧禾還要思考如何達到顧琅予定下的標準，因此她總是忙到深夜才能回府。

深夜晚歸時，寧禾才認真考慮自己身邊應該有個會功夫的護衛。她命管家李叔為她尋個有些本事的壯漢，不想他竟為她找來一個身形單薄的少年。

眼前這身穿粗衣的少年，雙目黑亮清澈、容貌清俊，縱使他髮間凌亂，依舊不減一身倔骨傲氣。

寧禾本來不想要這種小鮮肉類型的護衛，可少年似乎瞧出她的心思，對她說道：「大人替小的葬了師父，小的就是您的護衛了，今後小的一定保護大人的安全，為您出生入死。」

寧禾這才知道，原來是李叔在街頭出錢葬了此人的師父，又發覺少年會些功夫，這才將他帶回安榮府。

點了點頭，寧禾只道：「我身邊不需要無用的人，若你沒幾分真本事，我不會留你。」

聽了寧禾的話，名喚阿豈的少年便在庭院中展示起功夫，他拾起地面一枝樹枝代替武器，只見他出招敏捷、步伐沈穩，的確有兩下子。

親眼見識過阿豈的能耐後，寧禾便留下他，讓他成為她的護衛。

第四十章　勤政愛民

這日寧禾到了衙署時，孟舟行與白青已在門口等她。進入議政廳後，寧禾對他們說道：「先看看各縣呈上來的文書，不急的記下內容合成一本遞給本官，要緊的直接呈上來。」

寧禾吩咐完之後，孟舟行與白青便坐在案前開始忙碌。

郡守府內的公務大抵上是如此，辰時到午時會處理盃州下轄各縣的政務，若是碰上忙碌的時刻，一整日都會埋首於案牘間，或於各縣奔走。

寧禾看了孟舟行與白青整理好的資料，各項政務羅列有序，確實為她省下不少工夫。

過了一陣子，白青起身朝正在察看卷宗的寧禾稟道：「林縣前陣子的洪水沖垮城郊一些屋舍，許多百姓無家可歸，不過林縣今年的政款已用盡，這是請批撥款的文書。」

寧禾蹙起眉說道：「林縣的政款為何用得這麼快？朝廷每年只撥給盃州五萬兩白銀，如今接近年底，政款早已所剩無幾，此番撥款過去，並不能徹底解決問題。」

孟舟行沈吟了一會兒，上前稟道：「大人，庫房所剩的政款確實不多，且其餘各縣也有種種需求，只怕政款挨不到來年開春。」

寧禾沈思不語。上任幾日後，她便知道政款所剩不多，且今年的賦稅才收到三萬兩，這三萬兩必須在春節之前上報到京城，動不得；然而庫房餘下的政款，能撐過這段時間嗎？

說來說去，寧禾就是不想請顧琅予撥款過來，況且她已經接下他的挑戰，一定要做出一番成績給他看。

寧禾抬眸望向白青與孟舟行，說道：「本官在盉州有良田二十畝，田地就在城郊的榆林；另外，沒記錯的話，一旁的榆林山下有近百畝的荒地。」

他們兩人不明所以，異口同聲道：「大人是什麼意思？」

寧禾勾起一笑，回道：「遭洪水侵襲之地已不宜繼續住人，本官要出資買下那百畝荒地，在該處重新建起屋舍，將這些屋舍贈予林縣無家可歸的百姓。」

孟舟行詫異地說道：「恕卑職斗膽，大人這番作為，除了能得民心、解決林縣難民的住所問題，在經濟方面並無實質作用。」

寧禾眸中流轉笑意，答道：「誰說本官不收取回報？入住屋舍者，本官庇其子女，但是須與本官簽訂終身農夫契約。有良田二十畝，那片荒地蓋完屋舍後也有剩餘土地能開墾，誰說百姓不能安居樂業，種出金子、銀子？」

榆林山下的荒地屬於雲鄴，若要將那些難民完全納入她的羽翼之下，就必須將那塊地買下來，一方面不落人口實，另一方面可避免土地無預警遭國家收回；只要讓他們成為契作的農夫，許多問題就迎刃而解了。

白青恍然大悟道：「大人欲藉這些百姓之力開拓農田，如此一來荒地能被利用，農產有所拓展，盉州經濟提升不說，還可一解他們無房可居的狀況，實乃妙計！」

寧禾但笑不語。先帝賜給她的那二十畝良田，她一直沒想好要怎麼利用，如今這個策略瞬間讓她多出數百名勞力，只要處置得宜，很快就能將榆林山下的荒地整頓成農舍與農地，創造出極大的產值。

雖然這麼做意味她賺來的錢很多都要上繳給顧琅予，但是只要能達成他的要求，她不介意自己吃點虧。

寧禾望著孟舟行說道：「舟行，你今日便著手購地與建房之事，需要多少銀兩，直接呈報給本官。」接著她又對白青道：「你去庫房撥千兩白銀，差人送去林縣縣令府應急。」

孟舟行與白青領命後分頭做事，此時下人端來膳食道：「大人，該用午膳了。」

「放到旁邊吧！」寧禾埋首把最後一疊文書批閱完畢，才擱下筆閉目小憩，候在一側的阿豈見狀，靜靜上前為她揉捏雙肩與後頸穴位。

寧禾向來有些抗拒陌生人近身，但是阿豈畢竟只有十六歲，還是個孩子，加上這樣讓她得以紓緩疲憊，她便未制止他。

時值冬天，空氣十分寒冷，天色也暗得早，寧禾從衙署走出來之後，阿豈一直留心地注意周遭，儘管寧禾一句話也沒說，卻將阿豈的舉動看在眼裡，深深覺得她這護衛雖然年紀小，卻細心體貼，令她放心。

安榮府內，李複正在為初玉診脈，他見寧禾歸來，連忙對她說道：「皇子妃，公主如今與平常嬰兒無異，身子發育得健康，皇子妃毋須憂心。」

李複忠於顧琅予，即便寧禾已與顧琅予和離，但是依照他的觀察，他明白他們兩個人心裡都有彼此，因此仍尊稱寧禾為皇子妃，且稱初玉為公主。

「李太醫不必喚我皇子妃。」寧禾轉移話題，問道：「祖母的身體如何？」

李複眉間有些憂色。「她畢竟年事已高，還須仔細調養。」

寧禾沈吟道：「李太醫，過兩日我派人送你回京吧！」

「皇子妃何出此言？」李複望著寧禾說道：「陛下派下官盡心醫治您祖母的身體，眼下她還未痊癒，下官怎能回京？」

「我會另外派人照顧她，你是宮內的太醫，留在盉州已近四個月，委實不妥。」

李複垂下頭回道：「下官是太醫，要照顧對象的正是皇子妃，這是陛下傳來的旨意；若皇子妃心意已決，那請容下官修書予陛下吧！」

寧禾淡淡應下，李複行過禮後，便退出了內室。

她何嘗不知，上次她說要派人送李複離開，李複便回她許貞嵐的身體還未調養好，直到現在，李複仍然沒有要走的意思，這便是受了顧琅予的命令所致。

寧禾走到寢間抱起初玉，畫娘笑著說道：「小姐，這是奴婢帶過最乖的孩子了，小小姐不喜哭鬧，逢人便笑，吐奶的次數也少了。」

望著正瞅著自己的女兒，寧禾一顆心充滿柔情，她問道：「初玉吃得好嗎？」

「小小姐今日奶吃得很充足，您不用擔心。」

寧禾逗弄起女兒。初玉如今是個粉裝玉琢的娃娃，雖然還不會認人，但是在寧禾懷裡時笑得最多，彷彿知道這是她的娘親，讓寧禾很是欣慰。

第二日，孟舟行已籌備好購地與建房之事，呈上細帳給寧禾。由於安撫林縣難民的相關事宜已準備妥當，寧禾便想去牢房巡視一番，不料此刻衙署外響起了鼓聲。

擊鼓鳴冤，表示有案子來報。

孟舟行正要陪寧禾去牢房，聽見鼓聲，兩人互望了一眼，寧禾沈聲道：「將人帶來，準備升堂。」

他們一跨出議政廳，白青就匆匆走來，說道：「大人，姜府來人求見。」

寧禾詫異道：「擊鼓的人是姜府的？」

姜府，盉州頗富名望之家，其嫡子在朝為官，嫡女為瑞王妃，也就是靳虞的母妃。姜府在盉州也有不少產業，如此有權有勢之人，怎麼會擊鼓喊冤？

白青猛地搖頭，急道：「不是姜府的人在擊鼓，是姜府的小公子姜昭在街頭縱馬，當場撞死一民農夫。」

「擊鼓之人是那農夫的親眷？」

白青點了點頭。

寧禾沈下了臉，思索過後說道：「舟行，帶擊鼓的人去審判廳，白青則帶姜府的人到議政廳見我。」

她先見姜府的人，並不是要賣他們一個薄面，而是為了弄清來者的用意。

一個身穿錦衣長袍的中年男人走入廳內，開口第一句話，便是欲以萬金交換姜昭無罪。

寧禾淡笑道：「本官不缺金銀珠寶，倒缺個大公無私的功績。」望著那個男人，她沈聲道：「王子犯法尚且與庶民同罪，來人，送客！」

說完，寧禾起身走去審判廳，廳內那跪地哭訴的粗衣婦人正是農夫的妻子，在她的敘述中，寧禾弄清了事情經過。姜府小公子姜昭向來恃強凌弱，今日在街頭縱馬，衝撞了不少攤販，那農夫找他評理，姜昭卻仗著自己的背景對農夫拳打腳踢，再縱馬從他身上踏過去。農夫當場喪命，姜昭只留下一段話。「瑞王妃是我姑母，皇上的妃子又是我表姊，在盉州，我姜昭沒有用銀子擺平不了的事！」

說起來，這件案子並不難辦，因為街頭的百姓都親眼瞧見了姜昭的罪行，有許多人證，寧禾在審判廳當即下了逮捕之令，把姜昭押入大牢。

這件事立刻在盉州引起轟動，有人瞧見姜府的人趕到郡守府拜訪，卻被他們的女郡守給攆了出來。郡守大人不懼姜府在盉州與朝廷的勢力，公正判決，一時得到許多讚譽。

第二日，農婦又入衙署舉報姜府找人上門威脅她，引起百姓熱議。

又經過三日，此案已調查得更加透澈，由於姜昭不知悔悟與姜府仗勢欺人的行徑，寧禾判了姜昭死刑，緩期一年執行。

判人死刑，需要上報到京城，由刑部統一遞交至御前審允。寧禾坐在議政廳內，擬好了刑判書，對孟舟行說道：「派人送至京城。」

白青起身上前，擔心道：「大人，這般嚴判恐會引起姜府報復，卑職聽人說姜府已派人入京，欲告大人武斷判案之罪。」

寧禾從案前起身，理了理官服，紅唇勾起一抹笑，說道：「隨便他告，我寧禾沒怕過任何人。」

接下來她望著孟舟行，叮囑道：「購地建房的事要快些辦好，明年此時，我要向朝廷繳稅十萬兩、綾羅錦緞千疋、糧千斗。」

孟舟行與白青愕然地望著寧禾，白青咂舌道：「大人，您沒說錯？」

寧禾點了點頭，有些無奈。

「稅賦如此之高，盃州在一年內怎麼可能達到目標？」孟舟行仍是訝異，就算是經濟最為富足之郡，一年內也很難達到這個要求。

寧禾暗嘆，她如何不知顧琅予的算盤？可她絕對要做給他看，不輕易投降。

回到安榮府，寧禾卸下官服，命婢女備了熱水讓她沐浴浸泡，才稍稍減輕一身疲憊。寧禾閉上眼睛靠在浴桶上，在騰騰升起的熱氣中，微微有些倦意。

沒多久，阿豈的聲音在門外響起。「大人，小的有事稟報。」

寧禾瞬間清醒過來，說道：「阿喜，開門讓阿豈進來，要他在外頭等我。」

她起身擦乾身體上的水珠，穿好衣裙，垂著一頭青絲走入廳中。「什麼事？」

「小的暗中攔截下這些東西。」阿豈將一小疊信遞給寧禾。

寧禾疑惑地問道：「在何處截下的？」

「這些都是李太醫每日所寄的信件。」阿豈說道：「我早就瞧他不對勁，所以這幾日悄悄截下他的信。」

寧禾靜默不語，心下瞭然，她轉過身，對阿喜與阿豈說：「你們都出去吧！」

回到寢間，寧禾才將這些信一一展開。她從皇宮離開時，除了身上的衣物與那支碧玉釵，沒帶走任何東西，她唯一覺得可惜的，就是那用來當電燈的夜明珠，如今她晚上只能就著昏黃的燭光看卷宗、批公文，看這些信也不例外。

寧禾坐在妝檯前，盯著手上的信——

皇子妃今日寅時起，酉時歸，入室逗公主，戌時閱文書，亥時方歇。

皇子妃今日卯時起，於衙署忙碌整日，忘食晚膳。

皇子妃今日晨起暈眩，早產體虛，畏寒，須調養。

燭光晃得寧禾模糊了視線。這些信，原本都會寄到京城，送入皇宮，放到那個人的御案前。

望著左手手腕處那道疤痕，寧禾失神地滑落了手中的信。她起身召來阿豈，吩咐道：「往後這些信都不動聲色地攔下來給我。」

他們早就已經和離，他登基為帝不說，靳虞還懷著他的子嗣，他來打聽她的消息做什麼？為何要擾亂她漸漸平復的思緒！

寧禾緩緩走到床榻躺下。今夜，注定無眠。

郡守府的工作依舊忙碌，林縣水患帶來的後果相當棘手，在古代這種落後的生活環境下，最害怕的就是天災。寧禾下令盡全力安撫難民，孟舟行則在建房一事上差人早晚趕工，進展得相當順利。

這一日，有屬吏來稟報入宮參加朝會的事情，按照雲鄴的規矩，各郡縣主事者須在年底到皇宮參加朝會，好面聖議政。

這是父母官應盡的責任，不過寧禾並不想見顧琅予。「本官已寫了表奏，今年不去朝會。」

此時白青掀起長袍跨入廳內，神色匆忙道：「大人，京城來了聖旨。」

寧禾的心瞬間像是一根被撥響的琴弦，微微顫動。

聽完來使宣讀，寧禾接下聖旨時的面容平靜，心底卻莫名有一絲酸楚與憤怒。

待來使離去之後，白青才蹙了蹙眉道：「大人，陛下召您入京詳敘姜府一案，難道是因為靳娘娘的關係？」

在外人眼中，天子這麼關心盉州這個案子，定是與靳虞有關，然而寧禾並不這麼認為，她覺得這是顧琅予引自己去京城的把戲。

寧禾轉過頭問身旁的孟舟行道：「榆林山下蓋完房子後所剩之地都丈量好了？」

「已丈量完畢，卑職正要拿文書給大人看。」

「進屋吧！」

到了議政廳後，寧禾隨手將聖旨丟置案旁，未再看一眼。

由於那道聖旨言明寧禾須即刻動身入京，因此在三天後依舊沒見到她的身影時，顧琅予再次命人傳旨。

來使在郡守府內嚴正地傳達了顧琅予的意思。「陛下命寧大人即刻入京，若三日之後不抵京，則攜兵押其女一同入宮。請寧大人收拾行裝，跟下官一道回京吧！」

聞言，寧禾愕然。冬日嚴寒，初玉不過是稚嫩的嬰兒，哪裡受得了長途奔波，他分明就是知道她絕不會讓女兒受苦，以此要脅她！

寧禾許久不吭氣，最後才沈聲開口道：「備馬車，舟行與白青隨我入京。」

去又何妨，只要心中不再眷戀他，沒有過不去的坎！

跨上去京城的馬車，寧禾在風雪中命車伕加快行程，雪天路滑，不易趕路，但她仍在三日內抵達了京城。

阿喜原本非要寧禾帶她入京，但是寧禾擔心初玉的身體，便要阿喜留在盉州，由冉辛與阿豈陪伴她。

冉辛還未學會怎麼伺候人，一路上也未能將寧禾照顧周全，馬車進入京城時，寧禾忍不住咳了起來，想來是夜間受了寒氣。

寧禾輕喚了一聲。「給我熱水。」

冉辛連忙拿了裝著熱水的水壺給寧禾，卻在馬車顛簸中將水壺滑落，砸到寧禾腿間，她慌張道：「小姐勿怪，奴婢失手了。」

撿回水壺，看著寧禾喝起水來，冉辛一顆心狂跳不止。她伸手摸向腰間，那裡掛了一個錦囊，是之前阿喜悄悄塞給她的。

第一道聖旨下來時，阿喜一得知顧琅予要寧禾入京，便偷偷準備了錦囊，她告訴冉辛，務必將這錦囊送到皇上面前。

冉辛緊張得不得了，雖然她不知道錦囊裡有什麼，但阿喜身為小姐的貼身婢女，都敢背著小姐將這錦囊呈給皇上，足見裡頭裝的東西非常重要。

可她只是一個小小的婢女，就算入了宮，有那個機會見到皇上嗎……

第四十一章 醋海生波

馬車徐徐駛入皇宮，落停在廣闊的宮壇中，內監將寧禾引上漢白玉石階，前往金鑾殿。跨入殿門那一瞬間，寧禾憶起離宮之前，她便是在這宮殿裡與顧琅予和離……

跟著寧禾前來的孟舟行、白青、冉辛與阿豈候在殿門外，她走入殿中，垂首行了君臣大禮，光可鑑人的地面反射出顧琅予走下龍椅的身影。

「盉州郡守寧禾，叩見陛下。」

「平身。」顧琅予的聲音低沈地在寧禾頭頂上方響起。

抬起頭，寧禾目光所及之處，是顧琅予放大的容顏。他離她很近，甚至連呼吸都若有還無地撲打在她肌膚上，然而她目不斜視，緩緩站起身之後，往後退了一步。

「陛下召臣稟報姜昭街頭縱馬害人性命一案，不知陛下有何指示？」寧禾垂首說道。

顧琅予望著這許久不見的人，只見她褪去昔日似水柔情，氣質轉變為清冷冷豔；她身著緋綾官服，修長的頸項圍了一圈雪白的貂毛禦寒，雖然未戴珥璫珠玉，卻依舊美得讓他悸動，奪目得讓他有些收不回目光。

「接到了朕的聖旨，寧愛卿卻抗旨，說說看，朕該如何定妳的罪？」

寧禾平靜地回道：「臣初上任，政務忙碌，因而寫了罪己書，本欲託臣的功曹參史代為入京，卻遭逢大雪，故而遲了。」

「這麼說，朕不應該怪妳嘍？」顧琅予自然知道這是寧禾的託詞。

「臣無心抗旨，若讓陛下有不快之處，就請陛下降罪於臣吧！」

顧琅予注視著寧禾，見她花容淡然，便道：「阿禾，許久不見，妳可還好？」

他終究沒能忍住，日思夜想的人就在眼前，能不心動嗎？伸出手，他撫摸上寧禾的臉頰，欲攬她入懷。

寧禾避開他的碰觸並往後退，說道：「陛下怎可輕薄臣？」

「輕薄？」他與她本就是夫妻，這怎麼談得上是輕薄！

顧琅予心裡並不認和離的事，他這麼久沒有找寧禾，不過是因為他剛登基，需要忙碌的事情太多，況且琴姑的死因尚未查明，還不能還她清白，而他謀權篡位的風聲又才剛過，他肩頭上的擔子實在太重了。

「朕連碰妳一下都不行？」顧琅予欲上前握住她的手。

「陛下再這樣，臣就喊人了。」寧禾惱怒地瞪著顧琅予。

這番話讓他停手，臉上寫滿了無奈，只怪他曾醉酒犯錯，傷她太深。

看到顧琅予不再進逼，寧禾說起公事。「陛下召臣入京，是因姜昭縱馬命案，臣帶了奏疏與刑判書，請陛下過目。」

說罷，寧禾朝秦二開口，讓他將在殿門外的孟舟行與白青請來。

當孟舟行與白青進入金鑾殿時，顧琅予緊緊盯著他們兩人，雙眸幾乎噴出火來。

「卑職叩請陛下聖安。」孟舟行與白青行禮道。

顧琅予瞇起雙眸，渾身散發出一股寒氣。分開沒多久，她便另尋新歡了？這兩人一個健壯英朗，一個清秀俊美，只尋一個不夠，竟要兩個？

轉身邁上臺階，顧琅予端坐於龍椅上，接過秦二遞來的奏疏與刑判書，掃了幾眼後便丟置於御案上。

「姜愛卿已向朕稟明原由，姜昭是醉酒後策馬傷人，寧愛卿是不是應該重新審判？」

「仵作已驗過，姜昭並無醉酒。」說著，寧禾朝白青道：「將驗詞給我。」

她呈上手中的文書，繼續道：「三名仵作與太醫李複皆已查驗，姜昭縱馬時確無醉酒，身體也未出狀況。」

顧琅予如何不知道這案子的真相，這種小事他本不屑過問，但是因為能藉此召她入京，他才費了這番工夫。

只是……她身邊那兩名容貌出眾的男子，真是礙眼得很。「寧愛卿身旁為何人？」

「回陛下，他們是臣的左膀右臂。」

顧琅予瞇起雙眸，抿起唇，露出若有若無的笑，說道：「如此說來，朕當初在寧愛卿上任之時未安排妥當。此兩人年紀尚輕，為政恐有不足之處，全憑寧愛卿公正嚴明，才能查清此案真相，朕理應獎勵寧愛卿才是。」

聽到顧琅予這麼說，寧禾心中暗嘆不妙。

「朕要為寧愛卿安排幾名得力助手，做妳的左膀右臂。」

寧禾幾乎能猜到顧琅予要做什麼，她立刻回道：「陛下，人不可貌相，臣的功曹參史雖然年輕了些，但皆為知臣者，為臣心憂。臣有他們，政務上可謂得心應手，陛下不必再為臣安排良才了。」

哼，為她心憂？他還為她憂心呢！顧琅予說道：「年輕人怎比得過朕手下的將才，這是朕給寧愛卿的賞賜，妳敢抗旨？」

寧禾望著顧琅予，有些不解。他這是在吃醋，還是要監視她？

「不敢，臣謝過陛下美意。」硬塞人給她又如何，她自有安排。

寧禾垂首，不再看顧琅予，只道：「既然姜昭一案陛下對臣的審理並無異議，那臣這就回盉州處理政務了。」

顧琅予望著低著頭的寧禾，說道：「離年底朝會不久了，為了免去奔波之苦，寧愛卿就留在京城等候朝會吧！」

寧禾回絕道：「盉州林縣之前的洪水造成嚴重災情，臣身為父母官，須及早回去處理，朝會時臣再入京。」

「既然如此，那寧愛卿過兩日再走，朕恰可安排功曹參史隨妳回盉州。」

寧禾還是不願接受顧琅予的安排。「臣……」

「寧侍郎若聽聞寧愛卿入京，定是非常欣喜，難道你們兄妹不想聚一聚？」

此話一出，寧禾再也無法拒絕，且不說寧一如今有多煎熬，她也擔心李茱兒的狀況，心中確有掛念。望著那個端坐在龍椅上的人，寧禾深知他掐住了自己的死穴。

見寧禾不再反對，顧琅予出聲對秦二道：「為寧郡守安排宮殿。」

「臣在京城有府邸……」

寧禾正想說她可以去住雲芷汀，然而顧琅予已起身離開大殿，沒再給她拒絕的機會。

秦二引寧禾進入秀毓宮，這座宮殿不屬於後宮，但離顧琅予的寢宮不遠。寧禾到了秀毓宮大廳時，回身問秦二道：「秦公公，您如何安排我兩位功曹參史？」

「皇……」意識到自己差點叫寧禾「皇子妃」，秦二連忙改口。「寧大人，奴才已為他們兩位準備好了住處，請寧大人不必掛心。」

秦二剛抬腳出門，寧禾就命冉辛差人抬熱水好讓她沐浴。冉辛立刻點頭應下，隨即大步溜出秀毓宮。

冉辛的目的，正是找秦二幫忙，她衝出宮門，揚聲朝前方的秦二道：「公公請留步！」

秦二回過頭，詫異地望著冉辛說：「妳是……」

「奴婢是寧大人的婢女冉辛，公公方才見過奴婢。」

秦二這才想起來，他淡淡應了一聲。「妳有何事？」

「公公。」冉辛有些不安地走上前，她畢竟是第一回入宮，害怕是理所當然的，她低聲道：「奴、奴婢有件事想麻煩公公您。」

「什麼事？」冉辛到底是前皇子妃帶來的婢女，秦二對她和顏悅色，並未刁難。

「公公可否將這個東西交給陛下？」冉辛顫抖地將錦囊雙手奉上。

「這是何物？」

「公公能幫這個忙嗎？」冉辛沒回答問題，見秦二眸中帶著質疑，更不敢多說了。

秦二伸手接下，說道：「咱家知道了。」

望著秦二離去的背影，冉辛心中一顆大石才得以落下。

宮道上，秦二看著手中的錦囊，想到的卻是西宸宮那位靳娘娘。雖然顧琅予登基為帝，卻遲遲未給靳虞任何封號，因此眾人皆稱她靳娘娘。

成為皇帝之後，顧琅予每每忙碌國事到三更半夜，靳虞便縫製錦囊，裡面放著安神靜氣的香草，讓容想送至御案前。那錦囊繡工精美，但是秦二在顧琅予身旁伺候，卻很清楚他看也不看那錦囊，之後宮女打掃時，便將錦囊撤走了，想來是顧琅予下的命令。

雖然有前車之鑑，秦二也不明白這錦囊裡面裝了什麼，但是他覺得陛下應該會喜歡前皇子妃的東西，也就沒退回給冉辛了。

秦二快步走入乾承殿，殿內沒有顧琅予的身影，他便將錦囊放在御案上，回過身時，就見到顧琅予正邁入殿中。

「陛下。」秦二行禮道。

「一切都安排妥當了？」

「回陛下，寧大人與那兩位功曹參史的住所已經安排妥當，寧大人此刻正與婢女及護衛待在秀毓宮。」

「護衛？」這聲音既沈又寒。

秦二心頭一跳，回道：「寧大人身邊有一少年，正是寧大人的護衛，陛下不知嗎？」

帶了什麼護衛！」

顧琅予坐到御案前，望著案上高高疊起的奏疏，狠狠抽出一本道：「晚間朕再去瞧瞧她

秦二低眉噤口，知曉此刻顧琅予心情不佳，他瞥見案上的錦囊，才憶起自己忘了稟報。

「陛下，這錦囊是婢女冉辛送來的，她……」

「知道了，明早你安排御膳房做點清淡的飲食，多備些蔬果，送至秀毓宮。」

秦二忙領命退下。

顧琅予掃了那錦囊一眼，當他起身去取架上的書籍時，便順手將錦囊放在書架高處。

他不知道冉辛就是寧禾的婢女，只當靳虞又派人送了東西來。靳虞求見，他從未點過頭，更別說召見她了，因此她只能差人送些吃食或小玩意兒給他。其實他大可以丟掉這個錦囊，卻不知自己為何沒這麼做？

顧琅予朝殿內喚了一聲，便有宮女垂首上前，他沈聲開口道：「靳虞送來的東西，往後不許出現在朕眼前。」

到了晚上，處理完案頭的奏疏後，顧琅予站起身，乘上御輦前往秀毓宮。

下了御輦，顧琅予的腳步飛快，玄色衣襬上的龍紋在風中翻飛。大雪簌簌直落，顧琅予走到秀毓宮的宮廊下時，值夜的宮女正要出聲行禮，卻被他揮手制止。

推開房門那一瞬間，顧琅予不禁龍顏大怒。

只見寧禾身穿一件茶色睡衫半靠在椅子上，她閉著眼，伸手支額，模樣慵懶愜意，她身

後，有個俊俏的少年正在為她按摩頸項與雙肩。

「寧禾——」顧琅予的聲音從齒縫間迸出。

寧禾睜開眼朝門口處睨去，平靜地說道：「陛下深夜闖入臣的房間，難道有政事要談？」她挑了挑眉，未起身亦未行禮。

「這是妳的護衛，還是妳的男寵？」

寧禾不禁笑道：「這是臣的私事，陛下與臣之間除了公事，沒什麼可說的吧！」

顧琅予邁步靠近寧禾，他冰寒的眸光落在阿豈與冉辛身上，冉辛連忙將阿豈拉走，慌忙地關上房門。

寧禾站起身，行了君臣之禮後說道：「若陛下無要事相談，臣連日趕路甚為疲憊，要歇下了。」

深深望著寧禾，顧琅予伸手扣住了她的手腕，在她的掙扎下，他稍稍用了點力，便將她帶入自己的胸膛。

寧禾無法掙脫，只能抬眸狠狠瞪著顧琅予說：「陛下難道就只會這一招？」

「這招妳覺得不新鮮了？」顧琅予冷笑道：「那朕玩點新鮮的招式。」

他猛然將她轉過身壓在牆邊，一隻手從她背後圈住了她纖不盈握的腰，另一隻手則探入她寬鬆的睡衫，一路往上爬……

顧琅予的胸膛緊密地貼著寧禾的後背，他埋首在她耳側，吮吸、挑逗、呼出溫熱的氣息。寧禾動彈不得，怒氣沖天，但是顧琅予的力氣太大，她敵不過他。

「這招式，妳覺得可新鮮？」

輕佻而曖昧的低語灌入寧禾耳中，在他綿密的濕吻下，她狠道：「陛下寵幸了多少妃子，才學到這些招式？」

顧琅予瞬間停下動作，胸口不斷起伏，過了許久，他才扳正寧禾的身體，與她對視。

「妳離宮之後，我從未寵幸過任何人。」

「那陛下這帝王當得就可惜了。」

顧琅予惱怒道：「敢說這種話，就不怕朕治妳的罪？」

紅唇勾起一笑，寧禾毫不畏懼面前的人，她說道：「陛下要定臣什麼罪？是不守禮數蔑視帝王，還是沒乖乖『侍奉』陛下？」

聽到寧禾這麼說，顧琅予反而不惱了，雖然此刻她並未掙扎，但他明白自己所做的事有多傷她。相處了這麼久，他怎麼會不知道她的性子，但是到底該怎麼做，才能讓她原諒她？

自小接受的教育，讓顧琅予有「一個男人三妻四妾再平常不過」的觀念，然而不論過去身為皇子，或是現在身為帝王，他都不願寵幸妃子，除了母妃的經歷帶來的影響，還有遇見寧禾之後，他就明白了「一人一心一世」才是最美好的事。

「阿禾。」顧琅予不知道寧禾正在想些什麼，卻知道方才自己又做錯了。

「我尚未查明琴姑的死因，但我相信那並非妳所為。」顧琅予的手從寧禾肩頭緩緩滑下，改握住她纖柔的雙手，低聲道：「如今我已為帝，才懂高處不勝寒的深意。這萬里山河沒有妳，也失去了意義。」

心底那根弦再次被撥動，這一刻，寧禾失了神。

其實她不是真心想將他遺忘，聽到他這番告白，她也有些想要落淚，可靳虞呢？還有靳虞的子嗣呢？常言道，覆水難收，即便心中還有愛，她卻不想重來一回，再受一次傷。

寧禾怔怔地抬頭，只見他雙眸中盡是她的影子。這張俊美的臉一如她夢裡所見，可當她被雷聲驚醒，側身伸臂想往枕旁攬去時，卻空空如也，沒有那個溫暖結實的身體。

抽回手，寧禾垂首避開他的視線，她淡淡道：「我已與陛下和離，往昔皆如雲煙，已成空影。如今陛下是君，我是臣，陛下與我之間，只有君臣，再無夫妻。」

再次抬眸，寧禾已經恢復平靜，她漠然道：「臣恭送陛下。」

顧琅予深深凝視著寧禾，清楚她堅決的心意，他不再多說，轉身從她眼前消失。

隔天，寧禾早早起身，她命阿豈將孟舟行與白青喚到秀毓宮，不打算繼續待下去，此時秦二正巧命令宮女端了早膳入房。

宮女們手上端的皆是清淡的飲食還有蔬果，這些都是寧禾從前在常熙宮常用的膳食。冬天準備蔬果並不容易，也只有在皇宮才有這種待遇。

秦二朝寧禾俯首道：「寧大人，這些都是陛下吩咐的，寧大人先用膳，若有……」

「多謝公公，煩勞公公替本官向陛下說一聲，本官與下屬必須回盉州了。」

寧禾離開皇宮時，秦二帶著顧琅予安排的屬吏隨她啟程，她沒拒絕，只俯首叩謝聖恩。

馬車駛出宮門時，寧禾頭也沒回，自然沒瞧見城樓處那道緊緊相隨的目光。

第四十二章 各司其職

離開皇宮後，寧禾去了寧一的府邸，才剛進門，濃郁的草藥氣息便撲鼻而來，寧禾明白，這些全都是為了李茱兒，她不禁在心中暗暗嘆息。

寧一上前相迎，他大喜道：「阿禾，妳怎麼會在這個時候入京？我方才還以為管家稟報有誤呢！」現在距離年底朝會還有一小段時間，況且寧禾剛上任不久，必定有許多政務亟待處理，應該忙得焦頭爛額才是。

「哥哥，你……」在看清楚寧一的那一刻，寧禾的眼淚差點掉下來。

面前這個人已不是昔日瀟灑的翩翩公子，他的雙唇有些泛白，一頭黑髮從髮鬢處冒出些許銀色，縱使此刻他正對著自己笑，眸底傳來的卻是苦澀。

「你怎麼變成這個樣子……」寧禾別開臉，竭力想藏住眼眶中翻湧而上的濕氣。

「我如今挺好，陛下讓我的公務減輕了很多，我每日都有閒暇與京中名醫在府裡鑽研草藥，過得很充實。」

寧禾悄悄抹去眼角的淚水，回眸望著寧一，正色道：「哥哥，若你自己都不好好保重身體，又怎麼能照顧好茱兒？」

寧一黯然道：「是我無能，還是沒辦法讓她醒來。」

阿豈站在寧禾身後，聽到他們的談話，出聲問道：「大人，大公子的友人生了病？是什麼病？」

「她跌傷了頭，已沈睡數月，仍未醒來。」若非阿豈詢問，寧禾實在不想重提舊事。

「京城中的大夫跟宮裡的太醫都看不好嗎？」阿豈繼續問道。

寧禾未發一語，默認了這個事實。

阿豈語調沈靜道：「大人，過去我居住的九峰山中有個神醫，或許她有辦法治好她。」

寧禾雙眸一亮，她還沒開口，寧一便搶先道：「當真？這位神醫是何許人？他真能治好茉兒？」

阿豈點了點頭道：「只不過，九峰山上待的都是些與世無爭之人，雖然我曾與師父住在那裡，可是對於那些居民都是只聞其名，未曾見其人。」

說著，阿豈皺了皺眉道：「所以……我不知道墨醫仙願不願意下山救人？」

「只要墨醫仙肯救人，我願意奉上萬金與良田、錦宅以報恩情。」寧禾焦急道。雖然她不曉得這個墨醫仙到底多有本事，但是面對茉兒這個狀況，他們只能孤注一擲了。

阿豈回道：「據說墨醫仙是個女子，且不喜錢財，至於她喜歡什麼……」

他有些苦惱地說：「大人，我不知道墨醫仙喜歡什麼，但我還是會去試一試。」

寧禾聽了大喜，寧一當下立刻決定從府上派出馬車，並備妥禦寒衣物及糧食護送阿豈到九峰山，寧禾則囑咐阿豈要動之以情、說之以理，好說服那位墨醫仙下山救人。

寧禾在寧一的府邸住了一夜，隔日離京。入了盉州，寧禾囑咐白青與孟舟行回家稍事休息再去辦公，接著便命車伕策馬趕回安榮府，在向許貞嵐報過平安後，她才回到春字苑。

進了寢間，畫娘剛好替初玉餵過奶，寧禾將孩子抱到手上後，伸手理了理她的衣襟，接著忽然一怔。

原本掛在女兒脖子上的玉墜子到哪裡去了？

那玉墜子是顧琅予的東西，她本來想為女兒留個紀念，怎知此刻玉墜子竟不翼而飛。

「阿喜！」

阿喜正在內室與冉辛竊竊私語，聽到寧禾的呼喊，她連忙進了寢間，問道：「小姐有什麼吩咐？」

「初玉的玉墜子怎麼不見了？」

阿喜詫異道：「不見了？小小姐的玉墜子不是一直掛在脖子上嗎？」

「妳仔細想想，是不是為初玉清洗身子時落在了哪裡？」

阿喜低頭想了半天，驚道：「好像是！當時奴婢在浴盆裡摸到了一個硬物，可未細想，便將水給倒了……」

她愧疚地向寧禾請罪，寧禾沈默了許久，最終嘆了一聲道：「算了，丟就丟了吧！」

既然選擇不讓他與女兒相認，那還留著這個東西做什麼呢？

寧禾將初玉交給畫娘，進浴間洗去一身疲憊之後，隨即出門去郡守府處理公務。

阿喜在寧禾離開之後，又拉住冉辛說：「妳沒騙我，真的將我託給妳的錦囊交出去了？」

冉辛一臉焦急，連忙點頭道：「阿喜姊姊，妳怎麼不相信我，我真的交給了陛下身邊那位公公啊！」

「可是……」阿喜皺起眉頭，深感不解。「如果陛下真的看了錦囊裡的東西，沒道理讓小姐一個人回來啊……」

想來想去，阿喜都沒想出個理由來，最後只能拿冉辛出氣。「妳怎麼連這點小事都辦不好，唉！」

郡守府內，顧琅予派來的四名屬吏早已坐在議政廳等候，他們見寧禾踏入廳內，便起身行禮。

寧禾含笑道：「你們是陛下撥給本官的良才，不必多禮。」

落坐後，寧禾揮了揮手要他們四個人全坐下，她臉上依舊帶著溫和的笑容，說道：「本官看過陛下的職務分派，周修莒與汪荃是功曹參史，其餘兩人可由本官自由派任。」

頓了一下，寧禾道：「周大人與汪大人學富五車，做本官的功曹參史著實委屈了。」

不等面前這兩名五旬老者開口，她繼續道：「林縣受災嚴重，周大人就去協助林縣縣令吧！」

周修莒聽了，連忙起身領命。

「山陽縣縣令以權謀私，本官欲查其證據，這個重擔就交給汪大人。」

餘下兩人，寧禾將其中一人派去管理牢房，又將一人送至一位新上任的縣令那裡協助其處理政務，這麼一來，顧琅予安排在她身邊的眼線，全部成功被她剔除。

白青一直候在議政廳一角，他見那四個人領命離去之後，目瞪口呆道：「大人，他們可都是陛下親自派來的，這般遣走只怕不妥。」

「無妨，本官行事光明磊落，他們的去處都經過深思熟慮，陛下沒有怪罪本官的理由。」說罷，寧禾在心裡偷笑。

想要監視她？還是想在監視她的時候順便剔除掉她的左膀右臂，或者讓她達不到他定出來的要求？如今顧琅予還當她在皇宮裡，可以任由他欺負嗎？未免太小看她了！

雲鄴年末的朝會，各郡縣主事者須入宮向皇上稟報政務，加上這是新帝登基後舉行的第一次朝會，因此眾人都打起十足的精神，態度極盡嚴謹。其中一部分官員是初次入宮面聖，在被問話時多少有些緊張，畢竟新帝向來為人冷漠、處事雷厲風行，可說是不怒而威。

金鑾殿上站滿官員，長長的人龍排到了殿外石階下方。待眾人稟報過後，秦二便朝龍椅上的顧琅予說道：「陛下，各郡縣的政務已奏報完畢，只剩盉州的寧大人沒有消息。」

顧琅予那張表情嚴肅的面容在十二旒玉串的遮掩下若隱若現，他沈吟不語，教人猜不透他的情緒。

殿內一時之間鴉雀無聲。底下的人誰不知道盉州郡守是新帝過去的皇子妃，可是她連年底朝會這種重要集會都未出席，膽子也忒大了！

此時顧琅予低沈的聲音打破這片寂靜。「她已向朕稟報過此次朝會無法趕來。」

當初在金鑾殿那次會面，寧禾曾說過會來，然而她回去盉州不久後，顧琅予就收到表奏，言明她為了加速處理政務，不克出席。

人在安榮府的李複已許久未送信告知寧禾的狀況了，若非那次他以女兒要脅她入宮，他不知何時才能得到她的消息？此次朝會，他以為她至少會派個人來露露臉，這樣他便能藉機詢問她的近況，可如今她卻連這點念想都不給他……

秦二俯首稱是，接著昂首朝殿中揚聲喝道：「朝會畢，中書趙大人受各郡奏疏——」

眾人跪地叩首行禮後，便欲退出大殿，忽然間，顧琅予開口說道：「朕決意讓各郡每日上奏疏，送往中書衙署。」

有大臣詫異道：「陛下，先帝在位時，各郡的政務文書都是按月送往朝廷，若改為每日，恐會加重中書省的政務。」

「朕初登基，此法可讓朕了解百姓所思所急，為勤政愛民之根本。」

即便各郡到京城要花上一至十日不等，但是新帝素來行事果決，且他已做出決定，因此眾人未再有異議。

「另外，青郡、百治、盉州等大郡每日的奏疏都要送至宮中，由朕親審。」

「臣等遵旨！」

當顧琅予改革各郡奏疏的文書傳至盉州時，寧禾先是詫異，但立刻恢復平靜。她認為這是顧琅予初登基，想博得一個好名聲所採取的策略。

是日起，寧禾每天亥時便擬好當日奏疏，差衙役快馬加鞭傳入京城，在傳遞奏疏這段時間裡，她對改革交通也萌生了想法。

古代交通極為不便，只靠馬、牛、驢拖車代步，而盉州通往外界的大道只有一條，其餘皆是阡陌與鄉間小道，小道又只容牛車，馬車不可通行，降低了效率不說，出郡還須避開節慶之日，以免壅塞難行。

不過寧禾畢竟初上任，眼下還有其他更緊急的事情需要處理，她的精力與時間都有限，只能暫時將這件事擱在一邊。

在衙署中記錄好今日要政，寧禾便派人將奏疏送往京城。衙役接過奏疏時，寧禾囑咐道：「雪天路滑，趕路時你們的安全最要緊，回來後本官添些厚衣給你們。」

聞言，那位衙役猛然抬起頭來，動容道：「多謝大人，屬下一定將奏疏送到！」

進入衙署到現在這段短短的時間內，衙役與屬吏從剛開始的質疑到此刻面對她時的那份恭敬，寧禾知道郡守府內眾人算是認可她了，但是盉州的百姓呢？

在姜昭的案子上，寧禾初步得到他們的讚許，也減輕了她過去的名聲帶來的某些不良影響；不過，想真正成為百姓心目中稱職的父母官，寧禾很清楚自己還有一大段路要走。

儘管建立屋舍的工程不時受雪勢影響，但是在盡全力趕工的情況下，榆林山下部分荒地已經蓋好了一些樓房。

這些屋子設計簡單，專供生活使用，但是周遭還是設置了幾處觀景荷塘，提供休閒的空間。寧禾將屋舍區分為居住、勞作、織布、私塾等區域，建設完善後，取名為寧莊。
林縣受災的百姓除了有戶籍能證明身分，幾乎與流民無異，林縣縣令章汶居上報盉州郡守府數次，始終苦於沒有能力解決問題。
這日，章汶居愁眉苦臉地來到衙署，他被白青引入議政廳後，十分憂愁地對寧禾道：
「郡守大人，之前因為下官不忍，便挑了幾名機靈的年輕人到縣令府做小卒，不想這些天難民都擠在縣令府外想謀個差事，下官實在無法處理，求大人替下官想個法子吧！」
寧禾故作煩惱道：「天災難擋，本官亦無解決之道。」
「大人，可否再撥些賑災銀兩……」
「今年的政款已經用盡，章大人也知道現在是年末，那區區千兩政款不過應急，救不了那麼多難民的。」
「這該如何是好？若陛下怪罪下來，那下官……」章汶居滿面愁容。
此時寧禾乘機提出建議。「章大人為官向來廉明清正，本官不想失去這樣的下屬，有個主意你可願試一試？」
「大人請講！」章汶居雙眼一亮，滿懷期待地望著寧禾。
「先帝曾賜與本官榆林良田二十畝，本官還另外以私己之銀買下榆林山下一百畝荒地修建屋舍，欲招人織布耕作，好擴充安滎府的產業，若章大人覺得這是個好去處，便讓那些難民過來盉州，雖然必須賣身於安滎府，但本官絕不會虧待他們。」
「此法甚妙！」章汶居幾乎喜極而泣，連忙辭行回林縣宣布這個好消息。

消息發布出去後隔日，章汶居就帶著難民前來，寧禾命人將他們帶去榆林的屋舍，仔細說明入住的條件之後，那些百姓都願意簽下賣身契。

根據這份賣身契約，他們必須任由寧禾差遣，而且沒有月錢，但是其後代不論男女，都可獲得學習與在外謀差的權利。雲鄴建朝以來從未聽過這種事，只要簽下終身契，就不用再管每日溫飽，連屋舍都能留給子女使用，甚至生了病還有專人照料，百姓自然趨之若鶩。

寧禾早料定他們會答應。這個時代的百姓主要靠耕作生活，如果沒有屋舍與土地，就等於斷了生計，用一生的勞作換取自己與子女一生衣食無虞，對普通百姓而言穩賺不賠。

在規劃好人力配置之後，林縣的難民們一一遷入寧莊，只待開春後開始各項運作。

阿豈從九峰山回到盉州後，帶來讓人失望的消息，那位墨醫仙行蹤不定，完全沒人知道她身在何處。寧禾只得命幾名家僕去九峰山守候，希望能等到墨醫仙歸來。

青牆紅瓦下，紫柱金樑，宮闕連綿。碧空晴好的一日，秦二抱著一大疊奏疏走入乾承殿，他輕輕將奏疏放到案頭上，對埋首案牘間的顧琅予說道：「陛下，這是今日的文書。」

顧琅予停下筆，從一堆奏疏中拿起一本後放下，又拿起一本翻閱，再放下，當他從最底部拾起一本奏疏後，終於牢牢將其握在手中，沒再擱置。

一旁的秦二悄悄掃去一眼，就望見封頁上正是「盉州」兩個字。看來他們陛下果然還是關心著前皇子妃！

秦二輕輕換過御案上的茶之後，便靜候在一側，眼角餘光瞥見顧琅予時而皺眉，時而抿起唇角淺笑。

顧琅予批閱完奏疏後走出了乾承殿，秦二收拾過御案後也準備離開，可此時他卻瞧見有宮女拿了個錦囊打算丟棄。

秦二急道：「這東西妳也敢丟？還不住手！」

宮女不解道：「公公，陛下前些時日吩咐過，靳娘娘的東西不能出現在他眼前。」

「誰說這是靳娘娘的，這可是盉州寧大人給陛下的東西。」

宮女不禁為難道：「那奴婢應當如何處理？」

「原先放在何處，便依舊放在何處。」

於是，那個錦囊又被放回御案後側書架的最上方。

第四十三章　鍥而不捨

春節過後不久，朔北傳來消息，朔北王妃提前了一些時候生產，誕下一名健康的男嬰。顧琅予賜名加爵，並將顧衍這個嫡子封為世子，新帝善待手足的名聲因而越傳越廣。

寧禾得知這件事之後，命阿喜準備了許多禮物，加上許貞嵐精心挑選的禮品，一併差人送去了朔北。

雖然春節已經結束，但雲鄴仍沈浸在一片喜慶氣氛中，在盃州衙署的春酒宴會上，寧禾生平第一次讓自己喝得大醉，滿身酒氣地回到安榮府。

阿豈扶寧禾坐在內室的椅子上，說道：「大人先休息一下，我去叫阿喜姊姊過來。」

寧禾一語不發，沒多久，畫娘就從寢間走出來告訴她初玉已入睡，接著便退了出去。此時寧禾腦子更加沈重，在燭光照耀下，她望著走進房間的阿喜，只覺得阿喜的身影變成了兩個、三個、四個……

重疊交錯，如夢似幻。

「小姐，您明明不太會喝酒，怎麼讓自己喝醉了？」阿喜憂心道：「小廚房的人正在熬醒酒湯，小姐等著，奴婢先去請李太醫來看您，再燒熱水讓您沐浴。」

說完，阿喜就走了出去。

醉？她怎麼會醉，她腦袋清醒得很！她記得自己前一世叫寧禾，這一世還叫寧禾；她記得自己從二〇一七年穿越到這裡，重獲新生。楊許呢？那個前一世說他愛她的楊許呢？他是否已經娶了億達影業的千金，過起豪門生活了？

顧琅予呢？他登上了帝位，再過一陣子，靳虞也會為他誕下子嗣。他在百官朝賀中度過熱鬧的春節，皇宮燈火如萬里長龍，這個江山的所有珍寶都會被人呈到他面前；他已成九五之尊，不知道她此刻心裡有多難受，也不知道在寢間內熟睡的初玉是他的親生骨肉。

酒醉當真能亂性？就像他當初對她那樣？還是這只是一個藉口，好讓他可以寵幸靳虞？

「顧琅予……」寧禾跌跌撞撞地從椅子上起身，走到屏風後寬衣脫下官服，換上一身銀紋織金挑線絨花裙。

她又卸下髮冠，跌跌撞撞地走去妝檯，從妝奩中取出那支碧玉釵，她坐下來對著鏡子將髮釵插入髮髻，微微一笑。

明月初回，白玉配伊人。

可惜窗外無明月，鏡中之人也不再是他的伊人。

寧禾取下那支碧玉釵，起身想去瞧瞧初玉，然而此刻酒氣發作得厲害，她竟暈得一頭往案角撞，疼得齜牙咧嘴。

此時寧禾心中莫名覺得委屈難受，她狠狠踢了案桌一腳，口中喃喃低語道：「怎麼對我這麼不公平……」

當李複被冉辛引入內室時，就瞧見了這一幕。

「我雖然不是什麼古代人，而是個現代人，但我怎麼可能殺了琴姑？就算她不過是你的乳母，可擱在現代，她就像你養母，也算得上是我婆婆……」

寧禾慢慢哽咽起來。「我懷孕時，你從來沒關心過我肚子裡的初玉，也沒陪我感受胎動……你當上皇帝，我做了省長跟市長，可這有什麼意思？誰說我不愛紅妝華服……」

說著，寧禾狠狠將一旁案頭的茶盞拍落，任由自己斜倚著妝檯，她的雙目迷離，喃喃道：「你以為鶴鷺山上的巨石是大意？天意是什麼鬼，那是我找人為你刻的字，你自以為長得帥，老天爺就要繞著你轉啊……」

這番胡言亂語嚇壞了冉辛，她連忙要上前去扶寧禾，卻被李複制止。

聽到寧禾說的話，李複震驚得無以復加。原來鶴鷺山的事竟是皇子妃策劃，卻被眾人當成天意，至於什麼現代、什麼婆婆，李複雖然沒聽懂，卻不想在此刻打斷寧禾。

只可惜寧禾沒再繼續說下去了，她抹去眸中的霧氣，揉著疼得像是要裂開的腦袋，喊道：「來人——」

冉辛立刻衝上去，扶著寧禾說：「小姐，您哪裡難受？」

「備水，我想沐浴。」

「阿喜姊姊已經去準備了，小姐先讓李太醫把把脈吧？」

「把什麼脈，我又沒病！」寧禾站直了身子，仍覺得暈眩不已，她皺眉道：「給我倒杯熱水。」

冉辛不敢耽擱，立刻為寧禾倒了杯熱水讓她飲下。

李複回到自己的房間後，立刻按照顧琅予的吩咐，將寧禾每天經歷的事記錄下來，他裝好信，遞給門口的小廝道：「照樣送去城內那家鋪子，這封要快馬加鞭送進宮中。」
那個鋪子的主人，其實是顧琅予在城內的眼線之一，有了這層關係，驛站自然會優先處理。
小廝點頭收下了信，可是接下來他卻往春字苑走，而不是出府朝那鋪子去。
阿喜正站在屋外等沐浴的水燒好，碰巧看見那個小廝朝她走來。
小廝一時之間沒看清楚，待他走近，才驚見一道佇立在前頭的人影，他嚇了一跳，忍不住喝道：「誰在那裡?!」
「小皮兒，你不好好守門，到春字苑來做什麼？」
「原來是阿喜姊姊。」小皮兒鬆了口氣說：「我……」
「我知道，你要去找阿豈。」阿喜早就注意到阿豈跟小皮兒之間的交流，可這還是她頭一次在小皮兒送東西給阿豈之前逮到他。
阿喜走到小皮兒面前，說道：「讓這封信去它該去的地方。」
「可是……阿豈哥哥說這些信都要不動聲色地送給他，說是小姐吩咐的。」
「小姐吩咐了些什麼，是你比較清楚，還是我比較清楚？」阿喜咄咄逼人道。
小皮兒連忙低下頭說：「當然是阿喜姊姊比較清楚。」
阿喜點了點頭，說道：「往後這些信你只管一封封往外送，若是阿豈問起，你就說李太醫沒再寫信了。」
「是，我知道了。」

望著小皮兒一溜煙跑沒了影子，阿喜才放下心來。她知道這些信都是李複要送至御前的，陛下與小姐雖然已和離，可陛下始終惦念著小姐，這份情意不似虛假。

想到這裡，阿喜心中焦急卻又莫可奈何，只怕那個錦囊也是半路出了岔子，所以陛下才不知道真相！

李複這封信由顧琅予信任的內監送至乾承殿，顧琅予正埋首在案牘間，批完奏疏便要起身去巡兵。這個春節他未辦任何宴會，只讓臣子們休假，過節期間對他來說是消化卷宗的時間，而不是逃離政務的空檔。

此時秦二邁著大步小跑進入殿中，臉上堆滿了歡喜的笑容，喊道：「啟稟陛下，是從盉州來的信！」

「盉州?!」由於李複很久沒再來信，顧琅予便猜出是被寧禾發現後攔截下來了。

他打開那封信，越往下看，一張臉就越發陰寒。

「宣禮部侍郎寧一即刻入宮見朕。」顧琅予的聲音聽起來相當急促。

當寧一進入乾承殿時，顧琅予立刻從椅子上起身疾步至他面前，不等他行禮便開口問道：「你的腿到底是因何所傷？」

「腿傷？」寧一詫異道：「臣沒有腿傷，陛下可是弄錯了？」

「之前你向朕辭官之際，拖著腿走入大殿，那時你因何事傷了腿？」

寧一怔了怔，答道：「陛下……臣被一顆大石頭碰了一下。」

顧琅予瞇起了雙目。他記得當時他問起寧一，寧一也是這般回答。

「什麼大石頭？」雖然寧一尚未回話，可是顧琅予心中已經有了答案。

「陛下為何問這件事？」寧一垂下頭去，在坦白與隱瞞之間產生了猶豫。

「萬壽予之，天顧恩澤。」顧琅予望著寧一，自嘲地說：「枉費朕與她夫妻一場，竟連她幫朕做了這件事都不曉得，還一心以為是他人所為。」

寧一整個人微微一震，許久之後才道：「陛下如今知曉也不晚。自從落水醒來後，阿禾便變得要強，她敢於擔當，卻不求回報。如果陛下對阿禾還念著從前的夫妻情分，便不要將她們母女丟在盉州，初玉如今還很小……」

「初玉？」顧琅予錯愕不已，幾乎失聲道：「她為女兒取名為初玉？」

想起自己的妹妹與外甥女，原本平靜的寧一忍不住嘲諷起來。「陛下真是忙得暈頭轉向，竟連自己女兒的名字都不知道。」

顧琅予不怪寧一有這種態度，也沒多加解釋。在一般人眼中，她的女兒自然是他的骨肉，可惜沒幾個人知道那不過是她受辱後留下的一個小生命。

聽到寧禾像他一樣為她的女兒取名為初玉，顧琅予終於懂了，她心裡有他，卻始終忘不掉他帶給她的傷痛。

待寧一退出殿門後，顧琅予沈聲喚道：「召靳虞。」

靳虞走入乾承殿時，內心相當激動，畢竟她實在太久沒見到顧琅予了。踏入殿門時，靳虞扶了扶鬢間的步搖、理了理衣襟，才邁開腳步，款款走到顧琅予面前。

「臣妾拜見陛下。」靳虞行過禮後昂起頭，一雙美眸在他身上流轉。

顧琅予站起身，拾階而下道：「妳幫朕看看這是什麼字？」

他將一張宣紙遞到靳虞面前，卻在她伸手來接時瞬間鬆開手，任由宣紙緩緩飄落至地面。

靳虞先是一愣，雖即掛回笑容，她托住隆起的腹部，有些吃力地彎腰去拾那張宣紙。

靳虞凝視著紙上的字瞧了半晌，抬頭道：「這是陛下寫的字？」

她笑得明媚，繼續道：「臣妾雖然不懂陛下所寫為何，卻看得出這八個字筆力遒勁，是無人能及的一手好字。」

「妳當真不知這是何意？」

靳虞又望了一眼，含笑搖頭道：「臣妾才學不及陛下，請陛下告訴臣妾。」

顧琅予從靳虞手上抽出那張宣紙，唇邊淡淡一笑，眼神卻是冷峻凌厲。「在朕眼裡，妳比朕還厲害，竟敢欺騙朕。」

靳虞臉色微變，眸底的驚慌一閃而逝，她怯怯地問道：「陛下此話何意？」

「妳不認識這八個字？這不正是妳請託妳父親解朕燃眉之急，在鶺鷺山巨石上弄出的上古範文？」

聞言，靳虞的雙頰霎時失去血色。

「妳還有什麼事瞞著朕？」

靳虞驚慌地搖頭道：「陛下，臣妾錯了，除了此事，臣妾對陛下再無欺瞞。」

她托著腹部，緩緩跪在地上道：「臣妾以為巨石一事是天象，陛下沒辦法發現臣妾撒的小謊，為了討陛下歡心才這麼做，陛下可知臣妾有多愛慕陛下？」

說著，靳虞垂下頭，咬了咬唇。她何嘗不知，在顧琅予這個人面前，與其狡辯，不如老實承認，她自認懂他，成婚那日她用簪子劃破手掌時，就在他眸中看到了一絲不忍。

「陛下，臣妾只想著陛下能因此事多看臣妾一眼，臣妾利用天象欺瞞了陛下，若有天譴，臣妾甘願承受。」靳虞昂起頭，落淚道：「臣妾知道錯了，求陛下看在臣妾腹中懷著皇嗣的分上，先放過臣妾吧，待臣妾產下孩兒，陛下要殺要罰，臣妾絕無怨言。」

顧琅予轉過身，未再看跪地垂淚的靳虞一眼，只道：「待妳腹中的子嗣出生，妳便去梵雲寺修行贖罪吧！」

靳虞的啜泣聲瞬間凝住，她難以置信地望著顧琅予的背影，許久之後才顫聲答道：「臣妾替腹中的孩兒謝過陛下。」

她是真的錯了，縱然他有情有義，也只獨獨對他心上那人多情而已！

顧琅予找何文過來，說明這件事之後，沈聲道：「朕讓你繼續查琴姑的事，查得如何了？」

「臣之前察看琴姑的遺體與那口井挖出來的東西，沒什麼新的發現，懇請陛下再給臣一些時間。」

回想起當初他們三人對質的情形，顧琅予充滿了悔恨，如今他再也不相信靳虞，那夜他醉酒時，只怕靳虞也使了計。

「事情已過去三個月，你準備從何處再查起？」

何文沈思過後回道：「琴姑早已入土為安，臣只能仔細查驗她當時所穿之衣物。」

顧琅予沈默了一會兒之後說道：「當時為防止顧姮有任何異常舉動，朕在常熙宮安插了許多眼線，並要他們留下訪客出入的紀錄，那一日，你可查到有何人進入常熙宮？」

何文搖了搖頭，回道：「除了來為靳娘娘把脈的太醫劉符，並無他人。」

「井底挖起來的，都是些什麼東西？」

「那口井乾涸斷源，已荒置多年，是以宮女們不要的雜物都往那裡丟棄，挖上來的東西污穢不堪，臣察看過了，沒什麼不妥之處。」

顧琅予思考許久，下定決心道：「將挖上來的東西抬到朕面前來。」

「是，陛下。」何文點了點頭，命人將井底的廢棄物抬過來。

顧琅予命內監將那些東西一樣一樣排開，他的目光掃過那些雜物，眸光忽然落在一個青銅香爐上。

秦二順著顧琅予的目光停留之處，拿起那個青銅香爐，接著顧琅予忽然一把將香爐搶到手中。

「陛下，這東西污穢，由奴才拿著便好。」

顧琅予卻一語不發，眸底深處情緒翻湧。這個被砸扁、失去原本形狀的青銅香爐，為何這般眼熟？

「常熙宮中可有這種香爐？朕怎麼覺得過去在那裡見過？」

秦二常年隨侍顧琅予，待在常熙宮很長一段時間，他仔細看過香爐後答道：「這不是常熙宮的東西，但是陛下既然有印象……依奴才看，應當是昔日皇子妃或靳娘娘的陪嫁品。」

聽完秦二的話，顧琅予腦中的記憶忽然如碎片般飛快閃現。

「……這爐內點上了熏香，可以緩解頭腦脹痛。」

他恍然憶起，寧禾離開皇宮去雲芷汀的那個夜晚，他醉酒，便是靳虞抱了一個香爐走進享居，還把東西放在他身旁。

這個青銅香爐，會是靳虞那日抱來的那一個嗎？

不過，事情已經過去太久，顧琅予早已記不得那香爐是什麼樣子，但若真的是這個香爐的話，為何靳虞要將其丟棄在井中？

三日後，何文將所有能查的地方又查了一遍，並檢查琴姑死時穿的衣物。他仔細審視過後，忽然在衣物胸襟處發現挑絲銀線綹作一團，甚至抽了絲。宮中用的布料向來品質上乘，琴姑是顧琅予的乳母，她的衣服不可能出現這種狀況。

「這些證物都要好生保管，妳們怎能讓這衣服刮成這樣？」何文不禁出口訓責宮女。

其中一個宮女連忙答道：「何大人，這衣服送來時就已經是這樣了，奴婢們不敢亂動。」

何文望著那團銀線，惱怒道：「這分明就是浣洗時遭指甲勾毀，還想狡辯？」

「大人，這是琴姑的遺物，衣襟上都還有血，奴婢們並未壞了規矩，的確從未浣洗過此衣。」

宮女的說詞點醒了何文。她們確實不可能隨意浣洗證物，因此琴姑衣服上的異狀只可能是死前所致，但是琴姑為何會穿著一件已經被勾破的衣服呢？

儘管這是個疑點，何文卻沒再查到什麼蛛絲馬跡，只能作罷。

春節剛剛過去，深居後宮的蘭太妃暗中聯絡了臣子，在朝堂上向顧琅予奏請放過關押在天牢中的顧末。

顧末被關押的罪名不重也不輕，顧琅予對外宣稱顧末受顧姮蠱惑而助其篡位，未處死顧末而囚禁其於天牢，是顧琅予登基為帝後對這個弟弟的寬容。

答應寧禾不殺顧末，他做到了，但是此刻他還不想放了顧末。

徹骨寒冬遠去後，春日的腳步到來，朝廷舉行過春耕儀式後，百姓們便開始在農田中播種。

時間過得很快，轉眼便到了清明節。按照傳統，雲鄴的皇帝與皇后須一同至龍郊山的宗祠祭祖，然而由於顧琅予並未立后，他便獨自率眾前往龍郊山，暫時將國事留給重臣處理。

一切看似再平靜不過，然而此刻的皇宮內卻暗潮暗湧，即將迎來另一波轉折。

第四十四章 驚曉真相

狹長陰暗的甬道上，有宮女提著一只寬大的藥箱快步走入知成宮，寢房內，傳來陣陣撕心裂肺的呼喊聲。

容想在望見宮女進來的那一刻，如釋重負道：「藥帶來了？」

「帶來了。」

「可有人發現？」

「無人發現，靳娘娘可以放心。」說罷，那名宮女退了出去，隱入四周的宮女當中，不見了身影。

床榻上，靳虞收起了方才的痛呼，沈聲問道：「宮外可有異處？」

「郡主放心，陛下在前往龍郊山的路上，回宮時已是日暮，不會發現異常的。」

容想打開了藥箱，一道洪亮的嬰兒啼哭聲瞬間響徹寢房。原來那藥箱裡裝的不是藥，而是從外面抱來的嬰兒。

照目前的時間來看，靳虞還不應該生產，但是自從顧琅予要她一生下孩子就離宮之後，她便不斷思索該怎麼做才能免去這個命運？想了又想，靳虞決定來個「早產」，只要藉口孩子與她皆體弱，需要時間調養，想必顧琅予不會立刻趕她出去，何況這是個男嬰……

靳虞抱著懷中的小嬰兒，嘴角綻出笑容道：「從今以後，你就是我的皇兒了，母妃一定會把天底下最好的都送到你眼前。」

要她出宮修行？想都別想！靳虞望著嬰兒粉嫩的面龐，雙目中的柔情轉瞬化作狠戾。如今她有了皇嗣，往後的路應該會變得平坦才是！

進入農耕時節後，寧莊上下也動了起來，因此這兩個多月以來寧禾十分忙碌。正當寧禾擬定增加今年稅賦的計畫時，從京城中傳來讓她驚訝的消息——寧一跟李茱兒成婚了！

她那癡情的哥哥按照原定的婚期，將沈睡不醒的李茱兒娶進了門，成婚那日，顧琅予親自替寧一主持婚禮。寧一事先沒告訴祖母許貞嵐，也未通知寧禾。

李茱兒如同一尊瓷器，被寧一小心地擁在懷中呵護，她沒坐上喜車，也沒搭上喜轎，從迎親到拜堂都被寧一抱著，就這樣安安靜靜地閉著眼，成為他的新娘。

寧禾在郡守府聽著寧一派來傳信的家僕說起，再也忍不住落下眼淚。

在九峰山守候的人，仍然沒有墨醫仙的消息，寧禾只能期盼早些尋到她，好為李茱兒帶來一絲希望。

寧禾沒辦法抽身去京城探望寧一與李茱兒，只能備上厚禮與信派人送去京城。備好禮後，寧禾出了衙署要前往別縣處理政務，當馬車穿過集市時，百姓交談的聲音傳入了她耳中。由於今日往返的路程較長，因此她乘坐的是一般有車壁的馬車，故而沒人知道她在這裡。

「這可是當今聖上的長子，自然會被封為太子。」

「聽說靳娘娘早產，她與皇子卻都平安無事，真是有福之人！」

聽到這些話，寧禾頓時停止了呼吸，她捂著心口，一瞬間暈眩不已，扶住車壁的手也有些顫抖。

那些聲音已經漸行漸遠，可她卻依稀能到百姓談論。「咱們的郡守大人也為陛下生過孩子啊！」、「我們大人生的是女兒，哪比得過皇子，唉！」

他有子嗣了……那個風光無限、威風凜凜的帝王有了自己的兒子，這應當是他登基為帝後第一件大喜事，他一定很高興吧？

處理完政務回到安榮府，寧禾命李叔幫她挑選重禮送入京城。

李叔問道：「小姐要送給大公子嗎？那老奴挑些人參、春芝……」

「不是送給哥哥。陛下喜得皇子，你準備兩份禮物送至皇宮，一份以安榮府的名義，一份以盉州郡守的名義。」

李叔連忙點頭應下。

阿喜看到寧禾的臉色，明白她此刻不想多言，想了想，她笑著說道：「小姐，小小姐方才笑得可歡呢，可惜她被畫娘哄睡了，不然聽到那笑聲，您肯定很開心。」

寧禾終於露出微笑道：「她今日吃得好嗎？」

「小小姐吃得很好，也不哭不鬧。」

提到女兒，寧禾一顆心滿是慈愛，她再次囑咐阿喜要好生照顧初玉，才沐浴歇下。

從乾承殿步入御花園，顧琅予負著手，踏上臺階，坐在涼亭內。晚風吹拂，燈火忽明忽滅，紗簾輕飄飄在空中翻舞，這番情景迷人卻又有些淒楚。

秦二命宮女端來茶水後，便候在一側。身為顧琅予的貼身內監，又是皇宮的大總管，秦二最懂得察言觀色，他見顧琅予飲下茶，卻蹙了蹙眉，趕忙朝宮女低聲囑咐。「拿酒來。」暗暗瞅了顧琅予那冷峻的臉龐一眼，秦二真真切切在他眼底瞧見了一抹思念。

「陛下，奴才去請何大人來陪陛下飲酒？」

顧琅予淡淡應了一聲。

如今的皇宮確實有些冷清，他的後宮除了有個他不想見的靳虞，再無其他女人。

雖然他放出大皇兄顧琁後賜給他王位，並安排朝廷重務予他，但兩人終歸沒有深厚的兄弟之情；他准許那纏綿病榻的二皇兄留在皇宮養病，然而他們見面的次數也屈指可數。除了偶爾召寧一入宮下棋，與何文喝點小酒，顧琅予其餘時間全都用在政務上。

何文被請來時，顧琅予已飲光了一壺酒，他不禁說道：「陛下，若您有閒暇，不如去看看大皇子殿下。」

大皇子殿下，現在指的就是他的長子。顧琅予皺了皺眉，並未答腔。

從靳虞產下那個孩子起，顧琅予只在從龍郊山回宮後瞧過一眼。他剛開始露出了初為人父的微笑，片刻後卻斂起了笑意。有了這個孩子，他與寧禾之間的距離似乎更加遙遠了。

國事繁忙，顧琅予也有意不想見那孩子，明明知道大人的錯跟孩子無關，可他無論如何都無法打從心底感到喜悅。

他唯一為那孩子做的事，就是賜了名，不過卻挑了個「離」字。朝中眾臣對這個字有些意見，委婉勸他是否應改個字？他聽了之後沈下臉色，便無人再敢進言。

離，寓意深遠！

何文見顧琅予沒反應，繼續道：「既然陛下難以抽身去看大皇子殿下，那靳娘娘那裡……」

原本被賜離宮修行的靳虞在早產生子後落下重病，太醫劉符道其見不得風、下不得床，恐須將養一、兩年之久。顧琅予雖不憐惜靳虞，但是他若在皇子誕生後便狠心送走其生母，只怕落了個薄倖之名，所以如今靳虞依舊留在後宮中。

顧琅予淡淡開口。「好生照料，暫時不動她。」

春過夏至，皇宮內各樣水果供應不斷，端坐在御案前的顧琅予凝眸望著盤中的荔枝與蒲桃，問道：「這些水果市面上都有？」

「回陛下，這些都是專門提供給陛下用的，外面還沒有呢！」秦二答道。

顧琅予擱下筆，眸光飄忽地說道：「盉州郡守治郡有功，送些新鮮的去盉州。」

她夏日厭熱，不喜飲食，只愛吃些蔬果。

「奴才遵旨。」他們兩個之間的情形秦二再清楚不過，可目前這個狀況似乎不會有任何改變。

時光飛逝，轉眼入冬。寧禾依舊沒來參加年底的朝會，只派孟舟行替她呈上政務奏疏。

金鑾殿中，孟舟行雖然是第一次參加如此重要的場合，卻不怯不懼，言談鏗鏘有力。

孟舟行按照寧禾的交代稟報道：「大人改革農耕、鼓勵織造、擴修大道，既保百姓衣食無虞，又為朝廷徵稅十萬兩，並呈上綾羅錦緞千疋、糧千斗；另有木材、鐵器……」

顧琅予坐在龍椅上，修長的手指一下下叩擊著扶手，聽著孟舟行稟報，他的唇角不自覺揚起，卻是冷冷的笑。

她不僅達到了他的要求，還額外為他徵收木材與鐵器，這是在向他示威？表示自己不需要倚仗他，也可以過得很好？

朝會結束時，顧琅予對孟舟行說道：「寧愛卿政績如此傑出，朕信任她，明年此時，除去銀兩，其餘項目都要再各添一千報給朕。」

他不信她還有辦法挑起這個重擔！

此次朝會過後，寧禾面對更嚴苛的挑戰，除了偶爾陪陪女兒，她幾乎將全部的心思都放在衙署的政務上。也許對顧琅予而言時間是漫長的，可對她來說日子卻過得太快，她將往事藏在心底深處，白日忙於政務，夜間陪伴初玉，不再覺得時光無情。

這次春節，蘭太妃再次透過臣子請求顧琅予放顧末出獄，這一次，他未再拒絕。

日子一天天過去，初玉從咿啞學語到能喊出「娘親」，寧禾心中盈滿為人母的柔情與喜悅；只不過初玉實在太過活潑好動，時常掙脫她的懷抱要自己下地走路。

到了夏天，寧禾又收到顧琅予差人送來的水果，她心想，這個人去年說是嘉獎她治郡有功所以送來這些東西，但年底朝會之後又提高了他的標準，這不是耍著她玩嗎？不過看初玉吃得開心，她就不跟他計較，當他是間接討女兒歡心吧！

時光飛逝，又到了年底的朝會，寧禾依舊派孟舟行入宮稟報，不願親自與顧琅予相見。如今，在女兒漸漸學會小跑，甚至說出許多新鮮字彙時，寧禾才驚覺，她與他最後一次見面，竟已超過了兩年……

金鑾殿中，在龍椅上端坐的顧琅予望著來稟報盉州政務的，又是孟舟行而非寧禾時，再難忍耐。兩年多了，他每日被國事擠壓得沒有一絲多餘的空隙，明明想奔去盉州見她，卻沒有時間能讓他抽身。

……沒有時間？也許這只是個藉口吧，其實他打從心底感到害怕，怕她躲避他、怕她冷漠以對，也怕他的接近讓她離他更遠……

冬日就這麼過去了，可這個春天卻是細雨連綿不斷，直到農曆三月初，終於迎來一個好天氣，乾承殿的宮女們連忙將書架上散著霉氣的書籍搬到外面，好好讓陽光曬曬。

日頭即將西落時，她們井然有序地將書籍擺放入架，其中一個宮女踩著凳子將書籍放到最高層的書架時，碰到了那個久置的錦囊。

她猶豫了片刻，拿起錦囊遞給底下另一個宮女，說道：「不如將這個錦囊收到匣格裡吧，都過了兩載，陛下仍將這東西放在原處，想來是不需要了。」

那個宮女聽了也很贊成，不過她思考了一下之後說：「那些匣格我們不能碰，這東西放在何處比較妥當？」

當她們把錦囊拿給掌事宮女時，她沈思了一會兒，說道：「陛下的東西動不得，還是請示一下秦公公吧！」

此時，用過晚膳的顧琅予正朝乾承殿過來，當他跨入殿門，瞧見忙碌的宮女時，不禁皺起了眉頭。

秦二知道顧琅予因何蹙眉，立刻喝斥道：「陛下的時間寶貴，妳們怎麼折騰了這麼久還沒收拾好？動作快些，陛下要批閱奏疏了。」

被秦二一罵，又見皇帝滿臉不悅，掌事宮女驚慌之下隨手將錦囊放在御案上，隨即轉身與其他人將東西擺放妥當。

秦二瞧著悄悄走出殿門的宮女，垂首對顧琅予道了一聲「陛下恕罪」後，便在臺階下靜候。他知道此刻顧琅予確實不悅，因為宮女擾亂了他每日準時翻閱盉州奏疏的習慣。

待顧琅予坐下，開始看奏疏時，秦二飛快投去一眼，見到他唇角掛上一絲微笑後，才稍稍鬆了口氣。伺候皇帝，比伺候親爹還不容易吶！

顧琅予望著奏疏上靈秀的字跡，憶起在阜興初次見她寫字時他的嫌棄，不禁覺得有些好笑。

見字如見人，他在翻閱盉州的奏疏時，總會想起她臉紅羞赧的模樣，那是只有在他們兩個人獨處時她才會展現出來的姿態，平日她倒是一向沈穩。

其實，他喜歡她示弱一些，那樣的她更惹他憐愛；然而仔細一想，若剛開始她便那般柔順，沒有散發出那與眾不同的光芒，他還會為她心動嗎？

遐思中，顧琅予伸手抽出另一本奏疏，手肘卻將一樣東西碰到了地上。

東西落地那一刻傳出的聲音，宛若白玉落地般，就像那一夜，她的玉鐲在地上四分五裂，不復完好。

顧琅予失神地垂首朝地面望去，只見那是一個錦囊，他瞬間心煩意亂道：「朕不是說過這些東西不要出現在朕眼前嗎？」

秦二也聽到了那一聲響動，他連忙上前拾起錦囊，低聲道：「陛下，這是寧大人的東西，若您不喜歡，奴才馬上命人處理掉。」

奇怪了，陛下不是看盉州的奏疏看得很開心嗎，怎會對著前皇子妃的東西大發脾氣？

現場安靜了一會兒，秦二正要抬起頭來，就聽見他頭頂上方的顧琅予詫異地問道：「哪個寧大人？是寧侍郎嗎？」

「回陛下，不是寧侍郎，是盉州郡守寧禾大人。」秦二回道。

顧琅予猛然從椅子上站起身，問道：「她何時送來的？」

秦二丈二金剛摸不著頭腦，回道：「這是前年十二月，陛下召寧大人入宮詢問姜昭一案時送來的。」

「你怎麼這個時候才稟報？」顧琅予的聲音低沈而冰涼，恍若一陣冷風吹過。

秦二打了個哆嗦，說道：「陛下，奴才給您送來時，您剛好不在，奴才就擱在御案上頭了……」

顧琅予這才憶起，當時他以為秦二口中那人是靳虞的婢女，原來竟是寧禾的人！她到底送了什麼來?!

他走下臺階，一把從秦二手中搶過錦囊，打開那一瞬間，他那雙如墨的雙目寫滿了震驚。

玉墜子，碎裂成兩半的玉墜子。

他曾在西柳閣醉酒時丟了半面玉墜子，留下來的那一半在寧禾提和離時被她要走了，為什麼這兩塊玉墜子，會同時出現在這個錦囊裡面？難道是她尋到他丟失的另一半玉墜子，所以才將這東西送回來給他？

顧琅予恍惚地凝視著手中這兩塊玉墜子，腦中忽然有個念頭閃過，卻是有些難以置信。

他緊緊將那錦囊捏在掌心中，接著便感受到其中有異物，他皺著眉將錦囊拉得更開，發現裡面還有一封信——

奴阿喜，有事稟……

捏著信紙的大掌，在此刻顫抖起來。看完信，顧琅予竟連拿著一張信紙的力氣都沒有了，那信紙輕飄飄地墜下，宛若一隻蝴蝶輕盈地落在他玄色的靴頭上。

信上的字跡十分難辨，字也不好看，可當他聯想到寧禾幾次欲言又止，以及顧姮、顧衍說的話時，一切全都串連在一起了。信上寫著：

小姐腹中之子乃陛下骨肉，喜車遭劫，陛下醉酒，誤入驛站，侵占小姐。劫持一事乃顧姮與顧末設計，其兩人知情。

小姐獨枕，望月垂淚。

阿喜身為婢女，原沒有識字的機會，可是當寧禾重新試著認字時，她也在一旁邊看邊學。阿喜的學習能力很強，如今甚至能為寧禾整理文書，還學會了加油添醋，她家小姐是個將眼淚往肚裡吞的人，怎麼會擺出望月垂淚的頹唐姿態？

原本無力的手緊握成拳，當顧琅予鬆開手時，那再次變成兩半的玉墜子已刺破他的掌心。他察覺不到疼痛，只覺得心臟似乎要跳出胸膛，全身繃緊，脹滿一股想要落淚的衝動。

第四十五章 父女相認

夜色靜謐，乾承殿內氣氛詭譎，讓人緊張得連大氣都不敢喘一下。

秦二悄悄朝顧琅予望去，頓時驚愣得瞪大雙目。陛下的眼眶有流光閃爍，那是眼淚嗎？身為內監，秦二自幼便跟在顧琅予身邊，自從婉貴妃過世之後，他再沒看過顧琅予流淚，此刻他的神色悲喜難辨，身軀還有些顫抖，這……到底是發生什麼事了？

秦二探頭往上看，又吃了一驚，急道：「陛下，您手掌受傷了？」他連忙朝殿門處喚道：「宣太醫——」

「把顧末帶來，朕要問問他與顧姮當初到底是如何劫走阿禾的！」顧琅予的聲音不穩中帶著壓抑。

秦二聞言震驚不已。原來前皇子妃第一次大婚前被劫，竟與已被處死的罪人顧姮，以及當時的五皇子殿下，也就是現在的榮親王有關！他不敢怠慢，立刻出殿。

顧琅予封顧末為榮親王，卻未給他任何封地，眾人都知道那不過是個虛名而已，而顧末現在也躲在自己的宮殿裡，幾乎足不出戶。

在只剩下他一個人的宮殿裡，顧琅予將手中的玉墜子緩緩放置在御案上，他見上面沾了些許血跡，又拿了起來用袖襬擦拭。

他的心情從未像現下這般百味雜陳，有緊張，有狂喜，既後悔，又害怕。

秦二出去不過半盞茶的工夫，他卻覺得時間長得難熬。起身步下臺階，顧琅予來回在殿中踱步，沒多久他口有些渴，便拿起案上一杯水飲下，誰知竟失手將杯子摔到地面。

有宮女聽聞驚動連忙入殿，顧琅予卻不耐煩地揮手道：「下去。」

顧琅予踱步到殿門口，又返身坐到椅子上，幾番來回周折，好似覺得已過去半日。

顧末終於被帶到殿上，如今顧末身形瘦弱，雖然顧琅予並未讓顧末在牢內受什麼罪，但他本性怯懦、態度畏縮，因而顯得更加單薄。

他望著龍袍加身的顧琅予，有些驚慌地行禮。「三皇兄……不，參見陛下。」

秦二見顧琅予的喉結上下滑動，還有那欲開口卻說不出話的神情，趕忙道：「王爺，您可知寧大人當初為何被劫持？」

顧末詫異地回道：「寧大人是何人？」

眼看顧琅予明明有千百句話要追問，卻只能牢牢盯著顧末，袖襬下的拳頭攥了又鬆開，秦二深知此刻他的情緒不穩，便繼續替他問話。

秦二道：「王爺，您曾與罪人顧姮犯下大罪，是因為陛下寬恕才獲得赦免，在陛下面前，王爺還要繼續隱瞞嗎？」

顧末仍一頭霧水。朝中的寧大人有好幾個，況且他獲釋後就一直不過問朝事，更別說劫持誰了，他實在不知道秦二在說什麼？其實顧末也很想說出他們要的答案，望著顧琅予冰冷的雙眸，他唯恐自己再被丟回天牢，不由得冷汗直冒。

秦二瞧顧末不回答，便直接質問道：「王爺還不坦白？寧大人雖然已與陛下和離，但她到底曾是皇子妃，她……」

「和離？」顧末難以置信地看著顧琅予說：「她腹中懷著陛下的孩子，難道她的胎兒流掉了，陛下才與她和離？」

這一瞬間，顧琅予證實了自己的猜測，他朝顧末大吼道：「為什麼不告訴朕！」

顧姮死都不願意告訴他，為什麼阿喜早就知道了？顧琅予不傻，此刻他終於明白寧禾應當知曉了真相，卻沒告知自己。

「備車，朕要去盉州。」顧琅予的聲音有些顫抖，卻低沈得駭人。

秦二猶豫道：「陛下，眼下已是戌時，明日還要早朝……」

「備車。」顧琅予的態度堅決且不容否定。

秦二不再置喙，飛快領命出殿。

一隊馬車穿過京城街道，在點點燈火下緩緩融入深邃的夜色中。坐在顛簸的車內，顧琅予想起過去寧禾好幾次都想告訴他一件事，卻始終被打斷。

原來她早就知道了，最後卻選擇不告訴他，難道她就這麼希望與他和離？難道她心底真的沒有他，就算他們之間有了一個女兒也一樣?!

袖襬下的拳頭緊攥，記憶如潮水在大腦翻湧，顧琅予疲倦地閉上雙目，眼前卻不斷浮現寧禾的身影。

初玉，他的女兒，但是從她出生到現在，他卻從來沒見過她一眼！

一連幾日的晴空驅散雨後的濕氣，暖春中庭院蔥蒨、花朵清香，確認地面乾爽後，阿喜與冉辛才敢帶著初玉到院中嬉耍。

阿喜蹲在地上，對著走到鞦韆旁的初玉笑著喊道：「小小姐，您別自己坐上去哦。」

小丫頭轉過頭，對著阿喜說道：「我看花……」

她的聲音軟軟甜甜，胖嘟嘟的面頰上卻寫滿了認真，問道：「花為什麼會落在地上？」

瞧著這小小的人兒問得一本正經，阿喜心想，明明小小姐只是兩歲五個多月的孩子，卻已經很會說話了，還經常問些出人意表的問題，真是異常聰慧。

見初玉蹲下身撿起那朵落花，冉辛連忙從那小小的手掌中將花取走，說道：「這花上有泥，小小姐碰不得。」

初玉有些動氣，她鼓起腮幫子道：「我要看花。」

阿喜搖頭一笑，從枝頭折下一朵乾淨一點的花遞到初玉面前說：「這朵比那朵好看。」

初玉搶過花，又蹦躂著要爬上鞦韆，冉辛立刻幫忙穩住搖晃的鞦韆，生怕她摔倒。

坐在鞦韆上，初玉瞅著院門處李叔那個三歲的孫兒，他正被李叔的兒子牽著走去前院，初玉看了他們一會兒，便對著阿喜問道：「喜姨，惠哥哥有爹爹？」

阿喜朝漸行漸遠的那對父子看了一眼，含笑朝初玉點了點頭。

「那我的爹爹呢？」

阿喜望著初玉雙眸中期待的光芒，不禁一怔。這個寶貝小小姐的面頰白白皙，俏鼻小嘴，雙目靈動，雖然還未長開，卻神似當今陛下。

「小小姐的爹爹是皇上。」阿喜柔聲笑著說道。她明白就算眼下不說，憑小小姐這聰明的腦袋瓜子，必定能找人問出答案來。

「皇上是什麼？」

「是會對小小姐很好的人，就像小姐對待您一樣。」

「那我什麼時候能見到我爹爹？」

就在阿喜猶豫著該如何回答時，初玉卻飛快地從鞦韆上躍下。

這鞦韆是專門為初玉做的，因此離地面不高，但是初玉跳得急，小小的身子就這麼在地面上翻滾了一圈。哪知她不哭不鬧，馬上從地上爬起來，邁開兩隻小短腿朝前跑去。

阿喜心驚肉跳地朝初玉奔跑的方向望過去，才知是寧禾回來了。

初玉張開短短的雙臂撲向寧禾，一把抱住她的腿肚子喊：「娘親！」

從郡守府歸來的寧禾臉上堆滿了笑容，看著正高高昂著腦袋的初玉，忍不住蹲下身將女兒抱入懷中。

寧禾在女兒額頭上吻了一下，笑著用手指刮了刮她小巧的鼻尖，問道：「甜心今日吃了什麼？」

「吃了肉肉，吃了粥，還有個桃。」初玉噘著嘴，有些委屈地埋入寧禾頸項間說：「桃苦，又硬，娘親幫我找甜桃。」

寧禾淡淡一笑，心知女兒又要人將院中桃樹上結的新果摘來吃了，現在是春天，那些桃還沒到時節，並不能吃。

初玉喜吃蔬果，是顧琅予派人送水果來以後落下的習慣，當時初玉雖小，味蕾卻十分敏感，一嚐到水果的甜美，就此戀上那股滋味，不可自拔。

面對女兒，寧禾向來溫柔，只道：「好，娘親明日去為甜心找甜桃。」

進入房間之後，寧禾親自在浴間為女兒清洗身子，初玉卻不安分，小手撩起盆裡的水灑在寧禾身上，格格笑個不停。

寧禾佯怒訓責道：「再鬧娘親就不理妳了，讓妳今晚一個人睡。」

初玉立刻嘟起小嘴，眼裡淚花閃爍，委屈道：「我只有娘親了，爹爹都不來看我……」

寧禾的動作一僵，她遲疑了一下才取過帕子擦乾女兒身上的水珠，為她穿上小襖，抱她坐到窗前。

窗外的晚風輕柔，晃動的枝影上方，一輪彎月靜灑著柔和的清輝。

初玉伸出手指纏繞住寧禾鬢邊的髮絲，望著月亮道：「娘親，初玉就是那個月亮嗎？」

寧禾的目光對著窗外，輕輕笑道：「嗯，初玉就是那月亮。」

「我的名字真的是月亮？」初玉驚訝地問道。

聽見女兒又驚又喜的口氣，寧禾柔聲道：「是啊，初玉是明月初回，白玉配伊人。」

初玉點了點頭，像個小大人似地說：「好了，娘親快睡，這樣明日便能早些回來陪初玉了。」

這段話很長，初玉說得斷斷續續，說完以後，她便將小腦袋埋在寧禾懷中。

寧禾抱著初玉到床榻上，摟著女兒甜甜入睡，這晚她夢見女兒騎在她父親的肩頭上，笑得格外歡甜。

第二日，寧禾一大早就起身，而初玉還在睡，她親了親女兒紅紅的小臉，便出門去了郡守府。

從京城趕往盉州坐馬車一般要三日，但顧琅予一行人晚上才出發，最快要第四天傍晚才能抵達，他坐在車內，只覺得萬分煎熬。

經過一個驛站時，顧琅予終究放棄乘車，當他縱身上馬時，秦二勸道：「陛下，夜間策馬太過凶險，奴……」

話未說完，顧琅予已疾馳而去，秦二趕緊朝侍衛大喝。「快追，陛下若出了差池怎生了得！」

只是接下來的發展超乎眾人預料，顧琅予快馬加鞭，途中換了八匹馬，整整兩日未歇，在第三天的清晨抵達盉州，他們沒能趕上他。

馬兒在安榮府門前長長嘶鳴了一聲，閽者不知顧琅予的身分，見到有人帶著一身凜然氣魄直接衝進府門，愣了半晌才喝斥道：「你是何人？這可是安榮府，你也敢闖……」

李叔聽聞聲響，從屋裡探出頭來時，連忙跑向前跪地行大禮。「草民叩見陛下，陛下萬歲萬歲萬萬歲！」

顧琅予來過安榮府為顧衍護送寧知入京，因此李叔自然認得他，只不過守門的閽者換過人，也就不怪他有眼不識泰山了。只是李叔並不知道當今聖上為何會大老遠地跑到盉州來，還氣勢洶洶地衝進安榮府。

「起來吧！」顧琅予眼睛不斷巡視著周遭，問道：「阿禾呢？」

「回陛下，小姐剛剛出門去了衙署，草民這就去追……」

「不必。」顧琅予的確想見她，卻害怕她不理他，甚至冷漠地拒他於千里之外，他繼而問道：「初玉在哪裡？」

此刻，他迫切想見到他的女兒。

當李叔將顧琅予引入春字苑時，顧琅予揮手示意眾人退下，也下令不許任何人去喚寧禾或進這座院子。踏入院門後，女童稚嫩嬌甜的聲音傳入顧琅予耳內。

「娘親走了？」

「我要去衙署找娘親。」

「我要吃桃。」

「我要吃娘親……」

顧琅予站在院中，聽到這些話，竟傻傻地綻出笑來。最後一句他聽得不真切，不過心裡卻想，只有他才能吃她娘親。

阿喜端著幫初玉洗臉的水盆走出房門，初玉則跟在她身後，抱著她的腿肚子嘟囔。「我就要吃……」

垂頭望著高昂起小腦袋的初玉，阿喜耐心哄著她。「小小姐等著，奴婢先將水倒了。」

說著，她抬起眼眸，卻被庭院中那高大挺拔的身影驚住。

阿喜頓時有些恍神，手也鬆了些，水盆一傾斜，水就嘩啦啦地全淋在她腳邊那小小的人兒身上。

此時阿喜仍未回過神，顧琅予的臉色卻已大變，他箭步衝上前，一把將渾身濕透的女兒抱入胸膛，冰寒的眸光射向阿喜，沈聲道：「快去找衣物給初玉換上！」

話落，他大步踏進寢間，將懷中的小人兒圈得更緊，當他垂眸望去時，只見初玉正呆呆地瞅著他。

她濃密的睫毛像隻小蝶撲閃，上頭還掛著晶瑩的水珠，雖然整個人被水淋濕，她卻不哭不鬧，那雙細嫩的小手乖乖地貼在他胸膛上，黑亮的眼睛眨也不眨地盯著他瞧。

這是顧琅予第一次抱著這麼一個粉裝玉琢的小娃娃，想起他方才那樣對待阿喜，不知道有沒有嚇壞女兒？

顧琅予努力地朝初玉擠出笑容，可是下一刻眼眶中就湧起霧氣。他柔聲問道：「妳叫什麼？」雖然他知道女兒的名字，可是他不知怎麼跟她開口說第一句話，只好問這個問題。

初玉並不怕他，乖乖地回道：「我叫甜心。」她的雙眼笑彎成月牙，又道：「我也叫初玉。」

「初玉……」他寵溺地輕喃。

「嗯嗯。」初玉答得輕快，手朝窗外指去，說道：「明月初回，白玉配伊人的初玉。」

昨晚寧禾不過是隨口對初玉說起，豈知她全記了下來。

初玉的聲音與模樣都太甜美，甜到顧琅予心底的顫動與悔恨都化作淚水湧出眼眶。他緊緊將女兒圈在胸膛，可是又怕自己如鐵一般的臂膀會弄痛她，趕緊放鬆了力道。

此時初玉抬起小胳膊，朝顧琅予臉頰伸去，可她的手太短，怎麼樣都摸不到，顧琅予注意到了，很配合地低頭挨近她。

小小軟軟的手指摸上顧琅予的眼眶，初玉好奇道：「你也愛哭呀？」

顧琅予笑了，稍稍摟緊了女兒，問道：「妳愛哭嗎？」

初玉點了點小腦袋說道：「娘親不讓我吃好吃的，我、我……」

儘管聰慧過人，可初玉畢竟不足三歲，沒辦法一次清楚表達自己的意思，斷斷續續才將話說出來。「我就哭了，這樣娘親就給我吃！」

「從今以後，妳想要的、想吃的，我全都給妳。」顧琅予望著女兒那稚嫩的小臉說道。

他的女兒真好看，俏鼻小嘴、雪膚嫩頰，那雙眼睛更與他有六分相似。

原來他與她之間有了孩子，他不再是一個人了……

第四十六章　天倫之樂

阿喜抱著小衣進入寢間，瞧見那威儀挺拔的身影小心呵護著那小小的人兒，她不禁低下頭抹去眼角的淚水——終於盼來這一天了！

「陛下，您將小小姐放到床榻上，奴婢來為她換下濕衣。」

顧琅予這才想起初玉仍然全身濕答答，連忙將女兒放到床榻上，看著阿喜為女兒脫下濕衣，接著又不放心地囑咐道：「李複可在府中？讓他熬些祛寒的薑湯。」

「陛下放心，奴婢已經命人去熬了。」

顧琅予的雙目眨也不眨，自始至終都落在初玉身上，生怕閉上眼睛後再睜開，女兒就會從他眼前消失。

雖然阿喜正在為自己脫衣服，可是初玉一雙澄澈的眼眸也瞅著顧琅予不放，她在打量他，好奇他是什麼人？

阿喜終於將初玉身上的濕衣褪盡，此時初玉似乎想起了什麼，急忙將兩條如藕的小手臂抱在胸前，覺得有些不好意思。

寵溺的微笑掛上唇角，顧琅予走上前，拿過阿喜手上的小衣，說道：「朕來。」

他想幫女兒穿衣。這兩年五個多月以來，他從來沒親自為她做些什麼，甚至在得知寧禾有了身孕時，三番兩次想除掉這個小生命。

悔恨的情緒湧上心頭，顧琅予蹲下身，目光與在床榻上端坐的女兒平視，他溫柔地對她說：「我為妳穿衣好不好？」

初玉噘了噘嘴看向阿喜，在她鼓勵的目光中，初玉點了點頭說：「嗯！」

答應顧琅予之後，初玉就鬆開了原本環抱在胸前的手臂，等待他為自己穿衣。

顧琅予垂眸要為初玉套上衣服時，唇角的笑卻在下一瞬間僵住，只見她白淨如雪的胸口上，那三顆痣宛若含苞的一朵紅梅。

多少個同床的夜晚，寧禾就枕在他手臂上，手指拂過他胸膛上的紅痣。顧琅予怎麼都想不到，女兒也有這個印記。

此時初玉打了個噴嚏，這道聲音喚醒顧琅予，他立刻替女兒穿衣，免得她得了風寒。

初玉很乖巧，任由顧琅予將自己的小胳膊放進衣袖中，穿著穿著，她忽然抬起腦袋問：「你是誰？是我爹爹嗎？」

顧琅予凝視著女兒，含笑點頭道：「我是妳爹爹。」

原以為女兒聽了會很開心，豈料他這句話說完她就大哭起來，這麼一個小小的娃兒，眼淚卻多得嚇人。

初玉的淚珠落滿了臉頰，她手握成拳往顧琅予的胸膛搥，哭道：「怎麼現在才來，爹爹不想要甜心嗎……」

顧琅予抱住女兒安撫，誰知她的哭聲卻更大了，每哭一聲，他的心就像被刀割一下，不過他仍然相當有耐心地輕輕拍著女兒的後背柔聲安撫，直到她漸漸停止哭泣。

初玉抬起小臉，有些哽咽地說道：「您還要走嗎？」
「我不走。」
「您真的是我爹爹？」
「是，我的玉兒。」顧琅予摸了摸女兒的腦袋，既期盼又緊張地說：「叫父皇。」
「父皇是什麼東西？」
他失笑道：「那玉兒喊我一聲爹爹可好？」
「爹爹！」初玉毫不遲疑地喊了顧琅予，她甜美歡快的聲音在他耳中有如天籟。
顧琅予高高舉起女兒朗聲大笑，歡喜地在屋內轉起圈來。
許貞嵐得知顧琅予來到安榮府，驚訝之下連忙走到春字苑，可到了院門邊時，卻被冉辛攔住。
冉辛有些為難地說道：「老夫人，陛下說不能讓人進去。」
「真的是陛下？」許貞嵐仍有些不敢相信。
冉辛狠狠地點了點頭，此時屋內響起男人爽朗的笑聲與女童清脆的歡笑聲，許貞嵐聽了，也不禁露出笑容。
初玉伸手圈住顧琅予的脖子，在他懷中格格直笑道：「爹爹，我們出去找甜桃。」
「好。」顧琅予笑著配合女兒，抱著她踏出房門。
此刻許貞嵐與眾人守在院門處，見顧琅予抱著初玉走出來，他們皆跪下行禮。初玉被高呼萬歲的聲音嚇到了，她瞧著曾姥姥與府中僕婢朝自己的爹爹下跪，有些好奇地歪著腦袋。

像是受到什麼力量驅使，在顧琅予還未開口時，初玉就用稚嫩的聲音道：「都起來。」

許貞嵐大驚，跪在地上說道：「初玉，不得無禮。」

然而話說出口之後，許貞嵐又覺得不妥。雖然初玉從小是自己照看著長到如今的，卻是皇上的親生女兒，她的訓責似乎有些踰矩了。

顧琅予並不介意，他抱著懷中的初玉，心情極佳地笑道：「公主的話就是旨令，許眾人平身！」

許貞嵐聽了這句話，差點掉下眼淚來。原以為皇上不喜歡女兒，不想今天親眼瞧見他對女兒如此親厚，毫無帝王的架子。

此時初玉掙扎著要站到地上，顧琅予順勢讓她離開自己的懷抱，只見她歡喜地來回蹦躂道：「我爹爹好厲害！」

爹爹一抱著她，所有人都要下跪；她隨口說一句，大家就得聽她的話，原來有爹爹是件這麼幸福的事情！

行過禮之後，許貞嵐便命人準備熱菜，又囑咐李叔去請寧禾歸府。

李叔領命欲離開，顧琅予卻漸漸收起笑意，沈聲開口道：「等她忙完回來即可，毋須去請她。」

今夜，他有許多話要質問她！

過了一會兒，初玉想起自己要吃桃，可顧琅予命人在盉州城內尋遍各處，都沒找到成熟的桃。他揉了揉女兒的小腦袋說：「跟父皇回京，父皇將天下間最好的都給妳。」

「父皇……」初玉對這個詞仍然覺得相當陌生。

顧琅予耐心地解釋父皇也是爹爹，不過初玉更喜歡喊他爹爹，那聲音比蜜還甜。他忍不住抱起初玉，恨不得將她揉進胸膛裡呵護一輩子。

顧琅予一整天與女兒黏在一起都嫌不夠，暮色時分，阿喜要餵初玉用膳，顧琅予拿過碗勺，照他中午時看阿喜做的那樣，親自餵起女兒。

只是他的動作太生硬，勺子一偏，粥食便落滿了初玉的衣襟，初玉噘起嘴表達自己的不滿。「爹爹讓不讓我吃，我餓……」

「是爹爹不好。」顧琅予再舀起一勺，終是穩穩地將粥送到了女兒嘴裡。

平日初玉用過午膳都會睡午覺，但是今日因為初次見到父親，開心得一整日都沒睡，待用過晚膳，她終於累得趴在顧琅予的胸前，沒多久便傳來均勻的呼吸聲。

望著酣然入睡的女兒，顧琅予沒敢鬆手，他就這樣抱了她許久，直到窗外夜色籠罩，四周悄然無聲，直到恍然間，有極輕的腳步聲由遠及近，在他耳邊響起。

那腳步聲傳入內室，卻沒往寢間這邊過來，顧琅予正覺得奇怪，卻聽到衣料磨擦的聲音——原來她在更衣。

府中眾人在顧琅予的旨令下不敢多說半個字，沒人告訴寧禾皇帝來了，甚至在她踏入府門時，許貞嵐也只是欣慰地望著她，沒透露半點風聲。

雖然寧禾覺得今日安榮府異常安靜，但是她並沒多想，換下官服後，她穿上一件月色雲雁繡紋睡衫，接著取下髮冠，任由一頭青絲傾瀉而下，帶著倦意，寧禾緩緩移步走向寢間。

聽到腳步聲靠近，顧琅予小心地將懷中的女兒放到床榻上，替她掖了掖被角，隨即無聲地走到房門邊佇立。

寧禾低著頭走路，卻看到一雙男人的鞋進入她的視線，她疑惑地抬眸，隨即愣住。

她看錯了嗎，為什麼只在夢中出現的人，此刻竟在她面前？

毫無預警之下，寧禾被顧琅予攥緊了手，拉出房門。

站在內室，顧琅予的氣息噴在寧禾臉上，俯身逼視她的那雙黑眸傳達出既痛苦又憤怒的情緒。「為什麼要瞞我？」

這話一問出口，寧禾的身體整個僵住，她短暫失了神，迷離地望著眼前的人，想著房中的女兒。他終於知道了真相，曉得他在這世間還有一個女兒。

「瞞你什麼？」她的語調清冷，卻底氣不足。

「妳怎麼不告訴我真相？」

寧禾冷笑道：「我為什麼要告訴你。」

「為何要瞞我？」顧琅予的眸光染上一抹狠戾，沈聲道：「妳是何時知道的？」

寧禾一語不發，將頭轉開，顧琅予卻不允許她逃避，捏住她的下頜逼她看向自己。

「去阜興找你之前，我就知道了。」寧禾逼不得已回答他。

她這麼早就曉得了，卻一直瞞著他！「妳我已是夫妻，瞞著我有什麼意義？」

「夫妻？那時的你把我當作妻子過嗎？」寧禾失笑，漠然道：「你娶我不過是為了提升你的名聲，況且你我的關係不過是建立在一個交易上，我為什麼要告訴你？」

「妳懷的是我的女兒！」

這句話引爆寧禾深藏已久的情緒，她望著顧琅予，淚水奪眶而出。「你幾次要打掉我腹中的胎兒，我為什麼要說？難道要用孩子來換取你對我的憐憫嗎？」

滿腔怒火在望見她傾瀉而出的眼淚時瞬間消散，愧疚與悔恨湧上心頭，顧琅予伸手抹掉寧禾的眼淚，說道：「那是我不知道真相，我對妳並非憐憫，只有珍惜。」

「陛下口中的珍惜還真是不值一提。」寧禾往後退，避開貼在她臉頰上的手掌，她輕聲道：「雖然我接受你娶靳虞這件事，但或許我的心早就說服自己要遠離你了。」

深吸了口氣，寧禾繼續道：「儘管初玉是你的女兒，可她如今在盉州過得很好，既然你已經見過她，就快些回宮，不要打擾初玉的生活。」

「她既然是我的女兒，就是雲鄴的公主，我要帶她回宮。」

寧禾立刻否決道：「我不讓你帶走她。」

顧琅予不接受這個答案，他走上前道：「不只是她，我也要帶妳走。」

寧禾神情戒備地往後退，冷道：「陛下又要倚仗身分欺負人嗎？」

聽到她這麼說，他停下腳步，對她講起道理。「皇帝的女兒怎麼能生活在民間？」

「讓她入宮，去接受她父皇妃子的疼愛還是算計？還是要與她的皇弟爭寵，活在勾心鬥角之下？」

寧禾說的正是靳虞與他的長子。哪怕他再喜歡初玉，一旦她入宮，真能安穩地長大嗎？除非他沒有別的女人，也沒有別人為他生下來的子嗣，否則不可能給女兒健康的成長環境。

顧琅予望著寧禾，向她承諾道：「回宮後，我會遣走靳虞與顧離。」

「不管你怎麼說，我都不會讓女兒跟著你的。」

「那妳想要怎麼樣？」顧琅予步步進逼，寧禾身後已無退路，只能跌坐在椅上。

顧琅予欺身壓住她，低聲道：「妳想讓女兒從小就沒有父親？我不答應。」

「現在你說什麼都要帶走女兒，可當初呢？我懷胎時，你有陪我感受女兒的胎動嗎？女兒早產的時候，你又在哪裡？」說到最後，寧禾恍若回到那一日，美夢破滅，她只能心碎離開，再不敢回頭看他。

對於那些過去，顧琅予自然後悔，可是已經發生的事，再無挽回的餘地。

「我會用我如今所有，來彌補妳與女兒。」顧琅予保證道。

寧禾的淚痕已乾，她不願再與顧琅予有所糾葛。「陛下回宮吧，雲鄴需要陛下……」

「初玉也需要我這個父皇。」他阻止她繼續往下說。

寧禾真的不想再跟顧琅予扯下去了，哪怕今後女兒為了這件事怨她、恨她，她也不想將女兒送入皇宮，讓女兒跟靳虞處在同一個屋簷下。

「陛下再多言，我便要送客了。」凝視著顧琅予，寧禾字字清冷。

可顧琅予絲毫不讓步。「其他事我都願意讓著妳，唯獨這件事我絕不接受妳的意見。」

他轉身往寢間去，說道：「初玉是我的女兒，我要扶正她的身分，給她一世榮寵。」
寧禾快步擋在他身前，惱怒道：「我不要你給女兒這些，如今她……」
「娘親！」
兩人的爭執，被這甜甜的呼喚聲打斷。
寧禾一怔，回頭望去，只見初玉正抱著小枕頭站在他們身後。她連忙掛上笑容，蹲下身將她擁入懷中，輕聲細語道：「怎麼了，是娘親吵醒妳了？」
初玉先是看向顧琅予，又瞅著寧禾道：「娘親跟爹爹在凶凶，甜心全都聽見了。」
這個控訴帶了些委屈，讓顧琅予與寧禾頓時啞口無言。
寧禾深深望了顧琅予一眼，轉頭笑著對女兒說：「娘親沒跟爹爹凶。」
初玉聽了雙眸發亮，歡喜地笑著說：「娘親，他真的是我爹爹？」
儘管白日顧琅予當了她一天的父親，但初玉在情感上還沒真正接受這個事實，所以她非要得到寧禾的答案不可。
望著女兒那笑得似彎月般的眼睛，寧禾沒辦法說謊，她坦承道：「他確實是妳爹爹。」
初玉轉過頭，朝顧琅予張開了胳膊道：「爹爹抱——」
寧禾狠狠瞪了顧琅予一眼後，才抱起女兒交到他手上。
初玉到了父親的懷抱中，笑得更開心了。「爹爹吃……」
顧琅予不解地看著寧禾，求助地用眸光詢問她初玉想表達的意思。
寧禾只道：「初玉別鬧，爹爹要睡了。」

「爹爹吃。」說著，初玉將小臉湊到顧琅予面前。

顧琅予立刻會意過來，他在女兒細嫩的臉頰上親了一口，心情大好。

哪知這小丫頭還不滿足，又將另外半張臉湊到她娘親面前道：「娘親吃。」

寧禾無奈地吻上女兒的臉頰，卻不經意瞥見顧琅予眸中的溫情，她的心忽然間以不可思議的速度淪陷了。

他抱著一臉歡喜的女兒，用滿是柔情的雙眸凝視她，如同在常熙宮中相處時，他也這般溫柔地對待過她。

此時初玉歡快的聲音打破了寧禾的遐思。「娘親不是說爹爹要睡了嗎？」

「嗯。」寧禾點了點頭，將初玉接過來抱在懷中。

雖然初玉回到寧禾懷中，但她卻朝顧琅予招了招手，說道：「爹爹來睡呀！」

寧禾愕然，她低頭對初玉說：「不許胡鬧，爹爹會去別的屋子睡。」

「為什麼爹爹不跟我們睡在一起？」初玉不依道：「我要爹爹跟我們睡。」

一旁的顧琅予早已樂開了花，真不愧是他的女兒！「好，爹爹今晚陪玉兒睡。」

寧禾一言不發地將初玉放到床榻上，回過身，完全沒了方才的溫柔，她微怒道：「陛下出門後，自有婢女會為陛下安排房間，安榮府院子大，陛下可以隨意擇房歇一晚。」

「既然朕能隨意擇房，那朕就選這裡。」顧琅予賴皮道。

「你……」

初玉興奮地連連拍著身旁的床榻道：「爹爹快來睡呀！」

顧琅予哄著女兒。「爹爹洗去身上的風塵再來，玉兒要等爹爹。」

「嗯！」初玉乖巧地點了點頭。

寧禾雖然生氣卻不動聲色，在顧琅予離開之後，她立刻鎖上門，接著坐到床沿上。

第四十七章　冊封公主

看到寧禾的舉動，初玉鬧騰起來，寧禾板起臉訓責後，初玉才噘著嘴委屈地悶哼了一聲。原本寧禾以為顧琅予回來知道房門已閉後會自行離開，不料不過一刻鐘，她忘記落上鎖的窗戶便被推開了，那道高大挺拔的身影從窗外一躍而進，站定在房內。

初玉看見這一幕，立刻從床榻上坐起身，拍著小手歡呼道：「爹爹好厲害哦！」

顧琅予手腳極快地爬上了床榻，輕聲說道：「乖女兒，好好睡。」

初玉是真的累了，片刻過後便傳來她均勻的呼吸聲，可她揚起的小嘴，顯示她在睡夢中仍歡喜無比。

寧禾睡在女兒外側，她身旁便是剛剛擠上床的顧琅予。沒多久，初玉的呼吸聲漸漸變沈，寧禾背對著身旁的人，用極低的聲音說道：「你出去吧！」

身後一片寂靜，悄然無聲。

「陛下……」

話還未說完，那雙有力的臂膀已經圈住她的腰，顧琅予微微一帶，她便落入他懷中。

寧禾忍不住伸手推著他，微惱道：「你想做什麼！」

「阿禾。」無奈、眷戀、思念……所有濃烈的感情都化成了這兩個字，顧琅予俯下身，吻住她的唇。

顧琅予將所有悔恨與柔情都轉成這纏綿深吻，然而此刻寧禾卻只想拒絕，除了用手推，她還弓起腿想頂開他。

這個動作讓床榻輕晃，睡夢中的初玉不禁嚶嚀了一聲，寧禾生怕吵醒女兒，不敢再動。顧琅予得到延長戰線的機會，他不再壓抑地吻上寧禾的耳畔，輾轉啃咬，滾燙的大掌則從腰際探入她衣衫內，一路遊走而上。

寧禾的氣息在這安靜的夜裡變得急促。憑什麼每次都是他欺負她？為什麼他想怎麼對她都可以？難道她就這麼屈服了嗎？

她猛然翻身，卻未料到他們兩人睡在床沿，這一翻，便滾到了地上。

從床上滾落到地上的過程中，顧琅予穩穩地護著寧禾，因為怕初玉摔跤，房內鋪了柔軟的地毯，兩人才不至於摔疼。

身體停止滾動之後，顧琅予沒停下動作，他將寧禾壓在身下，狂猛的吻像一陣疾雨落在她身上。寧禾若有還無地輕吟了一聲，接著一個翻身坐在顧琅予身上，反過來壓住他。

這算什麼？每次都只能由他採取行動，她被動地等著被欺負就是了?!

往事湧入腦海中，寧禾覺得自己更加委屈，她的淚水一顆顆落下，滴到了顧琅予的頸項間，他用手肘支撐著身體離開地面，接著用雙手捧著她的臉頰狠狠地吻了起來。

癡纏中，衣裳褪盡，凌亂散了滿地。顧琅予那雙大掌帶著滾燙的火在寧禾嫩滑的身體逡巡，情到深處，他翻過身扶住她纖細的腰肢，將她送上雲端。

香汗滴淌，心臟狂跳，氣息交織。顧琅予拾起一件衣衫蓋住寧禾，緊緊將她摟入臂彎，這一天，他彷彿已期待了無數個春秋！

輕撫懷中那仍在顫抖的身子，顧琅予輕聲開口。「阿禾，我們像從前一樣可好？雖然我讓妳成為盉州郡守，卻想在國事穩定後便尋妳回宮，別再對我這麼冷漠了好嗎……」

聞言，寧禾深吸了一口氣，心底各種情緒交織。還能回去嗎？她明確地知道自己心中有他，可惜她接受不了一夫多妻，也接受不了他與別的女人有一個孩子。前一世雖然已經過去很久，可這一世她不想再當前一世那個她了。

寧禾沒說話，她掙脫緊摟著自己的那雙臂膀，拾起衣物披在身上，出了房門往廳門口走去。

因為顧琅予到來，許貞嵐派了八名婢女在外頭守夜，寧禾低聲吩咐為首的婢女差人燒熱水，她想洗去身上的黏膩感。

熱水燒好後，寧禾坐進浴桶中，在裊裊騰升的熱氣氤氳下，她腦內錯亂的思緒得以稍緩。暖意竄入全身，寧禾漸漸閉上眼，閉目倚著浴桶邊緣，朦朧的睡意襲來。

再次睜開眼時，寧禾發現自己竟然已在顧琅予懷中，看向浴桶，只見裡面的水已無熱氣，原來方才她在水中睡著了。

寧禾凝眸望向顧琅予，一件月色裡衣隨意搭在他身上，隆起的肌肉賁張起伏，精健的胸膛處，那三顆紅痣一如她夢裡那般熟悉——一聲嘆息從她喉間竄了出來。

顧琅予將寧禾抱入寢間，輕輕放在初玉身側，隨即脫掉鞋上了床，一隻大手從她腰際穿過，攬住她與女兒。

他的聲音與女兒的呼吸聲在她耳側吹拂，只聽他輕輕說：「睡吧！」

這一夜，寧禾酣然無夢。

寧禾醒來時，外面天已透亮，她用眼角餘光左右一瞥，就見女兒正與顧琅予隔著她擠眉弄眼，那小小的人兒學她父親將手指頭抵在唇邊，噘著小嘴發出「噓」聲。

見寧禾轉過頭看她，初玉歡喜地叫著。「娘親！」她一骨碌從床上起身，爬過寧禾，張開小胳膊撲在顧琅予身上。

「娘親終於醒了，爹爹不讓我搖醒娘親呢！」初玉摟著顧琅予的脖子，笑彎了眼說：「爹爹，我們來騎馬。」

「騎馬？」

「嗯嗯，惠哥哥的爹爹會讓他騎在背上，可威風了。」

寧禾板起臉道：「初玉別鬧，爹爹今日會回京城去。」

初玉一愣，原本澄澈明亮的眼神瞬間變暗，失落地說：「爹爹要走了？」她聲音哽咽道：「娘親，爹爹肯定不是我親爹……」

顧琅予輕拍女兒的背，安撫道：「玉兒不哭，爹爹不走……」

話未說完，寧禾就用冷淡的目光對著他。顧琅予只當自己什麼都沒看見，他抱起女兒，親自為她穿上衣裳，又對寧禾道：「今日不用去郡守府。」

寧禾蹙眉道：「我還有公務。」

「公務有女兒重要？」他平靜道：「往日妳都將女兒一個人丟在府內，夜晚才有時間陪她，今日就當是朕下的聖旨，留在府內陪女兒吧！」

寧禾瞬間無言。她確實很愧疚平日沒多餘的時間陪女兒，可那全是因為顧琅予對她這盉州郡守設下了過於苛刻的條件。

見到寧禾默許後，初玉跳得更歡，說要出府去吃周記糕點鋪的桃花糕。之前寧禾為初玉帶回來當點心過，可是她擔心甜食吃太多不好，一直克制著初玉。

如今有了父親的寵溺，初玉便放開了膽子，她摟著顧琅予的脖子表示自己還想吃別的東西。

顧琅予坐在馬車內，直言盉州的東西沒有京城豐富，他俯首對女兒耳語。「跟爹爹回京城，那裡有很多好吃、好玩的。」

初玉眨眼。「爹爹是皇帝？」

顧琅予慈愛地對女兒笑著點頭，聽到他的回答，初玉的反應卻是放下手上的糕點，垂下了腦袋。

顧琅予見女兒不再笑了，連忙問：「玉兒覺得桃花糕不好吃？」

初玉昂起腦袋，小嘴旁沾了一圈糕屑，瞧起來更惹人憐愛，她黑白分明的眼睛落在顧琅予身上，宛如一個小大人認真地說：「聽說皇帝有個兒子，爹爹除了我還有別的甜心嗎？」

顧琅予臉上的笑容瞬間僵住了，面對女兒，他不願意說謊，卻不知道該如何回答。

他的沈默讓初玉發起脾氣。「原來爹爹不來看我，是因為還有一個甜心……」她丟下糕點，轉身撲進寧禾懷裡，摟著她的脖子大哭。

寧禾一顆心揪痛起來，她連聲安慰女兒，但是當馬車停在安榮府門口時，初玉仍在抽泣。下馬車時，顧琅予伸手要抱初玉，她卻將小腦袋轉開。

顧琅予默默地收回手，不曉得該怎麼做。進入府門之後，他才知道秦二與一眾護衛已抵達此處，他們齊齊跪地，高呼陛下萬歲，又喊著「公主千歲千千歲」，可是初玉此刻什麼都不感興趣，只摟著寧禾的脖子，發出輕微的哽咽聲。

安撫初玉並哄她入睡後，寧禾便起身走去廳裡，只見顧琅予正負手立於門口處，她上前，與他看往同一個方向——庭院中植種的一排排果樹，還有在風中輕晃的鞦韆。

顧琅予的嘆息一出口，頃刻就消失在微風間，他回身凝視寧禾，說道：「跟我回京，其餘事情我自會處理好。」

許久之後，寧禾才扯出一個苦澀的笑容道：「生下初玉後，我才明白母親與孩子之間的那種感情。我不喜歡靳虞，也不喜歡你那個兒子，然而他卻與初玉一樣是你的骨肉。」

這一刻，寧禾望向顧琅予的目光裡有著釋然，她說道：「我沒有立場讓你丟下顧離，但也不會讓女兒跟著你。你回宮吧，你我之間全都過去了。」

良久，顧琅予都未出聲，庭中的桃樹被風吹落了樹葉，葉子在空中緩緩落下，反映出他此刻的愁緒。

「妳我之間，不僅僅只有過去。」顧琅予凝眸望著寧禾，低聲道：「跟初玉說朕會再來看她，朕今日回京。」

寧禾鬆了口氣的同時，心底卻異常苦澀，她微微一笑，說道：「臣恭送陛下。」

君臣之禮隔在他們中間，好似昨夜的一切都不曾發生過一樣。

顧琅予驀然俯身堵住了寧禾的唇，狠狠吻上她。寧禾沒有反抗，她在這道深吻裡勾住他的脖子，允許自己短暫沈浸在這甜蜜時光中。

庭院內，婢女與侍立各處的護衛早皆跪地低眉，識趣地別開目光。

這一吻太長，漫長得像要將一生的柔情都傳遞到對方的身體裡。

放開寧禾那一瞬間，顧琅予轉身大步離開了庭院，她凝眸遠望，只剩一片翻飛的玄色衣角飄盪在視線裡。

初玉醒來時，望見寧禾正坐在案前看文書，她坐起小身子四處打量時，碰巧瞥見門口處走進一個身影，連忙噘著嘴將頭轉開，等著自己的爹爹過來哄她，可等了許久，房內仍是靜悄悄的，她小心地轉過腦袋，才知那是來為寧禾添墨的阿喜。

等不到想看的人，初玉一口氣爬到床沿，探出兩隻小短腿就要下床，然而她實在還小，腿搆不著地面，她索性鬆開手，讓整個身子落在地毯上滾了一圈。

初玉滾到寧禾腳下，爬起身後昂著腦袋問：「娘親，爹爹呢？」

寧禾早已習慣女兒滿地打滾，她放下手中的文書，彎身將女兒抱入懷中，輕聲道：「睡醒了？」

「爹爹呢？」初玉那雙黑白分明的眼睛，不停地在房內搜尋那抹她想要依賴的身影。

「爹爹去忙事情了。」

「爹爹走了……」初玉愣愣地望著寧禾，驀地哭出聲來。「他真的不要我了……」

寧禾安慰她道：「爹爹有很多事要做，等甜心長大以後，就能再見到爹爹了。」

初玉抽泣著，難過地說：「我要長大才能看見爹爹嗎？」

寧禾實在不忍心，點了點頭說：「初玉越乖，爹爹在京城才會越高興。」

「爹爹也會像甜心想爹爹那樣想我嗎？」

寧禾又點了點頭，初玉漸漸停止哭泣，卻仍是哽咽道：「我知道娘親騙我。」

聽到初玉的話，寧禾瞬間一怔。

「就像娘親哄我會有桃吃卻沒有一樣……」這話說得斷斷續續，她的淚水啪嗒落在寧禾的手背上，傷心地說：「爹爹回去看京城的甜心了，不留下來陪我。」

說到最後，初玉又止不住地哭泣起來。

寧禾嘆息了一聲，緊緊將初玉擁在懷中，恨自己沒給女兒一個健全的家庭。父女親情斬不斷，她這麼喜歡顧琅予，年紀幼小卻很聰明，怎麼可能睡個覺醒來就忘記她的父親呢？

幾天之後，初玉漸漸擺脫顧琅予離開之後的失落與寂寞，恢復成往日活潑的模樣，雖然不時會問及爹爹，卻未再哭鬧過。

寧禾更加心疼女兒的懂事，得了空閒便留下來陪她。

這兩年多以來，在寧禾悉心的治理下，盉州的布業越來越昌盛，每季糧產量也逐漸增加；此外，城中各行各業不再全是由男子做主，有許多女子外出營生，她們的心思大多比男子細膩，也闖出了自己的一片天。

寧禾曾下令商鋪由女子經營者，可減免一成稅，如此一來女子創業更加積極，盃州的女性也提高了身分地位。

這日寧禾按例去寧莊巡視，經過繡房時，她聽見了幾聲嘆息，接著察覺其中竟摻雜著女子的哭泣聲。寧禾好奇之下走了進去，繡娘們見到她，趕忙起身行禮。

她見哭泣的是其中一個繡娘，便問道：「程娘何故哭泣，可是有什麼難處？」

程娘正值雙十年華，林縣的家與丈夫都被那次洪水吞噬，只剩兒子與她相依為命。聽見寧禾問話，她趕緊擦掉眼淚道：「是我的錯，我耽誤了大家的工作。」

寧禾不明所以，一旁的繡娘們才道出實情，原來前些日子，程娘三歲的兒子不幸染上風寒夭折了。

身為母親，得知這個消息，寧禾心頭也很難受，她安慰了程娘幾句，放她幾日假，並囑咐繡娘們好生照看她。

走出寧莊時，寧禾腦中仍迴響著程娘方才說的一句話。「早知如此，當初我真該多抽些時間陪陪孩子。」這讓寧禾心有所感，只想快些見到女兒。

寧禾回安榮府後沒多久，外頭就下起了雨，淅淅瀝瀝的雨聲中，初玉唸著新學的詩，當寧禾誇讚她時，阿喜匆匆忙忙地跑進房間。

「小姐！」這語調中有抑制不住的狂喜，阿喜停在寧禾身前，喘氣道：「陛下派人來聖旨了！」

聖旨？寧禾眉頭一皺。顧琅予在玩什麼把戲？

當她走出房門時，宮中來使已走入內室，她正要牽女兒的手行跪禮，來使忙道：「寧大人毋須行禮，陛下說您只管站著接旨。」

寧禾牽著初玉的手昂然挺立，其餘的人卻不敢無禮，全跪了下去。

初玉抬頭疑惑地問道：「陛下是誰？」

「陛下是皇帝。」

初玉雙眸一亮道：「是爹爹！」她立刻轉過頭認真看著來使。

來使徐徐宣讀旨意，接著跪地將聖旨奉至寧禾面前，喊道：「帝安公主千歲千歲千千歲！」

他為女兒冊封了。這道聖旨是父親對女兒的寵愛，自古有封號的公主甚多，但是「帝」這個字卻是絕無僅有，顧琅予還賜予初玉封邑，待她成年時接管。

望著跪地齊聲呼喊的一干人等，初玉歡喜地在寧禾身邊蹦躂著說：「都起來。」她還沒忘記上次發生這樣的事情時，自己該怎麼做。

初玉昂起腦袋問道：「爹爹要來了嗎？」

寧禾微笑著搖了搖頭說：「等初玉懂事了，爹爹就會來。」

「哦……」初玉不再追問，她挪開臉，抿了抿小嘴，垂下眸，似在沈思，接著忽然抬起頭望著來使說：「你替我告訴我爹爹。」

這時，初玉鬆開了寧禾的手，邁開小短腿走到來使身前，來使連忙又朝她行了跪禮。初玉在來使耳側用稚嫩的聲音說了些話，來使立刻頷首稱是。

待使者一行人都離開後，寧禾問女兒。「甜心方才說了什麼？」

「那是我想跟爹爹說的話，不能告訴娘親。」

望著初玉那認真的神情，寧禾無奈地刮了刮她的鼻尖說：「人小鬼大！」

第四十八章　立后聖旨

皇宮內，御案上的奏疏堆積如山。顧琅予臨行前雖指定三位老臣代為議政，卻未授予他們執行的權力，眼下有近百項政務亟待他處理，還要花很多時間接見大臣討論事情。

百忙之中，顧琅予卻不忘待在盉州的妻女兩人，那道聖旨擬好之後派人送出去時，他的唇角一直噙著笑意，心想他的玉兒會不會想他、有沒有哭鬧？想著女兒，心頭總是暖的。

這一日，被派去傳達聖旨的使者入殿稟報，並轉達了帝安公主的悄悄話——「甜心與娘親想跟爹爹吃吃睡睡」。

在年幼的初玉眼中，吃吃睡睡，就是最單純的幸福。

顧琅予笑得溫和，他心中帶著歡喜，專心地埋首批閱奏疏，後半夜卻忽然覺得頭暈腦脹、口乾舌燥。他細細一想，猜測自己是連日奔波與回宮後的忙碌導致體力不支，秦二看他不舒服，趕忙請來李複。

在顧琅予從盉州回京那日，寧禾便讓阿喜勸走了李複。他已在安榮府待了很長一段時間，況且許貞嵐的身體經他仔細照料已好了許多，實在沒必要繼續待著。

李複快步進入殿中，他為顧琅予把脈後鬆了口氣道：「陛下這是操勞過度，今日應早些歇息，好將養龍體。」

退出乾承殿之後，李複便去了太醫院，他抓好藥材命藥僮煎藥，轉過身時，忽然察覺有個地方不太對勁。

藥僮見李複凝神思索，甚至沈下了臉色，便問他。「李太醫，可是哪裡不對？」

李複靜靜地吸氣、吐氣，聞著藥秤上一抹淡淡的腥味，接著俯身聞了聞藥僮罐中的藥，隨即道：「無事，應該是我多慮了。」

他方才聞到藥秤上出現臭幽草的氣味，那是一種稀有的藥材，是專治女子不孕不育的良藥，然而現在後宮當中除了靳娘娘，便再無其他有可能生育的年輕女子。

李複回宮不久，只聽說靳虞產後體虛、臥病不起，他心想，難道靳娘娘患上了不孕之症？可是她明明誕下了皇長子，好端端的，又怎麼會突然不孕？

此時藥僮的詢問打斷了李複的思緒。「李太醫，藥是煎半個時辰嗎？」

李複未再有機會深思，繼續交代藥僮煎藥時的注意事項。在他的細心調養下，顧琅予兩日後便恢復了健康。

從乾承殿走出來的顧琅予負手站在屋簷下，舉目遠眺重重宮闕。若女兒來到這個地方，她會開心嗎？這裡還有一個弟弟，是他的長子，旁人眼中，雲鄴萬里江山不是長子便是嫡子來繼承；儘管他不喜歡，那孩子卻是他的骨血，只是一想到女兒那握成拳頭的小手在他胸膛上搥著，哽咽著以為他不要她，就令他心疼。

回到殿內，顧琅予召來尚書令衛究，他沈聲道：「朕欲封皇長子為允州王。」

衛究便是先帝駕崩時那個驗證新帝身分的老臣，他忠貞慎行，顧琅予很看重他。

聽到顧琅予這句話，衛究詫異道：「陛下要封皇長子為允州王？」他沈吟道：「陛下登基兩年多，根基尚且不穩，如今若倉促封皇長子為允州王，百姓恐有所不滿。」

「允州地大物饒，朕將皇長子封為允州王算是聖恩，豈有不滿之理？」

年過花甲的衛究低眉垂首，在心裡衡量起了目前的形勢。

自古帝王最重視的便是皇長子，先帝也賜予如今的康王顧瑲一個玉字邊的好名，然而當今聖上這個皇長子呢？他的名字取了個「離」字不說，就連要封王了都沒個美稱，只單單靠地域為封號，遠不及前皇子妃的女兒貴重。

冊封公主的聖旨頒下那一日，舉國譁然。帝安，這個古往今來都沒有的封號，豈止是帝王的恩寵那般簡單？

衛究抬眸道：「臣覺得不妥。陛下登基至今還未擴充後宮，以致子嗣單薄，加上陛下登基時本就有許多流言蜚語，且靳娘娘至今仍無封號，眾人皆道陛下薄情，如今陛下連其誕下的長子都欲遷出皇宮……臣望陛下三思。」

這些道理顧琅予都懂，他召衛究來不過是敬重朝中老臣，若他問都不問就做出這個決定，必定會讓眾臣將心中的不滿轉移到寧禾與女兒身上，若非如此，他何須顧及他們的感受？

「靳虞曾犯下欺君之罪，朕念其誕下皇長子，才暫且赦免她，將允州這塊富饒的土地賜給他們母子倆，是朕的恩賜。」

靳虞的欺君之罪，自然是假冒鶴鷺山那塊巨石一事，然而顧琅予卻不能直接對眾人說明，畢竟他得把巨石當作天意，因此他對外只說靳虞欺騙過他，原因不方便透露。

衛究這才點頭道：「陛下所言甚是，臣等當謹遵聖旨。」

停頓了一會兒，顧琅予忽然說道：「朕欲立后。」

衛究先是愣然，接著大喜道：「陛下欲娶哪家女子？」

「前皇子妃寧禾。」顧琅予的語調堅定，志在必得。

衛究的臉色立刻僵住，他有些不確地重複了顧琅予說的話。「前皇子妃寧禾？」

看到顧琅予毫不動搖的表情，他震驚得啞口無言，許久後才道：「陛下不是兒戲？」

顧琅予登基之後，他與寧禾和離的消息就傳遍了朝廷，雖然未大肆昭告天下，但是這件事雲鄴舉國上下無人不知、無人不曉。外人不知真相，只道帝王無情，如今他卻要立和離的對象為后，這難道不是打自己的臉？

顧琅予微微不悅道：「朕一言九鼎。」

衛究本想勸勸這個說一不二的陛下，但是普天之下還有比前皇子妃更適合他的女子嗎？要知道，一個上任不久的女郡守能拿出這麼驚人的政績，能力之強不容置疑，撇開這件事不談，她還生下陛下鍾愛的帝安公主……何況陛下身為皇子時，便與前皇子妃恩愛有加，光憑這點就打敗許多女人了。雖然他不知道他們兩人和離的原因，但自己終究只是臣子，面對皇帝，他沒有立場說「不」。

「既然陛下已做好了決定，那其餘之事便交給臣吧！」

衛究指的自然是朝堂上的非議聲，顧琅予道了一聲「辛苦」，便讓衛究退了出去。

第二日，顧琅予接連下了兩道聖旨。一，封皇長子為允州王，靳虞隨子同入允州；二，冊立盉州郡守寧禾為后。

下了第二道聖旨後，顧琅予的心情卻輕鬆不起來，因為他知道寧禾絕不會輕易答應的。

知成宮內，男童的哭聲不絕於耳，靳虞握著手上的聖旨，雙眸失神。這道聖旨雖然以玉為軸，卻稱不上是「隆恩」，而是將她與長子遠送至允州。

靳虞的雙手不住發顫。宣讀聖旨的人已經走了，她卻仍然跪在地上，許久之後，她才在容想的攙扶中站起身來。

「娘娘，這對於咱們王爺而言，是件好事啊！」容想安慰道，畢竟那不是陛下的親生兒子，一直待在宮中，若被識破真相怎麼辦呢？

靳虞卻怒道：「閉嘴！王爺？離兒還不到兩歲，陛下就將他冊封為王爺，斷了成為太子的路？」她沈痛道：「這可是他的長子啊——」

聽著孩子的哭鬧聲，靳虞心中煩悶不已。顧離怕生，宣讀聖旨的動靜就能嚇哭他，這令靳虞苦惱又莫可奈何，她丟下聖旨，快步走進寢房，一把將顧離從床榻抱到貴妃椅上。

「你別哭了！」在心煩意亂的狀況下，說出口的話便是不耐煩的。

顧離仍是哭泣，雖然快要兩歲了，他卻只知道哭鬧，明明會說話，但就是不肯好好與人溝通。

靳虞望著哭泣不止的顧離，無奈道：「粗陋農人家的孩子，果真配不上天家身分！」

容想聞言，大驚之餘趕緊掩住了房門。

靳虞長長嘆了口氣，終究將顧離抱入懷中，輕拍著他的後背安撫他。她的眸光飄忽，不甘心地說道：「帝安公主……她的女兒能有封號，我的兒子為什麼沒這種待遇？」

實在太不公平了！她傾盡所有，只為得他一眼青睞；她從來不打擾他，向來順著他的心意，難道這麼做還不夠？為了「懷上」這個孩子，她停藥後到現在都還未有月事，劉符甚至告訴她，就算調養得回來，她恐怕也極難真的有孕了。

不，她不甘心！

「去找劉太醫來。」

對劉符而言，當他按照靳虞囑咐的，將她產後的病情說得嚴重一點之後，他就還完瑞王的恩情了，現在他仍然替靳虞做事，不過是因為身分上的差異，他沒那個能耐拒絕她。

說起來，當初他之所以答應幫忙，一是為了報恩，二是有私心。他也想往更高的位置爬，所以才選擇攀上靳虞，好博得青雲直上的機會；可惜陛下不重視皇長子，而過去使用的手段，也讓靳虞再難懷上子嗣，他這些日子以來的努力，全都沒獲得應有的成果。

現在靳虞又找他，劉符不耐煩中帶了些不安，不曉得她這次打算做出什麼事來？

靳虞深不可測的眸光落到在床上沈睡的顧離身上。「這種氣候，孩童最宜生什麼病？」

劉符從靳虞的眸光中明白了她的深意，不由得驚道：「娘娘使不得，王爺年幼，不比大人，他……」

「我心中有數，你只管聽我命令。」靳虞很清楚，就算她生了病，顧琅予也不會放在心上，但是若孩子生了病，他還能將他趕去允州不成？

在劉符離開知成宮後，容想有些遲疑地說道：「娘娘……娘娘可覺得劉太醫不似往常那般言聽計從了？」

靳虞冷笑道：「我不怕他不聽從我，他若不聽，也別想再跟旁人開口。」話落，她的眸中湧現殺意。

她深諳後宮的生存之道，這裡的人各取所需本是常事，若不能為她所用，就必須抹煞他的存在，區區一個劉符，不足為懼。

顧琅予得知顧離患上風寒，哭鬧不止、腹瀉不休時，到底於心不忍。他想起了初玉，那麼小，像個一掐就碎的娃娃，顧離比初玉更年幼，拖著病體自然不能上路。雖然他曾覺得此事實在太過湊巧，但是他認為靳虞就算再有心計，也不至於利用孩子才是。

就這樣，允州王的離宮日期，改至顧離痊癒之後。

當聖旨傳入盉州時，城門才剛開啟，來人策馬直往安榮府衝去，他下了馬之後正要請人傳話，正巧遇上要出府的寧禾。寧禾十分疑惑，她不明白為何還會有聖旨？在她微愣之際，來使已道她需要跪地接旨。

跪地接旨……？寧禾行了跪禮，心中的疑惑在來使宣讀聖旨後終於得到解答。

「……寧氏為皇子妃時，謙恭慧淑，侍朕左右，唯朕有過，才致和離。朕心悅寧，望其俾佐朕躬，以正位中宮，母儀天下。」

這是……要立她為后?!

寧禾怔怔地抬眸望著那明黃的聖旨，絲帛金龍飛舞、玉軸白似羊脂。在她失神這一瞬間，來使與一眾僕婢已俯身跪地，齊聲山呼「皇后千歲千千歲」。

他仍是這般固執！寧禾看過雲鄴歷朝的立后聖旨，上頭都是些稱讚皇后有多賢淑的字句，但這道聖旨上所寫卻不似那些尋常的用語。

唯朕有過，才致和離。朕心悅寧，望其俾佐朕躬——他承認他為她帶來傷害，也對舉國百姓坦承他心悅她，希望她伴他左右。

寧禾的身子整個僵住，仍舊跪地不動，阿喜趕緊過去扶她起來，來使見她一句話都沒說，行了大禮之後便自行離開。

顫抖地展開聖旨，寧禾沒看到任何一樣「重要」的事情。

沒有入宮日期，沒有言明是封后還是大婚，沒有要她辭官，也沒有要她準備入京。

他懂她，知道她一定會抗拒，所以不敢寫這些話。

寧禾呆呆佇立良久，當她回過神時，初玉已經抱住她的腿肚子，口裡嘟囔著「娘親」。

「讓孟舟行與白青處理郡守府的政務。」望著晴朗的藍空，寧禾只道：「備車，我要入京。」

初玉興奮地跳起來說：「我也要入京見爹爹！」

寧禾蹲下身，揉了揉女兒的小腦袋說：「甜心乖，娘親很快就會回來。」

「娘親叫我甜心，爹爹叫我玉兒。」初玉笑彎了眉眼道：「我就要入京了……」

眼看女兒太過高興，根本不理她說什麼，寧禾立刻命阿喜將女兒抱走。

她這是去抗旨啊，怎麼能帶著孩子同行？

就在寧禾準備出門前，被派去九峰山的幾名家僕突然回府，帶回了阿豈口中的那個墨醫仙。寧禾激動得無以復加，初見墨醫仙，她才發覺世間真有如小說與電視劇中敘述的那般不惹塵埃的人物。

面前的女子很年輕，沈穩的雙眸靈動中帶著一抹避世的仙氣。寧禾第一次見到這樣的人，只覺得難怪人家稱她「醫仙」，因為她實在太與眾不同了。

墨醫仙並未向寧禾行禮，不過淡淡一笑，算是見禮。

「多謝墨醫仙肯來救人，您需要什麼儘管開口，我必當為兄長報答這份恩情。」

墨醫仙說道：「金銀珠寶對我來說是俗物，我答應過來，是因為聽人說有個男人不顧一切將病妻娶入門，有些興趣罷了；至於報酬嘛……我要妳心裡的一個秘密。」

秘密？寧禾一怔，說道：「我沒有秘密。」

墨醫仙聽了只是笑，說道：「有沒有秘密我一眼就能看出來，妳的秘密可不小哦！」

寧禾有些慌亂。她的秘密？那就是穿越重生，而且還是借屍還魂！

墨醫仙眨了眨眼，沒再問下去，寧禾也避開不談。

當寧禾要走出府門時，原本被她安置在寢間內的初玉跑了過來，她張開小胳膊，一把摟住寧禾的腿肚子，說道：「我也要去，我要去京城！」

寧禾不答應，初玉便哭了出來，她哽咽道：「我就要見爹爹，娘親不讓我見，甜心會吃不下、睡不著……」

寧禾的心一顫，終是蹲下身將女兒抱在懷中安撫道：「乖，不哭了。」她抹去女兒掛滿淚珠的臉頰，輕聲問：「甜心真的想見爹爹嗎？」

想起前一世，母親早逝，全靠父親將她帶大，她很清楚女兒對父親的那種感情。

「甜心夢見爹爹好幾回，可是都摸不著。」

這番話讓冷得像冰似的心都化作了水，此刻寧禾再也無法拒絕初玉。她長嘆一聲，將女兒抱上了馬車。

初玉將腦袋埋入寧禾懷中，在她衣襟上蹭乾了眼淚，心想：哼，娘親就是見不得我哭！

她不禁綻開笑容，準備踏上前往京城的道路。

第四十九章　再度入宮

抵達京城之後，寧禾先將墨醫仙送至寧一的府邸，原本她想將女兒也留在那裡，初玉卻哭鬧不休。為了不讓女兒打擾李茱兒靜養，寧禾只得帶著初玉入宮。

四品官員入宮須有諭令或等候通傳，但因為來人是寧禾，城門看守便更改平常的程序，直接放她們母女倆進入皇宮。

回到熟悉的地方，寧禾心中湧現許多感慨，在秦二的帶領下，她們母女一同進入殿中。

顧琅予完全沒料到寧禾會帶著女兒，此刻他見初玉朝臺階跑來，連忙起身要去接她，哪知初玉跑得太急，栽了個跟頭。

就在顧琅予心驚肉跳之際，初玉已從地上爬了起來，又邁開兩隻小短腿朝他撲去。

「爹爹——」甜甜的聲音讓整座宮殿上上下下的人都要融化了。

顧琅予一把將女兒高高舉在懷中，問道：「玉兒想爹爹嗎？」

「想！」初玉歡喜地笑著，把臉頰湊了過去，說道：「爹爹吃。」

顧琅予滿心歡喜，在女兒柔嫩的臉頰上親了一口。此刻他那身帝王威儀已不復見，只是一個疼愛女兒的尋常父親。

討了女兒歡心，接著顧琅予便把眸光落在寧禾身上，她身著緋綾官服，並非尋常女子的裝扮，光憑這點，他便知曉她此行的目的。

「帶帝安公主下去，好生伺候公主。」顧琅予囑咐秦二，小心地放下了女兒。

寧禾朝女兒叮嚀道：「不要亂跑，聽秦公公的話。」

初玉彷彿知曉她的娘親趕赴京城，是因為跟爹爹有很重要的事情要談，便乖乖地任由秦二牽著。

待初玉離開之後，顧琅予便揮手屏退眾人，沒多久，乾承殿便只剩下他們兩人。

寧禾打開天窗說亮話。「我不做皇后。」

顧琅予緩緩走近她，回道：「我並未言明封妳為后的日子。」

「這樣實在太兒戲了。」寧禾靜靜望著面前的人許久，才說出這句話來。

「朕一言九鼎，怎麼是兒戲？」他明明再認真不過，為什麼連她都這麼說？

聽到這個回答，寧禾默然不語。

「聖旨已下，妳是要先回盃州，還是留在京城等待封后大典？」顧琅予自顧自地說道。

寧禾忽然有些看不透面前這個男人。難道他真的不曾對其他女子動過心？

良久之後，寧禾無奈地說道：「你別白費心力了，我今生雖然不願再與你相守，但也不會跟別的男人糾纏。」有了初玉，她這輩子已經足夠。

「盃州那一夜呢？」

顧琅予冷不防丟出這句話，讓寧禾臉色一沈。

「你我都是成年人了，那一夜……」話一出口，寧禾才發現這種說法太過現代，正當她思考如何用雲鄴的講法解釋時，顧琅予已面露不悅，似乎聽懂了她的意思。

寧禾最後沒再多說什麼，她俯首行禮道：「臣心意已決，陛下若無他事，臣便帶女兒去探望哥哥了。」

「暫時讓女兒留在宮裡，我想陪陪她。」

寧禾看著顧琅予，見他眸中飽含思念，是真的關心初玉，便道：「那臣明日再出宮。」

明白顧琅予的心情是一回事，然而讓初玉獨自留在宮裡，寧禾辦不到，這裡有斬虞在，她怎麼可能放心！

見顧琅予不置可否，寧禾嘆了口氣說道：「領我去找孩子吧！」

聽著顧琅予喚宮女入殿，寧禾在心底悄悄回答了他剛才的質問。那一夜，就當作是我對這段情的最後一次放縱吧！

秦二領著初玉進入玥陽宮，顧琅予從盉州回宮後便囑咐宮女重新整理過這裡，是以此刻玥陽宮是初玉專屬的住所，離顧琅予的宮殿也近。

一到大廳外，初玉立刻鬆開秦二的手跑了進去。她跑到寢房，望著各式玩具、竹馬、糕點，還有院外的鞦韆，不禁昂起腦袋問秦二。「這是我的屋子？」

秦二含笑回答她。「回公主殿下，這正是公主殿下的住所。」

「是爹爹為我準備的？」初玉又問道。

見秦二點了點頭，她再問：「還有一個甜心也住在這裡？」

秦二不明白初玉的意思，只將糕點端來，但初玉卻鍥而不捨地追問：「那個甜心在哪裡？」

面對初玉的執著，秦二只拿了一塊糕點遞給她，說道：「公主殿下，這糕點好吃。」

初玉忍不住噘起嘴說：「你怎麼不告訴我！」她委屈地瞅著秦二。

原本不明所以的秦二此刻也知道初玉生氣了，雖然不明白她到底要找什麼，他還是說：「公主殿下先在這裡等著，奴才這就去御膳房給您尋個甜心。」

初玉開心地點了點頭說：「嗯！」

只是初玉心急，過了一會兒，見秦二還未歸來，她便問一個宮女。「漂亮姨姨，妳知道另一個甜心在哪嗎？」

被初玉揪住衣角的宮女驚慌跪地道：「奴婢禁不得公主殿下如此稱呼，奴婢惶恐。」

然而小小的初玉聽不懂她這句話，只問：「妳能帶我去找爹爹的兒子嗎？」

宮女遲疑了一下，問道：「公主殿下能隨意走動嗎？陛下可恩准了？」

「嗯！」小小的人兒將她明亮的眼眸笑彎成月牙狀。

那宮女瞧著模樣可愛的初玉，心想她真不愧是陛下與前皇子妃的女兒，既聰明又乖巧，實在惹人憐愛。

點了點頭，宮女笑著說道：「那公主殿下就跟著奴婢走吧！」

初玉被宮女牽在手中往後宮走去，一踏入知成宮的大廳，初玉立刻摀住了口鼻。

宮女俯身問道：「公主殿下怎麼了？」

「臭臭……」

「允州王爺生了病，才會有這藥氣，公主殿下還要進去嗎？」

初玉點了點頭說：「我要見那個甜心。」

見初玉並未改變想法，那位宮女便進去請示道：「靳娘娘，公主殿下想見允州王爺。」

公主殿下？聽到這個詞，靳虞頓時愣住。是寧禾的女兒嗎？她入京了？

靳虞望著宮女問道：「妳是說帝安公主？」

宮女垂首答道：「正是公主殿下，公主殿下今日入宮，目前住在玥陽宮。」

靳虞表面上不動聲色，內心卻已波濤洶湧。他終於將他女兒接入宮了，加上立寧禾為后一事，她明白自己終究輸了這盤棋，可不到最後，她不會放棄。

「請公主進來。」靳虞極力穩住情緒，可這句話卻是從齒縫中迸出來的。

宮女有些詫異，她用眼尾餘光掃去，只見靳虞神色如常。她連忙回身將外面那個小小人兒領進來，說道：「公主殿下，這是靳娘娘。」

初玉昂起頭望向靳虞，覺得她似乎不太高興看到自己。

靳虞瞧見初玉那張小臉竟與她父親有六分相似，她心中的不甘與埋怨險些壓抑不住。

微微瞇起了眼，靳虞走上前蹲下身說：「帝安公主……」

雖然察覺到不善之意，可是初玉並不畏懼面前這個人。盉州城內，人人都因敬重娘親而對她好，厲害的爹爹又這麼寵她，她有什麼好怕的？

「妳是誰？」她清甜稚嫩的聲音充滿了好奇。

靳虞勾起朱唇說：「我是妳父皇的女人。」

「父皇的女人……」初玉垂下腦袋，似懂非懂。

靳虞笑著繼續說道：「嗯，我與妳娘親一樣，都是妳父皇的女人。」說著，靳虞吩咐那個宮女道：「本宮的小廚房有新做的糕點，妳與本宮的婢女去拿一些來給公主用。」

一旁的容想聽到這個命令，便說：「娘娘，藥熬好了，您記得喝。」說完之後，她便將那名宮女領了出去。

靳虞笑著問初玉。「公主來這裡做什麼呢？」

初玉轉了轉眼珠，答道：「我想要看看爹爹的甜心。」

「公主這話是什麼意思，本宮聽不明白。」靳虞臉上仍舊帶著笑，聲音也很柔和，然而心底卻是一片悲涼。

初玉瞄了靳虞身後的寢房一眼，問道：「爹爹的兒子在那裡嗎？」

「原來公主是來看離兒的。」靳虞朝初玉伸出手說道：「本宮帶妳去看？」

初玉瞅了瞅靳虞，乖乖地將小手放在她手中。

靳虞牽著初玉往寢房走去，她對躺在床上的顧離一笑，說道：「公主，這就是陛下的長子，妳的弟弟。」

「弟弟……」初玉望著那個睜大了眼睛的小男孩，他似乎很怕生，卻在看見她時朝她伸出小手揮舞。

初玉問道：「他怎麼不下來？」

「弟弟身體不舒服。」

這就是爹爹不來看她的原因嗎？初玉心中難受，忍不住噘起了嘴，雙眸也有些黯然。

靳虞注意到初玉情緒上的轉變，她緩緩勾起唇說道：「公主不抱抱弟弟嗎？」

「我不抱。」

「哦，公主不喜這個弟弟嗎？」靳虞唇角的笑意更甚。

「他是娃娃，我也是娃娃，抱不動。」初玉看著靳虞說。

靳虞霎時說不出話來，心想她不愧是顧琅予的女兒，竟這般機智。心頭那股酸楚與疼痛似是被這句話點燃了引線，即將爆發。

眼角瞥到案上那碗湯藥，靳虞說道：「弟弟生病了，公主要不要餵他喝藥？」

初玉抬起頭說：「我不會餵。」接著她轉頭瞅著床上那個朝她揮舞拳頭的小男孩，有些好奇地問：「他生了什麼病？」

「很嚴重的風寒。」靳虞端來那碗湯藥，坐到床沿，朝初玉說道：「弟弟比公主小，在宮裡沒有玩伴，公主入宮後，可以常來看看他。」

初玉只是一言不發地瞅著顧離，好像在想些什麼。

「公主，妳餵弟弟喝藥可好？」靳虞不懷好意地問道。

初玉心想，這就是她的弟弟？跟她同樣享受爹爹寵愛的弟弟？此刻他正朝她咧開嘴笑，樣子真的很可愛，難怪爹爹不來盃州看她與娘親。這麼一想，初玉頓時覺得委屈得不得了。

一旁的靳虞仍是柔聲笑道：「公主，藥都快涼了。」

初玉不喜歡這個弟弟，可是她怕自己要是不對弟弟好，爹爹可能會不開心……

她拿起勺子舀了些湯藥，接著就像阿喜平日餵她吃飯一般，把東西送到顧離嘴邊。

容想離開前說的話，靳虞並沒忘記，這不是顧離的藥，而是治她月事不至之藥，不過……她不是真的想讓顧離喝。

瞧初玉正拿著勺子要餵顧離，靳虞的身子猛地往旁邊傾，初玉手上那碗藥便悉數倒在顧離身上與床榻上，而初玉也被撞得跌倒，單薄的肩膀磕到床沿，頓時疼得坐在地上大哭。

靳虞看向跟著初玉啼哭起來的顧離，大聲對外面的宮女喊道：「去請陛下來！」

發現女兒不在玥陽宮的顧琅予與寧禾，一得知初玉在靳虞那邊，均詫異地快步走到知成宮。

還未進入大廳，寧禾便聽到女兒的哭聲，一顆心瞬間揪在一起。到了寢房，寧禾第一眼就看見坐在地上大哭的女兒，立刻上前一把將她攬入懷中。

「娘親……」初玉伸手摟住寧禾的脖子，小臉緊緊挨在她肩頭上。

顧琅予望著大哭的女兒，又看向一身藥汁、啼哭不止的顧離，沈聲問道：「這是怎麼回事？」

靳虞焦急地抱起床上的顧離，抽泣道：「陛下，臣妾……不敢說。」

「到底是怎麼回事？從實說來！」顧琅予的態度雖然嚴厲，卻十分心疼女兒，他上前輕輕拍了拍初玉的後背，柔聲安撫道：「玉兒不哭，有爹爹在。」

在這一瞬間，靳虞心灰意冷。眼前這個男人，從來沒這般對待她的顧離過！

她擠出眼淚啜泣道：「陛下，臣妾正在餵離兒喝藥，宮女便帶著公主過來，公主直嚷著要看弟弟，不想她竟然打翻臣妾手中的藥碗。」

顧琅予緊緊盯著靳虞，雙眸深不可測地說道：「她打翻了藥碗？」

靳虞痛心地望著在她懷裡啼哭的顧離道：「陛下不要怪罪公主，也許她是急著看弟弟才會失手。」

豈知顧琅予非但沒關心顧離，還轉頭輕聲問女兒。「玉兒的手疼不疼？」

靳虞錯愕地看著顧琅予，此刻他眸中盡是疼惜，全然不將自己懷中的顧離放在心上，哪怕他就看顧離一眼，她也心滿意足，可他卻只關心他女兒的手疼不疼！

初玉斷斷續續地抽泣道：「玉兒手不疼……可是肩膀疼……」

顧琅予心疼得不得了，說道：「爹爹抱妳。」

寧禾卻帶著初玉往後退了一步，她冷冷地望著顧琅予與靳虞說：「初玉是我的女兒，我知道她不會做出這種事。」

靳虞哽咽道：「公主年紀小，是無意間打翻東西的，只是可憐離兒……」

聽到靳虞這麼說，初玉抬起頭道：「漂亮姨姨讓我餵弟弟喝藥，我剛要餵，她就撞了玉兒。」說著，初玉朝顧琅予伸出胳膊道：「爹爹抱……」

寧禾鬆手讓顧琅予抱過初玉，只見她不停地拉扯衣襟，當衣裳被扯開時，能看到她的肩頭紅通通一片，顧琅予霎時瞇起雙目，渾身的氣場冰寒懾人。

初玉在顧琅予懷裡垂著淚珠說：「爹爹呼呼，玉兒疼……」

寧禾一雙眼狠狠地瞪著靳虞，冷然道：「舊戲又要重演了？」

靳虞眸光微閃，面色卻不改。她怎麼都想不到這小女娃這般精明，若是普通的孩子，早已嚇得只知道哭泣了。她頭一低，抱著顧離哭道：「陛下，離兒也在哭呢，您召太醫來瞧瞧他吧……」

顧琅予沈聲道：「即刻傳太醫入宮。」

看到女兒碰傷身體，他的心都揪痛了，無人知曉他有多在乎這個女兒，無人能體會他在得知初玉是他的骨肉時，他有多歡喜，他只想給女兒最好的，怎料竟在女兒初入宮之際就讓她受這麼大的委屈。

顧琅予冷冷地對靳虞說道：「孩子不會說謊，她怎麼會打翻顧離的藥碗？」

靳虞抱著顧離下跪，激動地說：「陛下難道覺得臣妾在誣陷公主嗎？她是陛下的心肝寶貝，又聰慧乖巧，臣妾很喜歡她，怎麼可能對這麼小的孩子使用此等卑劣手段呢？」

說著，靳虞瞄到顧離身上的藥汁，忽然想起一件事——這碗藥，是她要喝的！

方才情急之下求傳太醫，她卻忘了這藥不是顧離的，要是被人發現藥裡面的玄機，那她……

靳虞心中惴惴不安，忙道：「陛下，臣妾先去為離兒換身衣裳……」

當她站起身走到屏風後面時，外面已響起秦二的通傳，太醫正被帶來寢房內。

第五十章　自尋死路

因為受傷的人是顧琅予的女兒與兒子，秦二便要人傳寧禾熟悉的李複過來，又喊來照顧靳虞與顧離身體的劉符。

此時容想終於回到宮裡，她看到眼前的情況，嚇得躲在一旁，大氣都不敢喘一下。

一踏入大廳，李複便皺起了眉頭，聞著濃烈苦澀的藥味中夾雜的一股腥味，他心中的疑惑越來越深。

秦二說道：「李太醫，公主受了傷；劉太醫，您去屏風後頭瞧瞧王爺。」

李複為初玉檢查過傷勢後說道：「公主殿下這是擦傷，情況不嚴重，只是幼兒肌膚嬌嫩，所以瞧著厲害些。」

過去李複待在盉州時也常逗弄初玉，此刻他柔聲安撫她道：「公主殿下不哭，呼呼便不疼了。」

初玉聽了，連忙纏著顧琅予要呼呼，他立刻在女兒肩頭輕輕吹了幾下，說道：「玉兒乖，有爹爹在，沒人敢對妳怎麼樣。」

此時劉符從屏風後面走了出來，他對顧琅予稟報道：「陛下放心，王爺並無大礙，只是風寒未癒，仍須靜養。」說著，劉符悄悄移步上前擋住眾人的視線，遮掩床榻上的藥碗。

這個細微的動作沒能逃過李複的眼睛，他想起之前在藥閣聞到的味道，還有這裡瀰漫的特殊藥味，再再令人懷疑。

李複不動聲色地走過去檢查那個藥碗，他用指尖沾了些上頭殘留的藥汁入口細嚐，只覺得異常酸苦。

顧琅予並未懷疑劉符說的話，不過今日之事，他深知並非表面上那般簡單，如今靳虞已留不得，他打定主意，明日便命人送走靳虞與顧離。

寧禾卻不想再忍下去，她柔聲問初玉。「在爹爹面前，妳要講真話，告訴爹爹與娘親，方才真的是妳打翻了藥碗嗎？」

初玉委屈地說：「沒有，我在餵弟弟藥。」

此時靳虞從屏風後走了出來，寧禾看著她說：「初玉說了，她沒有做妳所說之事。」此刻寧禾顧不得什麼朝廷的禮儀了，面對靳虞這個人，她根本沒必要客氣。

靳虞深深望了寧禾一眼，對顧琅予垂首道：「公主活潑好動，她碰了臣妾一下，算是臣妾失手。」

「妳分明是針對初玉。」寧禾冷冷道：「若真是初玉碰到妳的手，她的肩頭為何會受傷？」

靳虞頓時說不出話，她頓了一會兒之後才道：「是公主碰到本宮的手後跌倒在地⋯⋯」

「我的女兒不怕摔跤，她自己摔倒後會爬起來，可當我進殿時她卻坐在地上哭，原因只有一個，就是旁人推了她。」寧禾看著靳虞，字字清冷。她與靳虞之間還有李茱兒那筆帳要算，如今靳虞連她的女兒都不放過，這口氣她嚥不下。

靳虞卻回道：「寧大人，孩子玩心重，妳雖然是公主的母親，卻沒親眼見到當時的情況。」

寧禾正要反擊，在一旁沈思的李複忽然開口問道：「敢問靳娘娘，娘娘當時正要餵王爺喝藥嗎？」

「正是。」靳虞點了點頭。

李複聽了她的回答便說道：「下官查驗過了，那並非治療風寒的藥，而是治療女子陰氣滯虛、月事不至之藥。」

靳虞臉色一變，卻強自鎮定。「李太醫恐怕弄錯了。」

李複轉向顧琅予，又望了身旁的劉符一眼，說道：「陛下，靳娘娘的身子一直都是劉太醫在照料，不如殿下親自問問他吧！」

當顧琅予望向劉符時，他只得硬著頭皮道：「陛下，李太醫應該是弄錯了，靳娘娘的身體狀況下官最清楚，娘娘產後恢復不佳，至今仍有淋漓不盡之時，故而難以見風。」

沒錯，因為不想離開皇宮去朔北，靳虞便要劉符編織了這樣一個謊言，可當她好不容易拖了將近兩年後，顧離卻被封為允州王，必須遷往封地……

「靳娘娘，可否容下官把把脈？」李複的話打斷靳虞的思緒。

強壓下心中的慌亂，靳虞蹙眉道：「本宮的脈象劉太醫再清楚不過。」

聽到靳虞的回答，李複望向顧琅予。

顧琅予推測出李複話中之意，他瞇起雙目審視著靳虞的表情，說道：「去吧！」

「不可以！」靳虞喝道。

這個不尋常的反應讓顧琅予的疑心更重，他認定靳虞編造謊言欲留在皇宮，於是命令靳虞須讓李複把脈。靳虞無法拒絕，眾目睽睽之下，她也不可能抽身。

把完脈之後，李複深深看了靳虞一眼，對顧琅予說道：「陛下，靳娘娘……」

「朕要聽實話。」

此時一旁的劉符早已跪在地上，不敢抬頭。

李複回道：「靳娘娘並無淋漓不盡之象，相反的，娘娘脈搏沈實且如盤走珠，狀似喜脈，也無月事。」

權衡目前的狀況，李複頓了一下才又緩緩道：「此脈象少則有一年之久，多則……」

講到這裡，李複不敢再往下說，縱使太醫皆是醫術高超之人，但他若無真憑實據，不能妄下結論。

顧琅予的臉色漸漸往下沈，他冷冷地開口道：「靳虞的脈象確實不是淋漓不盡之象？」

李複點了點頭。

顧琅予看著靳虞，怒道：「朕一向對後宮之事不聞不問，才致妳敢屢次欺君！」

靳虞跪地，驚恐道：「陛下……」這該如何解釋？她劍走偏鋒，連劉符都幫不了她。

在旁邊的容想跟著跪地俯首，深知自己今天難逃一劫。

顧琅予轉頭望向趴跪在地上的劉符，厲聲道：「劉符膽敢欺君，處以死罪。」

「陛下饒命……」劉符連連叩首，顫聲道：「這一切都是聽靳娘娘吩咐的，陛下饒命啊！」

顧琅予狠狠瞪著靳虞道：「說，那個青銅香爐也是妳的？」

靳虞整個人僵住，裝傻道：「陛下，什麼香爐……」

看到靳虞眸光閃爍，顧琅予心中的疑慮更甚。他不信世上有那麼多巧合，還偏偏都跟靳虞有關，不過他一直找不到證據，只能將種種疑惑壓在心底，如今，他對面前這個花容含淚的女人再無絲毫憐憫了。

「那晚，什麼都沒有發生對吧！」顧琅予進一步逼問靳虞，腦海中浮現出當時的記憶。他原本清醒得很，還知道屏退靳虞，不讓她留在享居中，但是在她抱著香爐入房後，一切都不一樣了。

淚水順著靳虞的臉頰滑下，她絕望道：「不，我……我們有孩子，有離兒啊……」

顧琅予猛然轉過頭命令李複。「朕要你立刻查清楚靳虞到底為何會有如今這個脈象！」

李複垂首應下後，從藥箱中拿出銀針道：「臣要驗血才敢斷定。」

聽到這句話，靳虞不禁跪著往後退。她今日不過是因為嫉妒才誣陷初玉，枉費她步步為營，卻輸在一時的不甘心上，她真不該自作聰明！

一旁有宮女按住掙扎的靳虞，李複的銀針扎入靳虞手腕處，當一顆顆血珠滾出時，李複連忙用乾淨的小碗接下，待他仔細觀察、嗅聞、嚐過那些血之後，臉色瞬間大變。

李複震驚地回頭看著顧琅予，神色不亞於在顧琅予大婚第二日診出寧禾懷胎兩個月時那般難以置信。

換花草、凝脈蕨、枯藤葉、茯兮花，還有那藥碗中的臭幽草……李複的目光游移不決，一句話也不敢說。

假孕生子，當誅九族。

初玉被寧禾抱著，她已不再哭泣，腦袋靠在寧禾肩頭上，似乎已經睡著。寧禾看著今天這一連串事件，明白其中有太多陰謀，她凝眸望著一臉惶恐的李複，一顆心跳得厲害。

「從實說。」顧琅予沈聲道。

李複顫抖著聲音稟道：「若下官沒有診斷錯誤，靳娘娘……沒懷過龍嗣。」

顧琅予驚訝道：「沒懷過龍嗣？」震驚之餘，他再問：「你說的屬實？」

李複頷首道：「靳娘娘血液中仍有殘毒、藥性未散，這起源於一種厲藥，服此藥者脈象似有孕，月事亦不至，但此藥恐使人再難受孕，這便是靳娘娘如今的狀況。」

臭幽草之所以出現在靳虞的藥碗中，為的就是治療不孕之症，但是服過這種厲藥假孕之後，痊癒的機會實在太過渺茫。

顧琅予望著面如死灰的靳虞，怒火轉瞬間便平息，接下來就是抑制不住的狂喜。原來……他跟靳虞真的什麼都沒發生過！看著寧禾同樣震驚的表情，他只覺得整個人輕飄飄的。

接著，顧琅予轉過頭看向劉符，眸光如利箭道：「你還想繼續欺瞞朕？」

劉符冷汗涔涔，趴在地上道出往事，卻完全不敢提及琴姑與李茱兒的遭遇。

靳虞雙目空洞、失神呆坐，明明耳中傳來劉符的哭訴，她卻置若罔聞，一點反應也沒有。

聽過劉符的自白，顧琅予瞪著靳虞說：「琴姑之死與這件事有關？」

靳虞沒有開口，劉符不敢吭聲，容想也只是俯首啜泣，看到他們的反應，顧琅予頓時明白了一切。

他冷冷道：「靳虞假孕生子、謀害人命，賜鴆酒、誅九族；婢女容想為虎作倀，杖斃，至於顧離……」他略微一頓，低聲道：「賜杯好酒吧！」

自始至終，寧禾未發一言，心情從震驚到湧上一股哀傷，她忍不住望向跪在地上的靳虞，只見靳虞睜著毫無情緒的大眼，眼神似是飄忽，又似穿過宮柱雕欄望著外頭晴好的藍空。

寧禾將熟睡的初玉交給宮女，抬眸對顧琅予道：「讓我單獨跟她說些話。」

屏退眾人之後，顧琅予擔憂地看了寧禾一眼，隨即走了出去。

偌大的宮殿，華美的陳設，寧禾的視線落在掐絲琺瑯盆那團如意玉堂祥花上，又望向目光空洞的靳虞。

這一切，似夢一場。如同她在水底絕望地睜開眼睛時，卻望見安榮府那間閨房的帳頂一般，此刻的靳虞，就像那時的她——失神、絕望、生無可戀。

一片寂靜中，寧禾開口問靳虞。「琴姑到底因何而死？」

靳虞只是跪坐在地上，恍若未聽到寧禾說話，許久之後，她才漸漸回過神來看向寧禾，說道：「不正是妳害的嗎？」說著，她勾起紅唇淡淡一笑。

「過去妳能瞞過所有人，可我早就知道琴姑之死與妳脫不了干係，只是茱兒從前待妳友善，妳為何連她也不放過！」

靳虞卻只是笑。「我說了，都是妳害的。琴姑的死、李茱兒沈睡不醒，都是拜妳寧禾所賜。」

望著笑得讓人發寒的靳虞，寧禾不再追問。既然她相當於知道真相了，顧琅予也下了聖旨，再問靳虞也沒有意義。

靳虞漸漸止住笑，望著寧禾說：「第一眼見到他，我就覺得他像天上的太陽。」

寧禾靜靜聽著靳虞說話，她沈浸在往事的美好裡，眼神迷離道：「我向他請安，他不理我；我想給他吃果子，又怕他對我冷淡，只要隨父王入京，我便找機會見他，可惜他只當我是表妹，而非能與他結親的女兒家。」

靳虞緩緩道：「我用盡方法接近他，想成為他身邊的人，嫁入常熙宮那天，是我今生最快樂的一日。那一夜我在新房，他在書房，就算隔著一道門，我也覺得離他很近。」

淚水無聲無息滑下，靳虞輕聲道：「可他眼中只有妳，他看重妳、疼惜妳，對妳無微不至；他明明是個冷傲又頂天立地的男人，卻在妳面前變成一個稚子，只想討妳歡心。

「如果沒有妳，我就能成為他心中那個女人了。」

寧禾看著靳虞，只覺得可恨之人必有可憐之處。她曾想過許多種折磨靳虞的辦法，甚至每每憶起昏迷不醒的李茱兒時，就想置靳虞於死地，然而此刻她卻沒那份心思。

沈溺在愛情裡而迷失自我的女人，最是可悲。

寧禾開口問道：「顧離是從何處抱來的？」

「他是農人家的孩子，若不是我，他早與他的父母因為饑荒而餓死。」這一刻，靳虞的神情微微有些難受，她低喃。「顧離……他還是個孩子啊！」

寧禾走到床榻前，抱起了熟睡的顧離。到了這個地步，她與靳虞之間再無話可說。

當寧禾抱著孩子欲走出寢房時，身後響起了靳虞哀怨的聲音。

「寧禾，我真的恨妳！」

寧禾先是一怔，隨即頭也不回地走了出去。

顧琅予負手立於知成宮大廳外，當身後響起腳步聲時，他便回頭看向寧禾。明明在得知事情真相之後有許多話要說，可他們兩個四目相對，卻是無言。

寧禾率先打破沈默道：「靳虞罪大惡極，但終究起因於一個『情』字，陛下登基不過兩年多，誅九族這罪太重了，瑞王一系是開國功臣，陛下削其爵位，便已是重罰。」

顧琅予深深望著寧禾，緩緩點頭。

寧禾凝視著懷中的小男孩，輕聲道：「我想帶走他。」

顧琅予皺了皺眉說：「他曾被視為皇室血統，留不得。」

「你想如何對外宣稱，是你的事。」身為母親，寧禾知道孩子沒有過錯，這原本就是大人之間的事，不能讓一個不懂事的孩子來承受。

顧琅予終究點了點頭，他上前想要擁住寧禾，卻礙於她懷裡有個孩子而停下動作。

「阿禾。」深情一喚，顧琅予說道：「如今妳該回我身邊了吧？」

寧禾卻什麼都不說，只是默默望著面前的人。經歷過這一切，恍若過了一個世紀，明明她的心終於化為一面平靜的湖水，可這片湖水偏偏深不見底。

靳虞的悲慘下場帶來一個新的開始，彷彿他們彼此並不相識，只是熟悉的陌路人。

她開口說道：「我要回盉州。」

聞言，顧琅予皺眉道：「回盉州做什麼？立后聖旨已下，眼下妳應當留在宮中……」

「今年盉州有三個縣遭受天災，我下令建設的水路工程正在進行，牢房裡關押的死囚等我回去批准行刑，平水縣的縣令也待我委派上任，我實在難以抽身，應盡快回去才是。」

顧琅予聽到這一串話，無奈道：「妳在怪我？」

寧禾一語不發。

過了一會兒，顧琅予怔怔地自言自語起來。「郡守這麼忙碌？」

雖然國事相當繁忙，可他有文武百官幫襯，聽寧禾這麼一說，他才發現郡守事事皆要親力親為，所以她……才這般疲累嗎？

寧禾微微頷首，在顧琅予恍惚的目光中，抱著孩子離開了知成宮。

第五十一章 皇帝奶爸

建元三年，後宮靳氏假孕生子、謀害人命，被賜鴆酒；瑞王遭削去爵位，靳氏一族貶為庶民，皇長子遭廢封號，不久後病逝。世言帝心憐憫，厚德愛民。

玥陽宮內，寧禾板著臉對初玉訓斥道：「鬆開，跟娘親回去。」

「我不回去。」初玉噘著嘴，緊緊抱著雕柱，有些害怕寧禾卻又不肯合作。

「妳再這般不乖，娘親就要生氣了。」

「娘親不要生氣，甜心想留下來陪爹爹。」

「爹爹有國事要忙，妳不能夠留下來。」

初玉鬆開了柱子，繼而抱住寧禾的腿肚子說：「娘親，甜心才第二次見到爹爹，想陪在他身邊。」說著，她抽泣起來。

寧禾最見不得初玉哭，她嘆息一聲，蹲下身抹掉女兒的淚珠說：「妳總是在我面前哭，可是料定了我捨不得妳流淚？」

初玉一愣，淚珠仍繼續往下掉，說道：「甜心不要離開爹爹，娘親也不要回盉州……」

「將初玉留在宮裡。」低沈的聲音傳來，顧琅予已走入大廳內。

初玉轉頭撲到他懷中，搖頭道：「爹爹，別讓娘親帶我走。」

「讓她留在宮裡，若妳執意要回盉州，我就在這裡等妳。」顧琅予深深望著寧禾，今日她未著官服，而是穿上一身月色長裙，顯得清麗動人。

寧禾回道：「她從未離開過我……」

「可妳瞧見了，她也離不開我這個父皇。」

寧禾看著緊緊摟著顧琅予脖子的初玉，她的外貌神似顧琅予，兩個人擺在一起就是父女，那份情感實在不是說斷就能斷的。

她長長一嘆，終究讓步。「那你得好好照顧女兒，每日戌時初刻就要讓她上床歇息，平日也得讓她睡午覺；她生性好動，睡得也不安穩，晚上常會爬起來……」

顧琅予專心聽著寧禾說話，目光不曾從她身上移開，望著他眸中那濃濃的眷戀，寧禾有些不自在地迅速把話說完，轉身走入寢房換上官服。

雖然得知過去那些事不過是誤會，然而那些傷痛當真能瞬間煙消雲散？她心裡可還記著呢！不論是那一連串事件、他的冷漠以對與不信任，還是女兒早產，她都不能輕易放下。

當寧禾坐上離開皇宮的馬車時，顧琅予對她說道：「忙完政務以後告訴我，我親自去接妳。」

寧禾不置可否，放下簾子遮住彼此的視線，前往寧一的府邸。

到了寧一家門外，寧禾被家僕引了進去，這次庭院中少了點藥味，添了些花草清香。

墨醫仙正在寢間為沈睡中的李茱兒施針，寧禾與寧一在門外候著，此刻寧一這才得了時間詢問寧禾立后一事。

寧禾並未回答，只問：「墨醫仙怎麼說？」

「茱兒腦部經絡受損，又有瘀血，原是先前的大夫瞧不出瘀血，才讓她昏睡至今。」

寧禾大喜道：「意思是說只要腦內的瘀血散開，她就能醒來了？」

寧一的唇角有止不住的笑意，他正要點頭時，墨醫仙就掀起珠簾走了出來，潑了寧一冷水。

「誰說她腦內瘀血散開便能好轉？」

寧一呆住，疑惑道：「難道不是？」

「我並未說過這種話。」墨醫仙詢問寧一。「你每日是怎麼餵食她的？」

寧一答道：「她無法開口吞食，成婚之前只能靠婢女設法用勺子灌些流食進去，成婚之後，是我每日用嘴渡給她的。」

「算你還有點腦袋。」墨醫仙說道：「你請的江湖郎中都是些庸醫，若我再晚一點過來，只怕她活不過今年。」

看見寧禾與寧一驚訝得瞪大了眼睛，墨醫仙繼續說道：「我只能祛散她腦內的瘀血，她能不能醒來，還得看她的造化。」

這一瞬間，寧一臉上的光彩頃刻消失無蹤，他連忙奔至寢間去照看李茱兒。

見寧一離開，墨醫仙對著寧禾嫣然一笑，說道：「大人還沒跟我講妳的秘密呢！」

寧禾笑著回她。「我沒有秘密。」

墨醫仙搖了搖頭，緩緩步行至庭院中，寧禾則跟在她後面一起出去。

「初見寧一，我便知道他是個沒有秘密的人，我救人治病不為錢財，就愛打聽別人的秘密，既然他沒有，妳就該告訴我。」

寧禾凝視面前這一身仙氣的女子良久。她並非言而無信之人，墨醫仙肯救李茱兒，她真的非常感激，不過她的秘密……旁人肯信嗎？

「如果這算是秘密的話，那就請墨醫仙好好替我守住，千萬別說出去。」寧禾望向院內嫩綠的柳枝，緩緩開口。「我不過是一縷遊魂罷了。」

墨醫仙一怔，說道：「妳嚇我。」

「我是死過一回的人，能活到現在，已很感恩。」話一說出口，寧禾竟覺得心底的負擔一下子減輕了。

她靜靜望著墨醫仙清麗的面容，這個一身仙氣的女子讓她感到寧靜與安心，她繼續說道：「我出生的世界，不在這裡……」

寧禾從來沒想過有朝一日能將這個秘密告訴這裡的人，此刻她只覺得內心暢快無比。

墨醫仙本就是不尋常的女子，她的表情由難以置信到平靜，不過轉瞬，她看著寧禾的目光帶著憐憫，卻也替她慶幸。

寧禾微微一笑道：「茱兒的身體就託付給墨醫仙了。」

未再多作逗留，寧禾沒多久便啟程回去盉州。

擔任郡守兩年多，寧禾早已習慣每日忙碌的生活。盉州的農耕織造、經濟交通都在她的帶領下有了傲人的成績，如今盉州城內隨處可見美娘子在外為生計奔波，街上道路也相當寬廣，往來如織。

在尚未入京之前，寧禾一心專注於水路工程，如今事情只做了一半，她實在很想早點去督促工人，好盡快達成目標，不過寧禾回到盉州之後的第一件事，卻是去寧莊。

寧莊內，上上下下的人皆有條不紊地進行手邊的工作，阿豈走進繡房叫喚程娘，程娘連忙放下手上的活兒出門。

被阿豈引入一個房間之後，程娘對寧禾行禮道：「大人有事找我嗎？」

寧禾問道：「妳最近可好些了？」

程娘勉強擠出笑容道：「多謝大人，我無礙……」

失子之痛，怎能無礙？寧禾示意冉辛將顧離抱來，程娘聽聞孩子的啼哭聲，連忙回頭，她關切地上前看著顧離說：「他怎麼哭得這麼厲害？這是誰家的孩子？」

「這是本官在盉州城外撿到的孩子，他無父無母，妳願意收養他嗎？」寧禾問道。

程娘微微一怔，隨即落淚道：「我……我真的可以收養他？」她立刻答應下來。「我願意！」

寧禾嘴角浮現出笑容，命冉辛將孩子交到程娘手上。她瞧程娘懷抱顧離時的慈愛面容，心中一顆大石總算落下。顧離最好的歸屬，大概就是這樣了吧！

程娘激動地問寧禾。「他叫什麼名字？多大了？」

「撿到他時，本官只聽聞他已無父無母，至於多大，本官也不知。」寧禾淺笑道：「妳給他取個名字就好。」

「真是可憐的孩子。」說著，程娘望向寧禾，感激道：「多謝大人信任我，我痛失幼子，如今有幸能收養他，是老天爺對我的莫大恩惠，我必當將他健健康康地養大。」

程娘點點頭，寧禾轉身出了房門，離開寧莊。她能為這個無辜的孩子做的便是這些了，程娘是個命苦卻心善的人，必定會好好照料他，而生活在寧莊，也能保證他衣食無虞地長大。

回到郡守府，寧禾恢復了忙碌的生活，只是每到夜晚，她便會擔心女兒在皇宮內過得好不好、會不會因為想念她這個娘親而哭鬧？想著想著，寧禾總在天剛亮時轉醒，再無睡意。

巍峨宮闕內，一棵梨樹下圍滿了面色焦急的宮女與內監。宮女韶華眼巴巴地緊瞅著樹上的人，緊張道：「公主殿下，奴婢求您下來！」

那個窩在樹上的人，正是初玉。她坐在樹杈中間，胳膊摟住樹幹，甩著小腳丫悠閒地嘟囔道：「陛下不回來，我就不下去。」

進宮沒多久，初玉便學著旁人喊自己的父親為「陛下」，讓顧琅予哭笑不得。

「公主殿下，陛下是去巡兵，很快就會回來的！」韶華在樹下著急得不得了。方才公主殿下騙說抱她上去一會兒就下來，她們這些宮女才照辦的，誰知她上樹之後竟繼續往上爬，到了一個他們伸手搆不到的地方。

韶華抬著頭期盼初玉別再頑皮，沒奈何她仍是悠哉地甩著腳，絲毫不動搖。韶華忍不住跺了跺腳，對一個內監道：「你與阿召將公主殿下抱下來。」

初玉聽見了，緊緊摟著樹幹說：「別上來，不然我就告訴陛下你們不聽我的話！」

此話一出，底下的人更加慌亂，一個個沒了主意。

沒多久，院子另一頭忽然傳來秦二的斥責聲。「都在樹下圍成一團做什麼！」

一看到秦二，韶華就像瞧見了救星，但是仔細一看，才發現秦二後頭竟跟著顧琅予，一干人等頓時面如死灰，俯首跪了一地。

秦二揚聲喊道：「公主殿下呢？」話音剛落，他忽然失聲驚呼。「陛下，公主殿下在樹上！」

顧琅予這才瞧見女兒高高坐在樹上，他臉色一變，連忙大步上前。初玉瞧見父親，歡喜地鬆開手，從樹上直接往下跳。顧琅予見狀大驚失色，疾步奔至梨樹下，千鈞一髮之際接住女兒。

他嚇出一身冷汗，一顆心怦怦直跳，懷中的初玉卻笑彎了眉眼，甜甜地摟住他喊道：「陛下！」

顧琅予望著跪在地上的眾人，聲音冷若刀鋒。「這是怎麼伺候的——」

宮女與內監惶恐不已，齊聲道：「陛下恕罪！」

初玉笑著說：「陛下不要怪他們，他們對玉兒可好了。」

顧琅予抱緊了女兒小小的身軀，微惱道：「妳怎麼就這樣跳下來，難道不怕受傷？若父皇沒接住妳，妳的小胳膊可就斷了。」說到後來他板起了臉，學寧禾那般訓斥女兒。

不過他的恐嚇絲毫不管用，只見初玉嘟囔著。「陛下不是說要摘星星給我嗎，一條胳膊又有什麼。」說著，她噘起嘴表達不滿。「陛下騙人！」

做父親的威嚴在女兒面前蕩然無存，顧琅予失笑道：「說了幾次別學著旁人喊『陛下』，妳要喊『父皇』。」

「父皇——」初玉清脆的聲音就像枝頭燕兒的呢喃一般。

顧琅予揉了揉初玉的腦袋，抱著她走入宮殿，此時跪在地上請罪的人才如釋重負地鬆了口氣。

初玉很黏顧琅予，夜間也纏著要與他睡，戌時初刻，秦二便輕輕闔上寢殿大門，悄聲退了出去。

玥陽宮內，顧琅予陪女兒同榻而眠，他掖好被角，對初玉說道：「這是玉兒入宮的前幾夜，父皇可以陪妳睡，但是之後玉兒要自己睡，聽懂了嗎？」

「不要，我要跟父皇一起，要是娘親也在就好了。」初玉將腦袋枕在顧琅予的手臂上，黑白分明的大眼盡是思念，她低喃道：「父皇，玉兒想娘親……」

顧琅予嘆道：「父皇明日修書，讓娘親來陪玉兒。」

「嗯、嗯。」初玉歡快道：「那父皇講故事。」

顧琅予詫異道：「講故事？」

初玉點著小腦袋說：「娘親都會講故事，玉兒要聽了故事才睡覺。」

顧琅予有些為難地問道：「那妳要聽什麼故事？」

想了半天之後，初玉回道：「不知道。」

不想讓女兒失望，顧琅予思索了一陣子，說道：「寧佑二十年間，雲鄴與祁水大戰頗為激烈，那場戰役被記入史冊……」

聽到完全無法理解的內容，初玉眨著大眼睛說：「父皇，我聽不懂。」

顧琅予沈默了一會兒，又說道：「承啟六年，市井兩猛漢鬥毆，現場血流如注，驚引官府……」

「父皇。」初玉打斷他，嘟起小嘴表示不滿。「這是故事嗎，玉兒怎麼聽不懂？娘親不是這麼說的。」

顧琅予有些茫然地問道：「那娘親是怎麼說的？」

初玉轉著眼珠，斷斷續續卻認真地說：「從前有個小娃娃走路時喜歡左看右看，有一天就摔跤了，娘親說，這就叫左顧右盼。」

她用稚嫩的聲音接著往下說：「娘親還說，走路要直視前方，不能左顧右盼，看清方向就不會摔跤了。」

顧琅予有點失神。他沒想到寧禾將小小年紀的初玉教得這麼聰明，雖然這段時日在他的寵溺下她變得更加調皮，卻是單純心善，不會傷害別人。

想到寧禾，心底的思念更加濃烈，他按捺住那份情緒，輕輕拍著女兒的背說：「玉兒睡吧，父皇不會講故事。」

當女兒傳來均勻的呼吸聲，顧琅予才放任自己想著寧禾睡去。後半夜時，女兒踢開了衾被，他連忙小心地幫她蓋好；半睡半醒之間，女兒吵著要小解，顧琅予便睡眼惺忪地坐起身，喚宮女來照顧她。

哪知初玉不依道：「往常都是娘親陪我的，父皇也要陪玉兒……」

無奈之下，顧琅予抱著初玉去方便，天將亮時，她又爬了起來。儘管前幾天也是這樣，但是如此反覆來回，讓顧琅予深深覺得照顧孩子並不容易。

初玉早產，寧禾也體虛畏寒，可她仍舊不辭辛勞地陪伴這個孩子，他見到的是聽得懂大人說些什麼話的女兒，但過去她的含辛茹苦，他卻從未體會過。

心底那份愧疚越來越濃，顧琅予再無睡意，起身準備上朝。

當遠在盉州的寧禾收到顧琅予派人送來的信時，她正在曲水河旁巡視水路工程。她放下手上的工作，進入剛建好的一艘大船內。

展開信，寧禾才知道初玉在宮中竟這般頑皮，顧琅予在信上問她何時打算辭官，寧禾就提筆回他盉州政務繁多，難以抽身。

寧禾擬好信之時，孟舟行碰巧進入船內，他行過禮後問道：「大人，您覺得這艘船還有哪裡不妥？」

「這應該是雲鄴迄今為止最大的一艘船，如今雖已建好，但沒經過試驗不能放心。」

盉州的曲水河通往青郡、百治兩個大郡，青郡又與鄰國祁水相通，寧禾決心在盉州開通水路，一方面是為了交通，另一方面也是為了將盉州的木材與綾羅錦緞運到祁水販售。

「船艙內部座椅偏高，腳不及地，若遇到風浪顛簸，恐有危險，且安全繩索不牢固，需要重新調整。」寧禾巡視一番後說道：「這艘船雖由良木所建，但是切記要檢查妥當，排除所有隱藏的風險。」

寧禾雖不是造船的專家，不過根據她前一世搭郵輪旅遊的經驗，還是能提點眾人一二。

孟舟行點了點頭，隨即走出船艙照寧禾說的吩咐工人改進。

第五十二章　左右為難

寧禾的信被送回到顧琅予手中，她在信上說自己政務繁忙，再來就是關心女兒的狀況，沒有一句話跟他有關。顧琅予暗暗一嘆放下手上的信時，就見秦二匆匆進殿來稟。

「陛下，公主殿下不用午膳，直言要陛下陪伴才肯吃。」

顧琅予皺了皺眉說道：「朕不會每日都有時間陪她，讓素香與韶華去吧！」

秦二急忙道：「就是素香與韶華陪公主殿下用膳的，公主殿下哭嚷著要陛下去了才願意吃。」

顧琅予無奈地起身道：「去玥陽宮吧！」

還未進入廳門，顧琅予便已聽到女兒的哭聲，他心一軟，搖搖頭走了進去。

「父皇——」初玉一見到顧琅予，立刻跑過來一把抱住他的腿肚子。

彎下身抱起女兒，顧琅予無奈地說道：「父皇有許多國事要處理，不能時時刻刻陪玉兒，妳要乖乖聽素香跟韶華的話，知道嗎？」

初玉玩著顧琅予鬢角的髮絲，嘟著嘴說：「玉兒想父皇怎麼辦……」

「父皇陪妳用膳。」顧琅予揉了揉初玉的腦袋，抱著她坐到案桌前。

顧琅予拿勺子餵起女兒。因為達到了目的，初玉便乖乖張口，笑咪咪地吃下，他無奈一笑，眼中盡是寵溺。

餵過飯，顧琅予便要初玉睡午覺，沒奈何她不依道：「我要去陪父皇。」清楚這個女兒的性子，顧琅予只得道：「那妳要聽話，不能亂動乾承殿內的東西，也不能出聲打擾父皇。」

「嗯！」初玉使勁點著腦袋。

乾承殿內，當顧琅予埋首批閱奏疏時，聽到了吮吸聲，他抬眸一望，只見初玉坐在地毯上，胸前抱著一顆大桃子啃著。

那吮吸聲越來越大，顧琅予忍不住擱下奏疏，對秦二道：「將公主抱到西殿。」

初玉聽到要離開她的父皇跟前，連忙停下動作，抱著大桃子站起身，邁開小短腿朝顧琅予走去，含糊不清地說道：「父皇，玉兒不去，玉兒要在這裡……」

顧琅予望著吃得嘴邊全是桃汁的女兒，無奈道：「那玉兒先別吃桃，吃點心好不好？」

初玉委屈地說：「好吧，玉兒聽父皇的話。」她不捨地將手上的大桃子遞給秦二。

桃汁讓手黏黏的，初玉找不到東西擦手，便將手往衣衫上蹭，接著她爬上臺階，朝坐在椅子上的顧琅予跑去，說道：「父皇，我給您搥背……」

說著，初玉便往椅子上爬，想繞到顧琅予背後，秦二臉色大變，驚道：「公主殿下不可——」

這聲驚呼嚇到了初玉，她身子一歪，眼看就要跌倒，顧琅予一把撈住女兒，將她抱在懷中，接著望向秦二，用冰冷的眼神斥責他方才對女兒的驚嚇。

顧琅予垂首望向初玉，無力道：「妳這麼調皮，我該拿妳怎麼辦？」

聽到這句話，初玉急得快哭了。「父皇不喜歡玉兒了嗎……」

顧琅予搖了搖頭，說道：「父皇不是不喜歡玉兒，而是有很多事要處理，待父皇忙完便去陪玉兒，現在先讓秦二帶妳出去好不好？」

初玉一顆頭搖得像撥浪鼓一樣，說道：「父皇好辛苦，玉兒要給父皇搥背。」說罷，她鑽出顧琅予的懷抱，踩到椅子扶手上，有模有樣地把手握成小拳頭，為顧琅予搥起背來。

女兒的好意顧琅予不是不懂，然而這樣他還能做好手上的事嗎？

見顧琅予停下動作，初玉笑嘻嘻地說：「父皇繼續忙呀！」

顧琅予失笑，索性閉目養神。

此時初玉甜甜的聲音在他耳側響起。「娘親最喜歡讓玉兒搥背了，她說我很乖。」

提起她娘親，顧琅予唇角含笑道：「便是在娘親忙碌政事時，玉兒也這般頑皮嗎？」

「嗯。」初玉點頭說道：「但是娘親不會要我走開，她喜歡我在身邊。」

顧琅予一怔，濃濃的思念與愧意襲上心頭，他睜開眼，認真地看著女兒問道：「玉兒想娘親嗎？」

「想！」

「那玉兒配合爹爹，讓娘親回來好嗎？」

初玉似懂非懂地點了點頭。

顧琅予命人快馬加鞭去盉州告訴寧禾：帝安公主思念母親，茶飯不思，病倒在玥陽宮。

驚聞此訊，寧禾恨不得馬上到宮裡去陪女兒。她回安榮府換下官服隨來使回京，路上得知女兒的情況後，更加憂心忡忡。

一抵達京城，寧禾急忙入宮，可當玥陽宮內歡快的聲音傳入她耳中時，她原本匆忙的腳步瞬間止住。

怔怔立於迴廊下，寧禾遠眺著在盪鞦韆、笑得正歡的女兒。

初玉瞧見了寧禾，連忙對素香喊停，鞦韆還未停穩，她已習慣性地跳下，任由身子在地上滾了一圈，接著爬起身來朝寧禾跑了過去。

瞧見女兒健康活潑的模樣，寧禾柔柔一笑，伸出手緊緊將她摟入懷中。

「娘親！」初玉撲入寧禾懷裡，狠狠在她臉頰上親了一口，說道：「甜心好想娘親！」

「娘親也想妳。」寧禾深深凝望著女兒，又對許久不見的素香問道：「公主的病可好了？」

素香詫異道：「公主殿下並未生病，不但每日吃得好，睡得又安穩……」

寧禾漸漸沈下了臉色，初玉卻仍在她懷中歡喜地笑著。她將女兒交由素香照顧，接著走入玥陽宮大廳，沒多久，那熟悉的腳步聲便傳了過來。

顧琅予匆匆前來，那雙黑眸飽含思念，眼中盡是寧禾的身影，他走上前，一把將她摟在懷裡。

寧禾掙脫開他的懷抱，冷道：「你竟然用這種法子欺騙我？」

「我若不欺騙妳，妳又怎麼會心甘情願地回宮？」

「心甘情願？」寧禾失笑道：「這也算是心甘情願嗎？」

顧琅予嘆了口氣道：「初玉需要妳，她每天都吵著要我讓妳回來陪她，妳難道就放心將女兒孤零零一個人丟在這裡？」

「我不放心，所以這次我要帶她走。」

顧琅予驚道：「妳都來了，還想再離開？初玉終究是雲鄴的公主，不能讓她回盉州。」

「雲鄴的公主？」寧禾冷笑道：「她早產、她每日啼哭；她才兩個月大就在寒冬中跟著我回盉州；她在路上不吃不睡、身體不舒服時，你在何處？

「我沒有奶水給她吃，只能把她交給乳母，我愧疚、無助時，你又在哪裡？是我跟安榮府的人將她養大的，不是你這個『父親』！」

顧琅予僵立在原地，許久之後，他上前輕輕擁住寧禾。「我知道那些事情傷妳至深，但那全都是誤會。初玉再過兩年會更加懂事，妳希望到時讓她覺得自己的娘親與父親感情不和、冷然相對嗎？」

「不要拿女兒來壓我，你不是在信上說她想我嗎？既然我來了，便要帶她回去。」

退出顧琅予的懷抱，寧禾走去外面找女兒。初玉正在嬉耍，寧禾便蹲到她身前說道：「甜心，跟娘親回盉州吧！」

「咦，娘親要回去？」初玉眨著眼睛，疑惑地說：「父皇說娘親過來就不會走了。」

「娘親有許多政務要處理，妳就跟娘親回盉州……」

「你們都說有事情要忙。」初玉打斷寧禾的話，不滿地噘嘴道：「娘親與父皇為什麼都要丟下我去忙呢……」

初玉的話讓寧禾愣住了，她失神道：「娘親沒有丟下甜心，我要帶妳走。」

「我不走。」初玉緊緊抱住寧禾的胳膊說：「我也不讓娘親走，晚上我要跟你們睡！」

寧禾冷著一張臉訓斥起初玉，沒奈何這小小的人兒說什麼都不願意離開顧琅予身邊，寧禾完全不知如何是好，甚至連初玉被素香抱走時，她仍怔怔地蹲在地上。

接著，寧禾的肩頭覆上一陣暖意，她抬起頭，就見到顧琅予正蹲下身摟住她。

「她如今要你，不要我了。」鼻子一酸，寧禾看著面前這個男人，心中醋意翻湧，又是責怪、又是委屈。

顧琅予嘆道：「她不是不要妳，其實她日日都念叨著娘親，她只是希望妳能跟我在一起。」

寧禾望著顧琅予的雙眸，只見濃烈的思念與情慾在他眼中翻湧，良久之後，她掙脫他的懷抱，站起身說道：「我還是得回盉州去，很多事情只做了一半，不能半途而廢。」

或許處理政務只是一個藉口吧！她雖然心疼女兒，卻始終不願就這樣重新回到他身邊，就算是誤會，那些事情也真的發生過，還在她心上留下了傷痕。

在初玉的哭聲中，寧禾離開皇宮，回去盉州。她這一走，似乎真的傷了初玉的心。

玥陽宮內，顧琅予正在陪初玉用午膳，他極有耐心地拿起勺子盛了口肉粥餵她。「不燙了，張嘴。」

初玉卻偏不張嘴，她將臉埋在桌上，低聲嘟囔。「我要娘親餵。」

「娘親回盉州了。」

「我就要娘親。」

「妳再不吃，父皇就生氣了。」

「父皇別生氣，我只是想娘親……」

聽著女兒漸漸哽咽起來的聲音，顧琅予的心又軟了，他放下手中的勺子，嘆道：「那父皇將妳送回盉州？」

聞言，初玉立刻抬起頭來，澄澈的一雙大眼掉下淚來，委屈道：「娘親不要我，父皇也不要我了嗎……」

「父皇沒有不要妳。」

可惜顧琅予這句安慰一點用都沒有，初玉還是哭得很傷心，他便加了一句。「娘親也沒有不要妳。」

「就是不要我了，不然她怎麼會回去？」

不管顧琅予怎麼解釋，初玉仍是抽泣道：「父皇要是沒騙我，就找娘親回來，我要娘親……」

顧琅予無奈地說：「娘親會回來的。」

「父皇騙人。」初玉邊掉眼淚邊說：「父皇不去找她，娘親怎麼會回來？」

這一瞬間，顧琅予整個人愣住了，他想起寧禾的冷言冷語，腦子裡的迷霧瞬間被吹散。他不去找她，她為什麼要回來？等她忙完事情，還是等她回心轉意？處理政務本來就是一個藉口，她願意將女兒留在皇宮，就是認同他這個做父親的啊！

顧琅予猛然起身道：「是，我不去找她，她怎麼會回來？」

他摸了摸初玉的頭髮，對她說道：「父皇去盃州將娘親追回來，玉兒要乖乖等我們。」

初玉雙眸一亮，破涕為笑，歡喜地點頭。

顧琅予思索了一下之後說：「玉兒，父皇不在的這些時日，妳去舅舅府上住可好？」

「舅舅？」初玉疑惑道：「玉兒沒見過舅舅，他會不會凶凶？」

顧琅予抱起女兒命人安排馬車出宮，他對初玉笑著說道：「舅舅不會對玉兒凶，妳是朕的公主，他不敢。」

他頓了一下，似乎覺得這樣教導女兒不對，連忙補充道：「舅舅是娘親的哥哥，他也會很疼愛玉兒。」

初玉似懂非懂，然而當寧一將她抱入懷中朗聲大笑時，她才明白原來舅舅也是會疼她的人。

小孩子心性單純，誰對她好，她便喜歡誰。初玉乖乖地待在寧一的膝蓋上，催促起顧琅予。

「父皇怎麼還不走？我要早點見到娘親。」

顧琅予無奈地搖了搖頭，命素香與韶華好生照顧初玉，便走出了院子。

寧一送他出去時，不放心地勸道：「陛下雖然已安排好了國事，但是我那個妹妹脾氣倔強，她若不接受……陛下還是早些回來吧！」

顧琅予心中已有主意，他離開寧一的府邸，坐上了去盉州的馬車。

他雖然不懂如何談情談愛，但是他卻明白男女之間發展出感情的方法無非是以下幾種：青梅竹馬、一見鍾情、日久生情、死纏爛打，現在他要用的，就是後面兩種。

馬車內，顧琅予抿起唇微笑，眸中流露出志在必得的氣勢。

沒奈何天公不作美，顧琅予啟程後大雨連續下了三日，原本只要三日就能抵達的路程，硬是多耗了兩日。

到達盉州時，顧琅予低調地進入安榮府，只道是微服私訪。此時寧禾已去了郡守府，顧琅予便仔細囑咐阿喜配合他的行動，好贏回寧禾的芳心。

晚霞落，暮色臨。

當寧禾忙完政務回到春字苑時，阿喜上前說道：「小姐，熱水已經備好了，您換下官服去沐浴吧！」

寧禾沐浴完畢後，發現阿喜擱在案頭的衣物，竟是一襲縷金百蝶穿花雲緞裙，上頭的花紋精緻，刺繡上乘，緋色與青碧色交映，給人嫵媚中帶著雍華的感覺。

她微微蹙了蹙眉，心想阿喜恐怕是拿錯了衣裳，然而她喚了幾聲都沒人過來，便決定先穿上這套衣服，再出去換寢衣。

雲鄴名媛貴女皆喜長裙曳地，寧禾卻喜愛及踝的款式，如今隔了許久再度穿上曳地長裙，她原本有點不習慣，可當她不經意瞥見鏡中的自己時，竟微微有些心動。

寧禾穿了兩年多的官服，早已習慣高束一頭黑髮，眼下她才察覺她不知何時忘了自己也是個尋常女子。

望著鏡中那有著雪肌花容的人，寧禾從妝檯妝奩中拿出那支靜置已久的碧玉釵，將它送入髮髻之後，她微微失神。往事如潮水般湧入腦中，儘管過了這麼久，她卻不曾忘懷。

門外傳來阿喜的腳步聲，她看到寧禾的打扮，抿起唇淺笑道：「小姐，外面有煙花，不如我們去看看？」

「為了去看煙花，妳才為我找這一身衣裙？」

阿喜笑了起來，說道：「小姐整日忙碌，回府以後公主殿下卻不在身邊相陪，奴婢總得想些法子讓您開心。」

寧禾搖了搖頭說：「不去了，天色已晚。」

「正是夜間，煙花才好看呢！」

寧禾仍不願出門，阿喜卻拉著寧禾坐下，好為她描妝。寧禾無奈地瞧著阿喜興奮的神情，心想這兩年多來阿喜對初玉總是盡心照顧，自己也是苦了這個姑娘。

心念一轉，寧禾索性應下。「我出去就是了，但是別描太濃的妝，我早已為人母，這不適合我。」

「這妝不濃，很好看，況且小姐如今還年輕著呢！」

寧禾看著自己因為阿喜精心描繪的妝容顯得更加嬌美，心情不禁飛揚起來。

阿喜準備好馬車，途中卻賣起了關子，當馬車顛簸地走了兩刻鐘之後，寧禾漸漸察覺出不對勁。

「城內有這麼安靜嗎？」寧禾正要掀開簾子，卻被阿喜按住了手。

阿喜說道：「小姐，其實煙花不是城中百姓放的，而是奴婢想讓小姐放鬆一下，特地命人安排的。」

寧禾驚訝地看了阿喜一眼，當下了馬車時，才知道她們已來到水岸旁。曲水河將盃州一分為二，河岸兩邊的閣樓高掛著燈籠，倒映在粼粼波光上，讓河面顯得璀璨絢爛。

第五十三章　重獲芳心

舉頭眺望，正值月上柳梢，如此良辰美景，出來散散步也是件愜意的事。

走到拱橋上，寧禾淡淡笑著問道：「煙花呢？」

阿喜回道：「請小姐閉上眼睛，待會兒奴婢出聲時，小姐再睜開眼吧！」

寧禾有些無奈，卻還是照阿喜說的話做了。她閉上眼後，聽見耳側傳來爆破聲響，接著阿喜就叫她睜開眼。

緩緩睜開雙眼，抬頭仰望，只見煙花一道道施放，照亮了如玉帶蜿蜒的曲水河，寧禾的唇角不禁揚起了笑。朵朵煙花盡情綻放又落下，沒多久，夜空便恢復一片寧靜。

寧禾以為煙花已經結束，此時爆破聲卻又響起，漆黑的夜空中，一個「禾」字竟忽然閃現。

煙花燦爛，轉眼消失，這短暫的瞬間，讓寧禾失了神，當四周再度恢復寂靜，寧禾回身對阿喜道：「為什麼會有……」

這一刻，寧禾想問的話生生止住，站在她面前的人不是阿喜，而是顧琅予。她眼神迷離地看著他，喃喃道：「你怎麼會在這裡？」

顧琅予凝望著他極為思念的容顏，低聲道：「我性子冷，不喜歡向人低頭，而妳也一身傲骨，不願屈服。」

他淡淡一笑，用充滿磁性的聲音繼續說道：「我想過，性格如此相似的人不太適合在一起，除非有一個人學會先在另一個人面前低頭。」

寧禾整個人呆立著，默默聽他說話。

「誰讓我拿妳沒轍呢，就讓我做那個先低頭的人吧！」

寧禾深深吸了口氣，望著顧琅予認真專注的神情，她的心如曲水河面漾起的漣漪，微微顫動。

「雲鄴的煙花並不能顯出字來，你是怎麼辦到的？」寧禾已猜到今日阿喜的所作所為，都是顧琅予的安排。

「我命八十個人將煙花挨個兒排成『禾』這個字。」

想像顧琅予要一群人做這件事的畫面，寧禾不由得失笑。

「我們四處走走？」顧琅予問道。

見寧禾一語不發，顧琅予再次開口。「盉州在妳的治理下，街道繁華、百姓安居樂業，妳不想帶我逛一逛？」

寧禾輕輕點了點頭，轉身邁開步子，卻不小心踩到了裙襬，身體一晃。

一隻強而有力的手臂穿過她的腰際緊緊摟住她，寧禾怔怔地看向顧琅予帶著笑的臉，雙頰沒來由地一燙。

她站穩之後，才提著裙襬道：「穿慣了官服，這身衣裳還真不適合我了。」

顧琅予卻只是笑著說：「妳帶路吧！」

他們走下拱橋，沿著河岸緩步而行，顧琅予未再像從前那般逼迫寧禾，只問寧禾治郡以來的事情，沒提及男女情愛。

寧禾在心情放鬆的狀況下侃侃而談，最後聊到盉州的水路運輸，她眼中飽含期待。

「等水路工程告一段落，我就能將盉州的木材與綾羅綢緞運到祁水去賣了！」

見到她眼裡滿是光彩，顧琅予不禁笑道：「提及錢財，妳便雙眼發亮。」

寧禾瞋視他一眼，說道：「寧莊上一年收入不菲，可比得上整個盉州……」她猛然止住話語，生怕身旁的人會再加重她的稅賦。

顧琅予輕聲道：「我真覺妳不似尋常女子，她們只喜紅妝，不會這般打拚。」

「誰說我不喜紅妝？」寧禾忽然斂起了笑，盯著顧琅予說：「我無人疼愛，自當打拚一番，只有權與財可稍慰我心。」

「誰說妳無人疼愛？做我的皇后，妳要什麼，我都為妳尋來。」

寧禾微怔，繼而輕笑道：「是嗎，那我要天上的月亮與蛟龍，你也能尋來？」

顧琅予眼珠一轉，說道：「天上的月亮就是我們的女兒初玉，蛟龍不正是在妳眼前的我嗎？」

「你……」寧禾又羞又怒道：「陛下奔波來此，就是為了捉弄臣？」

「我是微服出巡，這裡沒有君與臣。」顧琅予凝望寧禾，微微一嘆，說道：「妳知道我為何來此。」

寧禾提著曳地長裙大步往前，頭也不回地說：「我不知道。」

「要怎麼做，妳才肯回我身邊？」

寧禾停下腳步，顧琅予則朝她走近，握住她的雙肩，逼她與他對視。四目相對下，他無奈道：「只要妳說，我自會做到。」

可寧禾只是轉過頭，一句話也不說，顧琅予拿她沒辦法，只得緊緊擁住她。

寧禾這次完全沒有掙扎，過了許久之後她才道：「你又沒有受過那些罪。」

「那要怎麼樣妳才肯原諒我？」

「你是堂堂的陛下，我可不敢對你不敬。」

顧琅予啞然失笑。還說不敢？她跟女兒都快騎到他頭上了吧！他戲謔道：「既然不敢對我不敬，那今夜妳伺候我。」後面那句話充滿了暗示。

寧禾惱怒地瞪了顧琅予一眼，掙脫了他的懷抱，自顧自地往馬車的方向走了過去。

豈知身後傳來他的聲音。「不然我伺候妳？」

寧禾心頭憋了團怒火，她大步踏上馬車，完全不理會他的調侃。

顧琅予趕忙追了上去，他知道自己說錯了話，可今日見到她，他就想這麼說，實在憋不住啊……

回到安榮府，顧琅予緊跟著寧禾，想踏入她的寢間，寧禾轉身將房門閉上，微惱道：「你是一國之君，能不能不要做這些登徒子會做的事？」

「登徒子？」隔著房門，顧琅予笑著說：「若妳覺得我像登徒子，那我就做給妳看。」

寧禾氣急。這是死皮賴臉嗎？他怎麼學到這種招數的！她正面對著房門站立，結果身後的窗戶忽然響起吱呀聲，寧禾暴跳如雷，回身大吼。「你出去！」

顧琅予已從窗外一躍而入，穩穩地站在寧禾面前，笑得曖昧。「說好了今夜我伺候妳的。」

「堂堂帝王，威嚴盡失，往日我怎麼沒發現你竟是這樣的人？」寧禾為之氣結。

「熄燈上床，我會讓妳多認識我一些。」顧琅予逼近寧禾，一把將她摟入懷中，往床榻走去。

知道自己掙脫不了，寧禾索性用言語激他。「你就只會這招？」

「我學了別的招式，只等妳陪我嘗試。」他熾熱的氣息噴入寧禾耳內。

寧禾再也忍不住，她用力捶打顧琅予的手臂，他卻絲毫不動搖。

表面上顧琅予在向寧禾道歉，願意當那個先低頭的人，可他生在帝王家，骨子裡仍是唯我獨尊，總覺得該低頭的人是她。

耳邊掠過火熱急促的吻，接著那吻移到寧禾唇畔，堵住她的拒絕，待她呼吸急促紊亂時，他終於放她一馬，凝眸朝她輕輕一笑。

寧禾惱怒不已，卻服軟道：「不如你先去洗個澡？」

顧琅予先是一怔，再來便用充滿慾望的雙眸深深看著寧禾，點頭道：「等我。」

寧禾含羞帶怯，朝顧琅予送去秋波，柔柔地應了一聲。顧琅予不捨地看了寧禾一眼，快步走出房門。

待顧琅予出去之後，寧禾連忙翻找起鑰匙，等她確定聽到水聲之後，立刻從外面鎖上浴間的門，再回到寢間內將房門與窗戶關好。

沐浴完畢的顧琅予只披了件裡衣，當他打算出去時，門卻打不開了。

先去洗個澡是嗎？他今晚能做的，也就是洗個澡而已了……

寧禾第二日一起床，就聽到院外傳來凌空劃劍的聲音，她倚窗而望，只見顧琅予正執劍起舞。

顧琅予起得很早，就像從前在常熙宮中那般晨起練劍。寧禾深知昨夜那道門關不住他，但昨夜彼此卻相安無事，這表示他知道她不情願，沒強迫她。

換上官服，寧禾踏出房門，準備去郡守府。

她目不斜視地與顧琅予擦肩而過，卻被他叫住。「郡守府內的事我已派周修莒與汪荃暫時接管，妳不必去了。」

「你……你怎麼能自作主張！」寧禾怒道。

顧琅予停下手中的劍，說道：「沒辦法，妳若要為臣，便得接受我的命令。」

寧禾氣呼呼地回到房間，命阿喜傳膳，用過膳後她便要出門去寧莊。

顧琅予自然是跟在她身後，寧禾放任他與自己一同搭馬車，但一路上卻未跟他說一句話。進入寧莊後，她開始巡查各個單位，顧琅予是第一次來到這裡，隨她一番巡視之後，頗為吃驚。

他看著寧禾的目光既欣賞又歡喜，滿意道：「吾妻如此能幹，我心甚喜。」

「誰是你的妻？」寧禾回過身要瞪他，正巧看見程娘牽著孩子走來。

程娘連忙朝寧禾行禮，笑道：「大人您瞧，幸兒的身體好多了！」

寧禾微微一笑，問道：「妳為他取名叫幸兒？」

「他是個命苦的孩子，我便為他取名幸兒，希望他將來過得幸福。」程娘彎身將幸兒抱入懷中，幸兒怯怯地趴在她胸膛，喊著「娘親」。

「他願意叫妳娘親？」寧禾有些訝異。這孩子畢竟在靳虞身邊長到快兩歲，而且據說相當怕生，現在他肯認程娘為母親，想來她花了很多心血。

程娘含笑點頭。「我每日都要他喊我，如今他已經習慣了。」

寧禾欣慰一笑，鼓勵了程娘幾句後，便與顧琅予走出寧莊。

顧琅予有些遲疑地問道：「他是顧離？」他並未正眼瞧過顧離幾次，所以不敢肯定。

見寧禾點了點頭，顧琅予停下腳步，有些沮喪地說：「既然妳都能對旁人大發善心，為何就不能對我心慈一回？」

寧禾先是一愣，忽然笑道：「我該如何對你心慈？」

「放下過去，好好與我過今後的日子。」

「如何放下？」

顧琅予頓時失語，他沈吟許久之後道：「妳說如何便是如何。」

寧禾斂起笑道：「說得這般輕巧，那我也傷你一回，讓你嚐嚐這滋味？」

顧琅予一張臉頓時青紅交加，片刻之後，他沈下臉色道：「我撇下國事來此，沒多少時日可以陪妳鬧下去。」

寧禾冷臉相對道：「我沒有要留你，想走隨你。」說著她轉身上了馬車，前往郡守府。

接下來，她故意在郡守府內待到亥時，甚至打算待個一整夜，然而剛到子時，衙署的大門就被顧琅予撞開。此時周修莒與汪荃仍在衙署內，他們瞧見顧琅予進來，連忙跪地行禮。

顧琅予直接走入議政廳，沈聲道：「朕明日便擬旨撤妳郡守之職。」

寧禾挑眉道：「玉璽在宮裡，口頭上說說可不算。」

顧琅予無奈道：「跟朕回府。」

「我明日還要察看水路工程的進展，今夜不回府了。」

「那朕在這兒陪妳。」

顧琅予當真留了下來，陪寧禾坐到深夜。後半夜，她伏在案頭上漸漸入睡，顧琅予便起身將她抱入內室用來休憩的矮榻上。

當寧禾再次睜眼時，只覺得渾身熱呼呼的，這才知是顧琅予擁著她。

看到他正盯著自己瞧，寧禾率先移開了視線，坐起身道：「我先去忙水路的事了。」

顧琅予沈聲道：「妳還未用早膳。」

「不想吃。」

「想吃蔬果還是淡粥？」

寧禾隨口道：「倒是想吃城西的石磨豆花。」

她這麼說無非是為了搪塞顧琅予，哪知他卻應下。「行，我買好便為妳送去。」

聽到這個認真的回答，寧禾有些恍神地走出府門，去了曲水河。

可容納近五百人乘坐、搭載近百鈞重量的大船已經建好，前些日子也在水上試行了一段路程。

寧禾問孟舟行。「都準備好了？我們登船吧！」

誰知道她才剛上船，白青便匆匆走來叫住她。「大人——」

寧禾駐足回眸道：「何事匆忙？」

白青急道：「大人快去榆林的木倉看看，前幾日的大雨，讓幾棵紅杉木都裂開了。」

寧禾臉色一變，連忙跟著白青去榆林，她皺著眉道：「這些紅杉木是為了下一艘船準備的木材，怎麼會這樣？」

有工匠對寧禾稟道：「這批木頭是今年新伐的，之前遇過水，昨日一經烈日曝曬便裂了縫，不可再用了。」

「檢查一下其他木材是否也有這種情況？」寧禾吩咐道。

白青命人一一查探後，忽然驚呼出聲。「不好！」

寧禾順著他的目光望去，只見曾用來興建那艘新船的一批上好黑木也裂了縫，她霎時沈下眸光道：「船開了沒有？命人召回，不要出船。」

說完，她匆匆坐上馬車趕去曲水河。

新建好的大船在幾日前剛剛下過水，如果這批黑木裂了縫，那艘船經過昨日的曝曬，勢必會出現這種狀況。

當馬車趕到曲水河時，岸邊早已沒了那艘船的蹤影，白青正要上前問人，汪荃就從碼頭跑來，喊道：「船沈了……大人，船沈了！」

聞言，寧禾愣住了，汪荃三步併作兩步走到她面前，顫聲道：「船沈了……」

寧禾將心底的驚慌化成訓責，怒道：「我不是沒命人開船嗎?!」

「卑職以為大人已經在船上了，不知道您去了木倉，所以……」

「派衙役去救人！」寧禾深深吸了一口氣道：「有多少人在上頭？」

此時汪荃雙唇發白，老淚縱橫，撲通跪在寧禾身前道：「陛下在船上……」

寧禾頓時覺得天旋地轉，眼前一片漆黑，她暈眩踉蹌，被身旁的白青一把扶住，她脫口喊道：「陛下為何會在船上？」

「陛下問大人在何處，卑職便回答大人在船上……」

一股寒意從腳底竄到背脊，寧禾大叫。「去救陛下……所有人開船去救陛下！」

寧禾知道顧琅予為什麼在船上，只因為她說想吃豆花，他便去買來給她，可是她並不想吃，那不過是想捉弄他……

曲水河雖然被稱為河，卻是一條跨過盉州、青郡、百治與祁水的大江。寧禾失神地走到岸邊看向廣闊的河面，上頭出現了幾艘船隻，卻不見他的身影。

所有衙役都被派上船到河上搜尋顧琅予，耳側傳來各種嘈雜聲，寧禾卻什麼都聽不見，只能無力地蹲坐在地上。浪潮拍來，浸濕她的衣襬，淚水如洶湧的潮水，一波波溢出眼眶。

「我沒有想吃城西的豆花，那是騙你的。

「我不是真的想難為你，也不是真心冷對你，我……我只是太在乎，拉不下臉，才一直這般冷冰冰的……」

寧禾覺得全身發寒，她顫抖著擁住雙臂低聲道：「你回來吧，我不跟你吵、不跟你鬧，我會乖乖跟你回皇宮，只要你回來……」

無人回應她，連風聲都是清寂孤冷。

淚珠不停掉落，寧禾無助哽咽道：「你到底回不回來？又要丟下我與初玉嗎？你丟下我與女兒兩年多了，還想再拋下我們嗎……」

「阿禾？」

熟悉的嗓音在耳際響起，寧禾全身一顫，猛然回眸，只見那挺拔的身影好端端地站在她身後。

寧禾微微一愣，接下來便起身撲進顧琅予懷中。她宛若與丈夫置氣的嬌妻，狠狠用拳頭捶打他的胸膛道：「我以為你不會回來了……」

顧琅予緊緊擁住寧禾道：「妳以為我掉到水裡了？」他失笑道：「我剛上船，就聽人說妳去了榆林的木倉，便提著豆花去尋妳。」

他看著因為寧禾碰撞而潑了一地的豆花，無奈道：「都灑了。」

「那是騙你的，我並不想吃什麼豆花。」寧禾將頭埋在他胸口悶聲道。

「不管妳是騙我，還是說真話，只要是妳說的，我都相信。」顧琅予垂首在寧禾耳側寵溺地低語。「妳想要的，我都給妳。」

第五十四章 大婚封后

當盉州百姓得知寧禾不再擔任郡守時，紛紛表達不捨，但是得知寧禾被封為皇后，都真心替她歡喜。從一開始對這個失貞女子的不信任，到如今的尊敬，這些都是寧禾付出努力換來的。

封后聖旨再下，這次顧琅予等不及了，他將封后大典定在六月初，也就是兩個月後。大典要準備的東西非常繁瑣，如果不是礙於種種禮節，顧琅予早就讓寧禾入宮了。

重歸舊好的第二日，寧禾便將顧琅予趕回京城。他待了太多天，她不想讓他耽誤國事。臨走之前，顧琅予戀戀不捨地說：「我無法親自到盉州接妳，不過我會派十八支隊伍迎妳入宮。」

寧禾板起臉說道：「你我之間就只差一個封后大典？」

「還差什麼？」顧琅予不解地問道。

「過去我們大婚時，可一點都不像尋常夫妻。」

顧琅予恍然大悟，抿起唇笑道：「好，那我補妳一個婚禮。」

寧禾故意刁難他說：「你準備給我多少聘禮？」

顧琅予正色道：「用這江山當聘禮，妳覺得是否可行？」

寧禾聞言一怔，接著用力瞪了顧琅予一眼，未再提及這個話題，目送他啟程回京。

顧琅予回宮隔日，便親自去寧一的府邸接初玉。寧一對顧琅予行禮時，眼眶下泛著一片青色，畢竟他不僅得陪伴初玉，還要照顧李茱兒。

顧琅予關心地問道：「李小姐的身體可有起色？」

寧一淡淡浮起一笑，欣慰道：「阿禾替茱兒尋來的墨醫仙已經清除茱兒腦內的瘀血，我相信她定會醒來。」

「初玉呢？」

「她在寢間裡面陪她舅母說話。」

「說話？」顧琅予詫異道。

「墨醫仙說，我們應該多對茱兒說說話，好刺激她腦袋的經絡。玉兒雖然頑皮了些，卻很懂事，每日都會對她舅母說話。」寧一繼續道：「陛下稍坐片刻，我去帶玉兒來。」

寧一走進寢間，床榻處，紗帳隱隱約約透出那個靜靜躺著的身影，看著初玉認真地對她說話，他不禁失神站在原地，一股心痛猝不及防地襲來。

初玉趴在床榻上，對著李茱兒說：「漂亮舅母，這個故事好不好聽？」

見李茱兒沒有回應，初玉滴溜溜地轉著眼珠想了一下才道：「那玉兒陪舅母出去曬曬太陽吧！」

初玉一骨碌地爬下床，沒奈何她的腿短，扶著床沿的手一鬆，整個人便滾到了地上。這個房間的地上並未鋪地毯，所以她摔得有些疼。

不過初玉卻沒哭，她揉了揉摔疼的小手，爬起身時望見佇立在門口的寧一，便滿臉歡喜地撲上去說：「舅舅，帶舅母去院子裡曬太陽。」

寧一微微一笑道：「舅母不曬太陽。」

「為什麼不曬？」初玉一臉好奇。

「舅母需要靜養。」

初玉不依，拉著寧一的手直晃，問道：「太陽這麼暖，為什麼不讓舅母曬太陽？」

寧一柔聲安撫初玉，笑著婉拒她的好意。

初玉急了，硬起脾氣說：「不行，我就要陪舅母曬太陽。」

寧一拗不過她，只得勉強答應。「那好，玉兒陪舅母曬過太陽以後，就要跟妳父皇回宮了，知道嗎？」

「好，舅舅快帶舅母去院子裡。」

寧一將李茱兒抱到輪椅上，雖然他早早就命工匠做了輪椅，卻從未讓李茱兒坐過。由於輪子稍滑，需要謹慎一些，他便小心推著李茱兒出門，初玉在一旁歡喜非常，搶著要推。

「玉兒，妳推不動的。」

「我要推、我要推。」這是初玉第一次見到會跑的椅子，興奮極了。

寧一佯怒道：「玉兒推不動這椅子，聽話，快去妳父皇那裡。」

顧琅予正走到院子裡，他看見許久不見的女兒，臉上露出了笑容。

初玉完全沒聽進寧一的話，她好奇地推了推輪椅，那椅子便稍稍往前滑，驚喜之下，初玉伸出一雙小手推了過去，那輪椅竟然猛地朝外飛馳。

寧一沒料到小小的孩子會有這麼大的力氣，那輪子轉速極快，他才剛伸出手，輪椅便衝下了石階，沈睡中的李茱兒隨之滾落，身子跌落地面。

「茱兒——」寧一大吼，奔到李茱兒身邊，緊緊將她擁入懷中。

顧琅予未來得及制止，他沈聲斥責女兒道：「舅母尚在病中，怎容妳這般胡鬧！」

初玉被眼前這一幕嚇到，愣了一會兒之後，她跑去李茱兒身旁，蹲下身抽泣道：「我不是故意的，舅母疼不疼……」

她拉住李茱兒的手，放到嘴邊輕吹，喃喃道：「玉兒幫舅母呼呼，舅母不疼……」

寧一眸中盡是痛惜，可他無法責備一個孩子，只道：「放開手吧，舅舅抱她回屋。」

「不放……」

「聽話，放手。」

「不放。」初玉噙著眼淚說：「是舅母不放開我。」

聽到初玉說的話，寧一整個人僵住，垂眸望去，只見李茱兒纖細的手正攥著初玉的小手，指節輕輕顫動。她那密如小扇的睫毛輕顫，驀然之間，澄明黑亮的鳳目睜開，望向了他。

當李茱兒清醒這個消息傳回盉州時，寧禾喜極而泣，她歡喜有情人終成眷屬，也總算能放下心頭的重擔。隨後，李茱兒吐露琴姑遇害與自己受傷的原因，解開眾人心中的疑惑。

舊人逝去，前塵往事已過去，如今的他們，終於能各自擁有幸福。

寧禾趁著還在任的時候完成了水路建設，新造的船試水後再無風險，在青郡、百治設下的停靠點，也正在施工中。

當帝后大婚與封后大典諸事一一籌備之際，京城中卻傳出流言蜚語。

乾承殿內，何文一一稟報宮外的傳聞。「這是從京城一個穩婆那邊傳出來的，她直道皇后娘娘所出的帝安公主並非陛下的血脈，而後城內一家醫館，也有些風言風語。」

說完，何文請示道：「陛下，那些百姓膽敢如此侮辱皇后娘娘的名聲，是否該下旨捉拿他們？」

端坐在椅子上的顧琅予沈下了臉，未如何文料想般大怒，靜默了許久之後，顧琅予低沈的聲音響起。「不用去捉拿他們。」

「陛下？」何文相當詫異，十分不解顧琅予何出此言。

「朕下一道罪己詔就好了。」顧琅予輕輕一笑。

這個笑容溫柔中帶著男人的擔當，也有何文看不懂的意味深長，他問道：「陛下為何要下罪己詔？這可是大事，陛下何罪之有！」

「朕為皇子時，愛慕六皇子未婚妻寧氏，於酒後失控將其劫持凌辱。朕雖於事後明媒正娶寧氏，卻終害其揹負罵名，受盡辛苦——這是朕的罪己詔。」

聽到這些話，何文震驚得失去了言語。陛下明明能直接說是遭顧姮與顧末設計，才在酒後鑄下大錯的，可是他卻選擇將一切往自己的肩膀上扛……

顧琅予在御案上擬下這道罪己詔之後吩咐道：「速速舉國公示，朕不能委屈了皇后與公主。」他丟下筆，話語中飽含柔情。

其實他大可將那些傳出流言的人冠上罪名解決掉，可是他卻決定掩蓋部分真相昭告天下，這麼做是為了不再讓顧末受罪，也是要讓寧禾知道他有多愛她。因為愛，今後的任何風雨，他都願為她與女兒扛下。

這一天，顧琅予派來迎親的隊伍，從安榮府排到了城門五十里外，寧禾重新嫁給他，卻比第一次大婚還要隆重。

讓寧禾驚喜的是，顧琅予竟派舅父紀修盛護送她入京，這是他對寧禾母系一門的恩賜，也是用實際行動證明娶她的誠意。

浩浩蕩蕩的隊伍進入京城，踏入皇宮，礙於禮節，寧禾與顧琅予沒有相見，初玉則在素香的帶領下，撲入寧禾的懷中。

一陣子未見，寧禾捏了捏女兒肉肉的臉頰，笑著說：「甜心長胖了。」

「娘親好漂亮！」初玉摸著寧禾髮髻上的步搖，說道：「我也要戴。」

今天寧禾身穿雲霏妝花緞織彩宮妝裙，頭上、身上配戴華貴首飾，雖然還未行封后大典，但她全身上下都是按照皇后的標準配備打點。封后大典過後，寧禾就要與顧琅予大婚。

「妳還小，不能戴這些。」

初玉好奇地問道：「那我什麼時候可以戴？」

「等妳及笄時才能戴。」

初玉不懂「及笄」的意思，但是她有別的事情想問：「大家都說娘親與父皇要大婚，什麼是大婚？」

寧禾柔柔一笑，回道：「大婚之後，娘親與父皇便能永遠陪著甜心了。」

初玉開心地點點頭，她黏著寧禾，在宮殿裡一覺睡到天明。

第二日，皇宮鼓樂喧闐，處處洋溢著熱鬧的氣氛。

初玉被阿喜牽走，卻吵著要寧禾抱，阿喜好聲好氣地哄道：「公主殿下要聽話，今日是皇后娘娘與陛下大婚，晚上還要洞房，所以公主殿下得乖乖的，讓奴婢帶您去吃點心吧！」

初玉不明白什麼是「洞房」，她一路上都垂著腦袋思考，接著抬起頭問阿喜。「娘親與父皇為什麼要洞房？」

阿喜嘴角抿起笑，說道：「這樣皇后娘娘才能給公主殿下添個弟弟啊！」

初玉眼睛一亮，問道：「弟弟？我的弟弟嗎？」

見到阿喜點了點頭，初玉聽話地任由阿喜牽著，回到自己的玥陽宮。雖然初玉現在看起來很乖巧，不過她卻打定主意，晚上一定要瞅瞅娘親與父皇是怎麼幫她添弟弟的！

廣袤宮壇上站滿文武百官，這是新帝即位兩年多後舉行的封后大典，在悠揚的樂聲中，眾司各就各位，在一旁等候。

寧禾身著鳳冠霞帔，在宮女攙扶下走到丹陛，拾階而上，顧琅予神情嚴肅卻微微勾起唇角，朝寧禾微笑。

聽著封使與司儀宣讀封冊與聖旨，禮畢之後，寧禾必須朝臺階最上方的顧琅予行跪禮受封，她正要下跪，卻聽見顧琅予低沈的聲音響起——

他說：「皇后與帝位齊平，朕受何禮，皇后受何禮。」

他又說：「百官見皇后如見朕，除呼『萬歲』不同，其餘禮節遵循帝制，准許皇后參與國事。」

他還說：「朕曾愧對皇后，後宮不納妃嬪，只尊皇后一人。」

最後，他笑著說：「皇后於朕身前，不必行跪禮。」

寧禾對這些話感動不已，一顆心怦怦直跳。

說完，顧琅予步下臺階，親自牽著寧禾的手接受百官朝拜。

在齊齊山呼的「千歲」聲裡，寧禾終於感受到，她身旁的男人是個言而有信的大丈夫，他真的如他承諾的，用江山做聘禮。

封后大典結束後，立刻舉行大婚儀式。這次婚禮比顧琅予身為皇子時舉辦的要繁瑣得多，拜過天地後須祭告宗廟，接著顧琅予還要去受百官朝賀。

若寧禾能事先知道這兩件事情在同一天進行會這麼疲憊，她就放棄再辦一次婚禮了！

寧禾被簇擁著送入鳳闕宮時，顧琅予寬厚的大掌一直緊緊握住她的手，有他細心呵護，她的緊張頓時減輕許多。

離去之前，顧琅予俯身在寧禾耳側熾熱輕語。「等我。」

這句話背後的涵義再明顯不過，寧禾聽了，不禁羞紅了臉頰。

從宴會上抽身後，顧琅予大步進入鳳闕宮。夜明珠將房內照得亮如白晝，顧琅予揮手屏退宮女，四周頓時安靜下來，只剩下大紅喜燭燃燒時的噼啪輕響。

寢房內，寧禾並未端莊地靜坐在床榻上等顧琅予，反而是取下鳳冠，用一個舒服的姿勢斜靠在床榻上，悠閒地望著走進房裡的他。

這番場景在顧琅予的意料之中，他淡笑道：「累了？」

寧禾直直盯著顧琅予，嘖嘖道：「還捨不得脫下大紅袍？」

「我是捨不得。」顧琅予輕笑著走上前，卻有些愧疚地說：「常熙宮中那次大婚，我甚至忘記當時的妳穿上嫁衣是什麼樣子。」

寧禾挑起眉淡淡一笑道：「那我就蓋上紅蓋頭等你來揭，過過儀式？」

「好。」他笑了。

寧禾無奈地說道：「別鬧了。」

豈知顧琅予不依，他拿起蓋頭遞到她面前說：「讓我做一回新郎吧！」

寧禾噗哧一笑，順著顧琅予的意思坐直了身子蒙上紅蓋頭，等著他揭開。他拿起玉如意挑起紅蓋頭，只見她的雪肌花容如一朵嬌豔牡丹，在他眼前綻放。

寧禾說道：「要喝酒嗎？」

顧琅予點了點頭，端來案頭的合巹酒，說道：「合巹而酳，喜成連理。夫妻恩愛，好合百年。」

寧禾忍不住笑出聲來。他們兩個雙臂交纏，在彼此的注視中，飲下手中的酒。

美酒入腹，顧琅予卻未退開，寧禾輕笑道：「是不是還要我伺候夫君？」

「妳要如何伺候我？」他將她手上的酒盞丟至案頭，眸光似火。

寧禾一顆心狂跳不止。面對顧琅予毫不掩飾的火熱目光，她只想逃。顧琅予伸手緩緩撫上寧禾的面頰，接著低頭吻住她，俯身將她壓在身下。

這一吻逐漸加深，旁邊卻忽然響起一道稚嫩的聲音。「不要欺負娘親！」

此時原本緊緊交纏的兩人立刻彈開，顧琅予一臉尷尬，寧禾則慌忙退到一旁正襟危坐。

初玉小小的身影飛快從椅子後面蹦了出來，她小跑到床邊，質問她那有些不自在的父親。「父皇為什麼欺負娘親，玉兒不許！」

「父皇沒有欺負娘親。」顧琅予輕咳一聲，覺得自己的臉像是火在燒。

「我都看見了，父皇還說沒有欺負娘親？」初玉伸出小短腿想往床榻上爬，好保護她的娘親。

顧琅予沈下臉色道：「玉兒別胡鬧，讓宮女抱妳回玥陽宮睡覺。」

「不要，我要跟娘親睡。」她一邊說一邊爬。

寧禾連忙抱起初玉放到膝蓋上，她的面頰上紅雲未散，不知道如何與女兒搭話？

顧琅予低聲訓責道：「今日玉兒不能胡鬧，乖乖回宮睡覺去。」

「我要跟娘親睡。」初玉鑽進寧禾懷中，對著顧琅予嘟囔。「喜姨還說娘親要為我添弟弟，原來都是騙人的。」

寧禾雙頰滾燙，顧琅予則極力維持自己的威嚴，沈喝宮女來抱走初玉。

初玉不依，哭鬧著抱緊了寧禾，寧禾惱怒地瞪了顧琅予一眼道：「你怎麼凶她！」

顧琅予無奈地望著寧禾，體內那團烈火被強壓著，渾身上下都不舒服，他身為堂堂帝王，卻敗給了這母女倆。

寧禾柔聲哄著女兒，可初玉卻足足哭了半刻鐘，邊哭邊抱怨。「父皇不喜歡玉兒了。」

顧琅予嘆了口氣道：「父皇沒有不喜歡妳。」

「可是父皇要趕我走……」

面對女兒梨花帶雨、哭得委屈的小臉蛋，顧琅予幾近崩潰，無言以對。

「乖，甜心別哭了。」寧禾輕輕擦掉初玉的淚珠，又抬頭睨著顧琅予。

無計可施之下，顧琅予只能起身來回踱步，接著推開窗，讓微風吹熄身上的那股熱火。

好不容易盼來的洞房花燭夜呢？

顧琅予無奈地又飲了兩杯合巹酒，此時寧禾正輕聲哄著初玉，講故事給她聽。

半個時辰之後，寧禾終於哄睡了初玉，顧琅予大喜，趕忙喚來宮女抱走她。

「別吵醒她，今夜我跟女兒睡。」寧禾說道。

顧琅予急忙阻止。「今夜妳要跟我睡！」

初玉被抱出去之後，房內恢復了平靜，顧琅予終於得到機會脫去衣衫，欺身覆上寧禾。

他的吻密密落在她的頸項與唇上，唇齒交纏間，他只想永遠占有她的甜蜜。接著他褪去她一身嫁衣，溫熱的大掌心滿意足地在她身上遊走。

「你慢些。」

「我等不及了。」

這一刻，他已等得太久。

第五十五章　柔情密意

顧琅予的呼吸急促，雙手也相當忙碌。他們分開這麼長一段時間，甚至到了新婚之夜，他還被女兒逼得生生壓抑住慾望，實在太不人道了。

在他挺入那一瞬間，寧禾忍不住輕吟了一聲，她深深凝望著顧琅予，勾住他的脖子，主動獻吻。這個舉動為顧琅予添了柴火，他每一次衝撞，都是激烈狂野。

看到寧禾竭力克制著不喊出聲，甚至咬到嘴唇泛出血絲，顧琅予便在她耳側低低誘惑。「不要忍著。」

「外面有人在……」

「她們聽不見。」

儘管顧琅予這麼說，寧禾仍是抑制著自己。

顧琅予眸帶笑意，明知她在強忍，卻更加使力，在一波波撞擊裡，他咬住她的耳垂呵氣道：「阿禾，妳不知道我有多愛妳。」

寧禾凝視著顧琅予俊朗卻飽含情慾的面容，他那墨色的雙眸中，全都是她沈溺在激情中的模樣。

顧琅予在寧禾耳畔呵出濕熱的氣息，說道：「不要忍著，我想聽妳叫出聲……」他扶住她的纖腰，在不斷持續的進攻當中，寧禾再也抑制不住，聲聲如浪。

侍立在鳳闕宮外的宮女個個面紅耳赤。已經兩個時辰了，寢房內的嬌喘聲歇了半刻鐘又響起幾回，她們目不斜視，卻皆是面如火燒。早知道陛下獨寵皇后娘娘了，卻不料這寵愛原來這般折磨人吶……

寢房內，床幔晃動，片刻之後，顧琅予抱著寧禾嬌軟的身軀，起身下了床榻。

寧禾雙頰潮紅，鬢髮被汗水沾濕，她無力低吟。「放我下去。」

「妳想下哪去？」

「地上……」

顧琅予狡詐一笑，他扯過被褥丟在地上，將懷中的嬌軀輕輕放在上頭。

寧禾無力抵抗，她惱怒道：「我說的是放我到地上……」

「這不正是地上嗎？」他戲謔道，又俯身壓住寧禾，但他到底心疼她的嬌弱，便放輕了力道，溫柔輕撫著她的鬢髮。

在一次次撞擊中，顧琅予再度將寧禾送上雲端，她癱軟在他臂彎裡，聲聲嬌喘。寧禾羞惱地想推開身上沈重的負擔，卻發覺他的禁錮堅硬似鐵。

顧琅予笑了，咬她的耳朵說：「我還有別的招式……」

寧禾用盡全力朝他瞪去，低聲道：「你、你……」

「我什麼？」

嘆了口氣，寧禾終究服軟道：「琅予，我不要了。」

顧琅予心疼地看著寧禾肌膚上的紅印，抱起她說道：「去沐浴吧！」

他朝外面一喚，宮女連忙到門外回道：「湯池已備好，陛下還有什麼吩咐？」

「去太醫院拿點藥膏。」

宮女領命而去，雖然她一句話也沒多問，卻知道是什麼藥膏。

湯池內，熱氣氤氳下，池中的女子顯得更加嬌美動人。顧琅予望著寧禾的容顏微微失神，體內那把火再次被撩撥起來，溫熱的池水中，他的手在她身下遊走。

寧禾急得快哭出來，喃喃道：「我後悔了。」

「後悔什麼？」顧琅予朝她的頸項吻下去……

渾身顫慄之下，寧禾開口道：「後悔嫁給你。」

顧琅予一愣，動作瞬間停了下來，緊張道：「為何？」

「我這才知道你是頭狼……」

過去顧琅予雖然對寧禾動情，卻礙於她有身孕，且當時他尚未領悟到男女歡愛的真諦，現在他才明白原來與心愛之人結合美妙至極。他狠狠吸了口氣，苦笑道：「好，我克制。」

寧禾疲憊至極，最後靠在他結實的懷抱中沈沈睡去。顧琅予抱著寧禾起身，替她擦乾身上的水珠，又為她抹好了藥，才小心將她放在床榻上。

聽著耳邊傳來的淺淺呼吸聲，顧琅予擁住寧禾，覺得這或許是他此生最幸福的一夜。

侍立在外頭的宮女終於鬆了口氣。要是皇后娘娘任由陛下折騰一夜，恐怕她的腰都會斷掉吶！

然而天亮時，宮女們卻聽到裡面傳來桌椅撞擊的聲音，她們先是面面相覷，接著在呻吟聲傳入耳中後明白發生了什麼事，連忙垂下頭去。

寢房內，寧禾欲哭無淚道：「你……你放我下來！」

顧琅予抱著寧禾坐到案桌上，他濕熱的吻從她頸項一路往下滑，在他百般撩撥之下，寧禾的慾望被他勾起，輕吟出聲。

當他挺身進入時，她的嬌吟化作哭訴與求饒。「我不要了……」

「給我生個兒子。」

「你……」

「阿禾。」顧琅予停下動作，認真道：「妳說我沒陪妳感受過女兒的胎動，沒在妳生產時守護妳，這是我不對；不過那些事情都已經過去了，我會承諾妳屬於我們的未來，從今以後，我會陪著妳，陪在妳與我們的孩兒身邊。」

此時房門外忽然響起秦二有些猶豫的聲音。「陛下，該早朝了……」

「今日不早朝。」顧琅予沈聲道：「退下。」

這次顧琅予想彌補的，不只是一個大婚儀式，還有洞房花燭夜，不過此刻他真的深深戀上了這種滋味，不願放手……

七月來臨時，寧禾重新為寧一與李茱兒辦了一場婚禮。顧琅予與寧禾到寧一的府邸親自為他們主持，許貞嵐也來了京城，如今她這兩個嫡孫過得如意，她再開心不過。

唯一的遺憾是，雖然李茱兒已經恢復意識，但是她畢竟長期臥床，肌肉尚未恢復如初，暫時難以直立行走。

婚禮上，一身大紅嫁衣的李茱兒坐在輪椅上，被寧一小心翼翼地推至堂前，她坐在輪椅上行禮，高堂三拜時，寧一自始至終都俯身彎腰配合李茱兒。

李茱兒被送去新房之後，初玉鬧著要待到晚上看洞房，結果被寧禾斥責一番後帶回了皇宮。

今日的李茱兒清麗柔美，她與尋常新娘不一樣，是斜倚在床榻上的，雖然這床她已經睡了兩年多，意義卻大不相同，當房門被推開時，她一顆心微微顫動。

寧一走進房裡扶起李茱兒，用玉如意掀起她的紅蓋頭，只見她雖然久病臥床，卻依舊美得奪目。

他微微有些暈眩，趕緊轉頭看向案上的合巹酒，說道：「妳身子弱，我們不飲酒了，可好？」

「嗯。」李茱兒輕輕點頭，靦覥笑道：「我們以茶代酒吧！」

兩人喝過茶之後，寧一說道：「墨醫仙囑咐，要經常為妳按揉身體穴位與肌肉，才能儘早康復，我來幫妳吧……」

「好。」

李茱兒的脈絡雖已施針打通，但仍須刺激多處穴位，寧一為她按揉過後，面色泛紅，輕咳了一聲道：「這樣差不多可以了，那……我們睡吧！」

雖然這不是他第一次幫李茱兒按摩，然而今天是洞房花燭夜，他既尷尬又手足無措。

李茱兒也紅了雙頰，她點點頭後，寧一隨即熄燈上了床榻。

在這張床榻上，他曾日日夜夜守著她，卻從未有過半分踰矩的行為。李茱兒醒來之後便知道了一切，他去李府迎親、抱著沈睡的她拜了天地；他曾為她尋遍名醫，白了頭髮，如今她轉醒，他髮根的銀白才漸漸褪去，重染墨色。

淚水無聲淌下，他好似與她心有靈犀，在一片漆黑中伸手撫上她的面頰。

「傻丫頭，為何要哭？」

「你才是傻子呢……」

「我不傻。」寧一輕笑道：「在御花園望見妳的側顏時，我只想將那份美麗留在畫紙上；後來我驚擾了妳，望清妳的樣子時，我便知自己喜歡妳。」

雖然不過一面之緣，可她雙眸潔淨、氣質出眾，讓寧一的心動來得猝不及防。

「夫君。」李茱兒輕輕一喚，甜軟的聲音裡帶著輕顫。

為了這句夫君，寧一低頭吻住了李茱兒，待這一吻結束，李茱兒羞紅了雙頰，低聲開口問道：「我們是夫妻了嗎？」

「當然是，成了婚、拜過天地便是了。」

「我總覺得這像夢一樣，你的身分高貴，我卻是庶女……」

「再說這樣的話我便要生氣了。」

李茱兒沈默許久之後，有些哽咽地說：「我是姨娘所出，若非蘭太妃姊姊喜歡我，我不過是個任由其他姊姊使喚的丫頭，從來沒想過有一日會遇見像你對我這麼好的人……」

「身分地位算什麼？我只求能相知相守。」寧一見不得李茱兒哭，他輕聲說道：「不哭了。」

可李茱兒的眼淚卻越落越凶，寧一心疼之下俯身吻住她，纏綿的深吻中，衣衫褪盡，當兩人終於結合在一起時，李茱兒疼得咬破了嘴唇。

寧一關切地在她耳側低語。「還疼嗎？」

明明很疼，李茱兒卻答道：「不疼……」

寧一緊緊擁住她，決心用一生的柔情呵護這個他最心愛的女人。

鳳闕宮內，寧禾對坐在案桌前的初玉笑著說道：「今日還學了什麼？」

「會寫自己的名字，還會寫『帝安』了。」初玉拿著小勺子，已經會自己吃飯。

寧禾摸了摸女兒的頭說道：「甜心真乖。」

「父皇為什麼不跟我們一起吃呢？」

「父皇去整兵了，會在外面吃。」

「母后……」初玉轉著眼珠子，日光落在寧禾的肚子上，問道：「我有弟弟了嗎？」

寧禾刮了刮初玉的鼻尖，無奈道：「別整日提弟弟，母后如今就喜歡我的玉兒。」

用過晚膳後，寧禾帶初玉回玥陽宮，哄她睡下才回鳳闕宮。一踏入廳內，寧禾就對上顧琅予的視線，她說道：「回來啦。」

「女兒睡了？」

寧禾點了點頭，沒走幾步，顧琅予已上前一把攬住她的腰。他將她打橫抱起走入寢房，一上了床榻，便俯身壓向她，交纏之間，寧禾在顧琅予的腰際摸到一個錦囊，她頓時睜開眼睛，停下了動作。

顧琅予一怔，接著坐起身取下錦囊，輕笑道：「猜猜是什麼？」

「不猜。」

「猜一猜。」

「既然猜不到，幹麼猜？」

顧琅予無奈地直接拆開錦囊，取出一只白玉鐲，寧禾看到這樣東西時，微微有些失神。

「明月初回，白玉伊人。」顧琅予唇角帶笑，眼神溫柔似水，低聲道：「幼時我做的第一句詩便是這個，太傅說我的詩韻腳不押、平仄不辨，實難為美句。」

「陪伴良人臨窗眺望美景……我覺得很風雅。」寧禾凝視著顧琅予盛滿了深情的眼眸，微微一笑。

左手手腕處，又被他套上了一只白玉鐲，他像把自己的心融入了玉石中，想纏繞她一生。

兩人再度深吻起來，然而此刻寧禾喉間卻湧上一股噁心，她猛然推開顧琅予俯身乾嘔，難受至極。

顧琅予驚慌道：「是天氣太熱了嗎？」

寧禾卻是一怔。初為皇后，她每日要忙的事務相當繁雜，如今一想，她的月事已一陣子未來。

胃中又翻湧出一股不適，寧禾強壓下那個感覺，對顧琅予輕聲一笑道：「恐怕你又要當父親了。」

李複立刻被宣入鳳闕宮，診脈之後，確定寧禾有孕無誤。顧琅予歡喜地抱起寧禾在房內轉起圈來，李複連忙要他切勿激動。

待李複離去之後，顧琅予俯身在寧禾耳側輕語。「給我生個兒子。」

「你不喜歡女兒嗎？」

「喜歡，但妳要給我生個兒子，我才好把江山送他。」

「這一胎後，我不想再要孩子了。」這件事寧禾之前就想過了，卻一直沒告訴他。

顧琅予微微有些失落地問道：「為何？」

「一兒一女，還有一個你，對我來說已經足夠了。」

「好，我都聽妳的。」

這次寧禾懷孕，比上一胎的反應還要強烈，晨起的孕吐尤為明顯，加上天氣熱，她沒什麼胃口，整個人瞧起來略微消瘦。顧琅予心疼不已，一得了空就去陪她。

這一天，寧禾靠在貴妃椅上吃起了梅乾，看見初玉被阿喜牽進來，便放下手上的東西，起身去抱女兒。

初玉撲進寧禾懷中，擔心地看著她說：「母后是不是睡不好？」

寧禾慈愛地望著初玉問道：「妳擔心母后嗎？」

初玉點了點頭說：「喜姨說母后肚子裡有了弟弟，每日睡不好、吃不好。」

寧禾笑著說：「那妳喜不喜歡弟弟？」

「喜歡！」初玉雙眸飽含期待地說：「我想教他寫字、教他唸詩、教他喊娘親。」

寧禾噗哧一笑，俯身在女兒的小臉頰上親了一口說：「母后謝謝甜心。」

原本她很擔心初玉會害怕弟弟搶走父母的關愛，但是聽到初玉的話，她便放下心來。

初玉離開之後，素香稟報說蘭太妃求見，寧禾點了點頭，命素香帶她進來。

如今顧末是榮親王，雖然未有封地，但親王府卻建在京城內，比起遠赴封地，這算是相當禮遇了。

「拜見皇后娘娘。」蘭太妃雖然瘦了一些，卻不減風采。

「太妃娘娘不必多禮。」寧禾淡淡笑道：「太妃娘娘見本宮有事嗎？」

「想請皇后娘娘恩准，送我去龍昭寺。」

寧禾怔道：「這是為何？」

蘭太妃面容安詳，淺笑道：「從前我所憂甚多，如今末兒一切安穩，我已再無牽掛，就讓我去龍昭寺帶髮修行，為先帝祈福吧！」

寧禾不解地說：「雖然先帝已逝，可太妃娘娘有榮親王，若不想待在宮中，還有王府能去，後半生含飴弄孫，不是個好歸宿嗎？」

蘭太妃嘴角揚起，眼神沈浸在過往中，低聲道：「我將一生託付予他，他雖為帝王，卻很珍惜我，那些年的歡喜悲傷，怎能忘卻？」

寧禾望著面前的美麗婦人，在她那悲傷的眼眸裡瞧見了深情。先帝一生摯愛顧衍的生母敏貴妃，就算百般寵愛蘭妃，卻自始至終仍惦記著敏貴妃，臨死前也只想將帝位傳給顧衍。

世間癡者，莫過於最深情的人。

寧禾無法拒絕她的要求，蘭太妃俯身拜謝之後，便轉身離開了鳳闕宮。

三十六歲的女人，放棄與子孫同住，情願守著青燈古佛，只為了心底深處那個人。他是她的全部，可她卻只是他花叢中的一抹紅。

當帝王的女人，大多是這般結局，但是寧禾卻為自己感到慶幸，她愛的男人越來越懂她，他尊重她、捨不得她委屈傷心，如果可以的話，便事事順著她。

有夫如此，她還有什麼好奢求的？

寧禾懷孕六個月時，腹中胎動明顯，她輕笑道：「孩子又在動了。」

顧琅予連忙俯身感受胎動，他才將耳朵貼在她隆起的腹部，初玉便將她的父親擠開道：「我要聽、我要聽。」

初玉好奇地將頭靠在寧禾肚子上，卻什麼也聽不出來，她便瞅著寧禾說：「為什麼弟弟不跟我說話？」

寧禾失笑，寵溺地對女兒說道：「再等四個月，弟弟便會出來見妳了。」

懷孕七個月時，寧禾夜間牙疼得難以入睡，李複看過後說是正常現象，她只能難受得在床榻上翻來覆去。

枕邊，顧琅予長長一嘆道：「生下這個孩子之後，便別再生了。」

寧禾疑惑道：「你不是喜歡子嗣嗎？」上次提到這件事時，顧琅予雖然答應了，可寧禾見到他失落的神情，便知道他喜歡孩子。

「我不知道會令妳這般難受，若要如此，那就別生了。」

寧禾笑了笑，將頭枕在顧琅予臂彎問道：「若是女兒，你是否又會逼著我生個兒子？」

他笑著回道：「那我們就要三個孩子，等妳生下腹中的女兒，再給她們姊妹添一個弟弟。」

聞言，寧禾忍不住搥起顧琅予的胸膛，但她的手卻被他握住，嘴唇也被堵住，不過顧琅予只敢吻，不敢再有其他動作。

寧禾眸中盡是笑意。她這次有孕，他還是經常想要，可是卻只敢親親她，再不敢像她懷著初玉時那般亂來。

顧琅予抱著寧禾，體內那把火燒得越來越烈，他努力想要壓下那股慾望，可在她明媚的笑容裡，再難克制。他的大掌握住她的手，伸進被褥，一路緩緩往他身下去……

第五十六章　明月伊人

接近產期時，顧琅予經常守在寧禾身旁，然而過了李複說的產期，寧禾的肚子卻遲遲沒有動靜。

就在顧琅予等待孩子誕生時，興郡發生水災，大量難民湧入城中要求郡守幫忙，豈料在鎮壓不住的情況下，郡守竟派人對難民施暴。消息傳入京中，引起顧琅予震怒，大臣們勸他此刻應親自過去視察民情，好平息民怨。

從朝堂回到後宮，顧琅予在寧禾面前一個字也沒提，反倒是寧禾已聽何文說起，便問他。「你準備何時動身？」

「待孩子出世之後。」

「情況緊急，耽誤不得，你就先去吧！」

「不可。」顧琅予嘆道：「只怕妳這幾日就要臨盆了，妳生初玉時我沒陪在妳身邊，這次我一定得在。」

「之前我對你說的是氣話，國事要緊，說不定待你處理妥當回來後，正巧趕上孩子出世啊！」

其實寧禾說這些只是安慰顧琅予而已。雖然興郡離京城來回只需要兩日，但是誰能料定孩子不會在這段時間內降生？

顧琅予仍想拒絕，卻被寧禾阻止，他只得承諾。「我立刻趕去，處理好便回來。」

晚上，初玉嚷著要跟娘親睡在一起，後半夜寧禾口渴，正想推醒身邊的人幫她，這才憶起顧琅予已不在宮內。寧禾怕吵醒初玉，小心地爬下床，誰知卻一腳踩滑，摔倒在地。

還來不及喊痛，肚子就傳來一陣抽搐感，寧禾倒抽一口氣，吃力地喚道：「阿喜——」

阿喜在顧琅予離宮之後便守在偏廳，她聽到叫聲，連忙命人亮起燭火，差人去請李複。

李複驚聞寧禾摔倒在地，檢查之後臉色一變，沈聲囑咐藥僮道：「蒲黃六錢、仙鶴草三兩，快去熬藥，再拿人參來！」

床榻上，寧禾唇色蒼白，下腹的疼痛與第一次臨盆時的痛楚不太一樣，每抽搐一下，就像牽扯她全身的神經似的，讓她連呼吸都困難起來。

寧禾顫著聲音問道：「孩子沒事吧？」

「皇后娘娘別說話，由於摔倒在地，似有血崩之象，此時別用力氣。」

聽到李複說的話，寧禾幾乎暈過去。為什麼第一次早產，第二次疑似血崩？古代產子，當真是在鬼門關前走一遭！

鳳闕宮外，李複沈聲對何文說道：「下官認為需要請示陛下，看是保大人還是保腹中龍嗣。」

何文低聲道：「你力保皇后娘娘鳳體安康，我去請陛下回宮。」

李複點點頭，面色凝重。方才他對寧禾說的話其實避重就輕，她這一摔可能導致血崩不說，還讓胎兒移位了，如今頭部在上，是難產！

顧琅予到了興郡沒多久，正要登上城樓巡視，身後便傳來士兵的急報。

「陛下，何大人求見——」

顧琅予心頭一緊。朝中並無要務，何文來到這個地方，只有一個原因。

外面仍下著雨，何文疾步上了城樓，來不及行禮便道：「陛下，皇后娘娘難產！」

「怎麼會難產?!」顧琅予聲音顫抖。「她怎麼樣了？」

「李複請陛下做決定，是保大人還是……」

「當然是保皇后！」說著，顧琅予轉頭奔下城樓，丟下一句話。「你留在這裡。」

他奔入雨中策馬疾馳，朝京城而去。

鳳闕宮內，在陣陣疼痛襲擊之下，寧禾終於在李複與穩婆的手足無措間察覺到不對勁，在她逼問之下，李複才道出實情。

寧禾瞬間失神，所有的思緒都被抽空。胎兒移位，頭部在上……就算是擱在現代，也只能剖腹產。

她顫聲問道：「有沒有可能平安生下孩子？」雖然知道不太可能，她還是想問。

「這……眼下這個狀況，皇后娘娘與腹中龍嗣皆有性命之虞。」

初玉聽見寧禾時不時發出的痛呼，在寢房外急得大哭，女兒的哭聲讓寧禾心頭一痛。生初玉時，她只覺得自己快要死了，如今她竟連累了腹中的孩子！

她心一橫，忍著痛說道：「剖腹取子，李太醫敢嗎？」說出這句話時，寧禾早已準備好不要自己的命了。

李複驚道：「下官曾聽前輩提起，卻從未親眼見識過。」

寧禾強忍著痛楚，堅決道：「召集所有太醫，準備替本宮剖腹取子！」

「皇后娘娘……」

「這是命令。」

李複別無他法，只得說道：「請皇后娘娘聽下官一言。如今胎兒在腹中尚且能挨到明日，皇后娘娘可否待陛下回宮後再行定奪？」

寧禾望著帳頂，緩緩點了點頭。她還想見到他，再多看他一眼，這一刻，她覺得自己的穿越之行即將走到盡頭。

緩緩閉上眼睛，寧禾雖然疼痛不已，卻疲憊地睡去。她依稀感覺到腹中的孩子在動，掙扎著想要從她身體裡出來，朦朧中，她聽見女兒大哭，還有那熟悉的腳步聲……抬起沈重的眼皮，她看到了最想見的人。

顧琅予渾身已被雨水淋濕，他大步跨入產房，俯身在床沿蹲下。雨水從他臉上滑下，落在她的臉頰上，他連忙伸手想為她擦掉，可他手上也有雨水，反倒將她的臉弄得更濕。

此刻，顧琅予眸中有淚花閃爍，他哽咽道：「這個孩子我們不要了。」

寧禾搖了搖頭說：「不行，我要生下他。」

「不能生，我們不要了。」

「我是他的母親，他的性命我有權做主。」
「如果他來到世上只是為了從我身邊奪走妳，我顧琅予不要他！」
寧禾偏過頭去不再看他，只道：「讓李複進來，我決定剖腹取子。」
顧琅予暴怒道：「妳瘋了！」他對著在房門外跪候的太醫們大吼。「都滾出去——」
接著他沈聲召來李複道：「馬上將胎兒打掉！」
寧禾用盡力氣握住顧琅予的手說：「他是你的孩子啊，你不要傷害他……」
李複連忙打斷他們兩個的爭執，說道：「陛下，使不得。」
他知道這是顧琅予不懂醫理，情緒失控之下的胡言亂語，他稟道：「即將臨盆的產婦不能再打胎了，請陛下讓穩婆試試看調整胎位吧！」
顧琅予輕撫著寧禾的面頰，不捨地起身讓出地方。穩婆領命來為寧禾挪胎位，這個過程並不好受，然而寧禾卻咬牙死撐。
過了一會兒，穩婆欣喜道：「胎位似乎已正！」
聽到穩婆這麼說，李複凝神為寧禾診脈，再摸了摸她隆起的腹部，接著喚來其他太醫確認過後，眾人便跪地俯首道：「皇后娘娘福大，胎位已正！」
顧琅予大喜，難以置信地問道：「你們肯定？皇后與龍嗣無礙？」
「陛下，胎位已正，皇后娘娘也未再出血，但如今胎兒動靜稍緩，下官們商議之後，建議讓皇后娘娘服下催產藥，否則極易再生枝節。」李複說道。
寧禾流下喜悅的淚水，連忙點頭。她怕，怕這個方才變換了位置的孩子又胡鬧。

在寧禾喝下催產藥之後，顧琅予與太醫們被穩婆請出了產房。他在門外候著，聽著裡面傳來的陣陣痛呼，來回踱步。秦二勸他去換下濕衣服，他也不肯。

過了一陣子，寧禾那撕心裂肺的呼喊聲，終於讓顧琅予忍不住奔入產房，撲在她身前握住她緊拽著床單的手。

寧禾的臉色蒼白如紙，汗水大顆滑落，顧琅予不住地為她擦汗，輕聲低喃。「阿禾，是我的錯，是我不好，如果知道生孩子這般辛苦，我絕不會讓妳再懷上孩子……」

心底的痛楚化作熱淚湧上眼眶，眨眼之間，淚水倏然滑落。顧琅予的熱淚落到寧禾的頸項上，她凝眸望著他，投去一個虛弱的微笑。

當外面的大雨停歇時，產房內爆出嬰兒洪亮的啼哭聲。穩婆剪斷臍帶，抱著嬰兒，歡喜地朝顧琅予下跪叩首。

「恭喜陛下喜得龍子——」

顧琅予激動的模樣映入寧禾的眼簾，吁了口氣後，她終於無力地閉上了眼。

「阿禾……」顧琅予驚呼。

「陛下，皇后娘娘是生產疲累所致，陛下讓皇后娘娘好好睡一覺，醒來便好了。」穩婆說道。

顧琅予點了點頭，他將嬰兒抱在手上，望著他皺巴巴的小臉，歡喜得流出淚來，他朗聲大笑道：「朕的皇長子，即是太子！」

皇子降生，興郡大雨驟停，烈日破雲而出，洪水退，天災平。顧琅予大赦天下，頒旨冊封太子。

當太陽下山，暮色降臨時，鳳闕宮仍是靜悄悄的。

初玉被阿喜牽進產房，她瞅著在床榻上閉目沈睡的寧禾，不敢出聲打擾，走出產房之後，初玉才有些落寞地問阿喜。「母后為什麼還不醒？」

阿喜安撫初玉道：「皇后娘娘太累了，要再睡一會兒，我們去看太子殿下吧！」

初玉點著頭。弟弟如今暫時被安置在她的玥陽宮裡，所以她天天都能陪他玩。回宮之後，初玉托腮伏在搖床前，望著裡面的小娃娃。

她忽然有些擔心地問道：「父皇以後會不會只疼弟弟，不疼我了？」

阿喜搖頭輕笑道：「不會的，陛下最喜歡公主殿下了。」

初玉伸出手指頭戳了戳弟弟紅紅的小臉，瞧著這小小的娃娃，不由得直笑。

鳳闕宮內，顧琅予望著沈睡中的寧禾，擔憂地回頭問李複。「為何皇后還沒醒？」

「陛下，生產本就是極耗體力的事，皇后娘娘睡得久也是常事。」

「下去吧！」顧琅予守著寧禾，寸步不離。

寧禾雖然睡著了，卻一直蹙著眉頭。顧琅予撫上她那略顯蒼白的面頰，不敢眨眼，躺到她身旁守了一整夜。

隔日早朝結束後，顧琅予匆匆進入鳳闕宮，他見寧禾還未醒來，心中的擔憂越來越濃，可太醫個個都說這很平常，並無大礙。就這樣守到第三日，顧琅予終於在李複的疑惑與無法回答中動怒。

「皇后今日再不醒，你們也都別睡了！」他大吼道。

包括李複在內的太醫全撲通跪地，一個個大氣都不敢喘一下。

第四日，寧禾仍舊沈睡；第五日，顧琅予暴跳如雷，然而不管是灌藥還是施針，寧禾都沒醒來。她一直閉著雙眸，對周遭的動靜沒有反應，連呼吸都淺薄若無。

顧琅予握緊寧禾的手，這才發覺她渾身發涼，他不禁顫抖起來，一個恐怖的想法竄入腦袋。「阿禾……妳是在嚇我？」

他喚來太醫，可不論怎麼做，寧禾仍舊面白如紙，無法轉醒。

顧琅予不再相信太醫的話，他請來龍昭寺的住持弘淨大師為寧禾祈福，可弘淨大師一看到她就說：「皇后娘娘已無魂矣。」

「無魂？」顧琅予不敢相信自己的耳朵聽到的。

弘淨大師嘆道：「皇后娘娘的魂不在此，待失魂七日，便再無轉醒的可能。」

失魂七日就醒不來？她這副模樣已經過五日了！

顧琅予顫聲要弘淨大師為寧禾祈福，又命太醫全力施救，不放棄一絲可能。

在整座皇宮安靜得如同一座死城時，寧一帶著墨醫仙匆匆入宮。顧琅予將所有的期盼都放到這個一身仙氣的女子身上，他無助道：「墨醫仙若能救回皇后，朕願奉上半壁江山。」

墨醫仙細細診脈後，微微一嘆。「我沒有辦法救她。」

「連妳都救不了她？」顧琅予的眼神失焦，似乎失去了希望。

「她的身體已經好轉，但是魂卻不在此，無法可救。」

「怎麼會這樣……」顧琅予無神地問道。

墨醫仙望了望其他人，又看向顧琅予，他會過意來，連忙沈聲喝退其他人。

待房內只剩下她、顧琅予與寧禾時，墨醫仙便開口說道：「她心裡藏著一個秘密。」

「什麼秘密？」

「她並非這裡的人，她的世界在天之外，既然魂不在此，便沒有挽救的方法。」

顧琅予整個人僵住，他的嘴唇毫無血色，喃喃道：「妳說什麼？」

他的皇后，不是這裡的寧禾，是另一個世界裡的寧禾。眼前這個女子說，她走了，魂魄回到另一個世界去了。

她走了，不留戀他，不看孩子一眼，就這樣走了。

寧禾睜開眼時，只見一片雪白的景象，急診室內，她看到自己被蓋上白布，楊許趴在病床前痛哭。

他哭得逼真，淚水落在她的臉頰上；他哭得嗓音嘶啞，還口口聲聲說著「對不起」。

寧禾也哭，她變得透明，站在病床前，望著已經逝去的那個自己。她像縷遊魂，飄蕩在不屬於自己的空間裡。

就在寧禾無助徬徨時，耳側忽然響起顧琅予的聲音，他咆哮著。「阿禾，妳回來吧！」

她很想回去，可惜找不到路；她在以前住的房子裡閒晃；她的商鋪全被楊許改裝，變得陌生。

她聽見顧琅予的聲音遠遠地傳來。「我在用我的血燒追魂香，香要滅了，妳想讓我把血流乾嗎？」

她苦笑，想斥責他的迷信，可是她卻無能為力，她兜兜轉轉，似乎總在一個白茫茫的圈子裡，走不出去，也喊不出聲來。

她聽見他在咆哮。「寧禾，妳給我起來！」

他又哭道：「若妳不回來，我便去尋妳，妳是想讓我變成魂魄去找妳，還是妳立刻回來?!」

她急了，大呼「不要」後猛然坐起身，一睜開眼，就是顧琅予狂喜的臉龐，他一把將她摟入懷中，勒得她快要喘不過氣。

「妳去哪了？」他問。

寧禾輕輕一笑，淚水卻滑出眼眶，輕聲道：「到處飄蕩，像縷遊魂。」

「這裡是家。」顧琅予深深凝望著她說：「若妳走丟了，不管天涯海角，還是人間地獄，我都去尋妳回來。」

「你不怕嗎？」寧禾有些遲疑地說。

在顧琅予了然的眸光裡，她忽然明白，他知道了，知道她並非真正的寧禾。

「怕什麼？我只怕妳又跑了。」

寧禾噗哧一笑說道：「可我原先沒這麼漂亮。」

「妳原本很醜嗎？」顧琅予好奇地問道。

她連忙搖頭道：「不醜，走在街上，還有大學生跟我要Line呢！」

他雖然聽不太懂，卻笑著說：「去學作畫，將妳從前的樣子畫給我看。」

她抿起笑說：「你教我。」

「好。」

「前一世，我曾愛過別人。」想了想，寧禾決定告訴他。

他有些心酸地說：「所以我要懲罰妳，罰妳這一世、下一世都只能愛我。」

她微微一笑。

他問道：「所以我的第一次不是跟妳，而是跟那個寧禾？」

她點了點頭。

他嘆道：「那我們扯平了。」

她笑著說：「誰說扯平了，你害我失貞，臭名遠播。」

「妳不知道，在妳昏睡這幾日，盉州百姓說要在曲水河畔建女郡守石像，為妳添福。」

「原來他們不討厭我了。」

「沒人討厭妳，妳是母儀天下的皇后，這一世有我護著妳……」

她問道：「我到底睡了多久？」

「總共睡了七日。」

「孩子們呢？」

他眉眼含笑道：「都睡了。」

「月圓了？」她看向窗外，輕聲問道。

他微微頷首。

「帶我去看月亮。」

他抱起她，坐在鳳闕宮寬大的落地雕窗前，高大挺拔的背影與嬌弱纖細的倩影相依相偎。她將頭靠在他寬厚的肩膀上，與他十指相扣，她遠眺著夜空中高懸的滿月，緩緩綻開幸福的微笑。

「上一世，父母過世得早，我特別渴望親情，想要一個家，想當個好娘親。」

「不管妳上一世如何，這一世有我寵妳。」

她笑著說：「寵上天嗎？」

「妳說如何，就是如何。」

雕花窗外，晚風湧動。靜謐美好的月光，拉長了他們依偎的身影。

他深深望著她嬌美的容顏，擁緊她問道：「冷嗎？」

她遙望窗外的夜色，笑得輕柔。「有你在，很溫暖。」

伊人如玉，明月終回。

——全書完

2018年1月出版

偏愛俏郡守

文創風 594~595

不是說嫁不嫁隨她嗎，怎麼這麼快就打臉了？
那個自以為是的皇子，真是讓人恨得牙癢癢的……
好啊，就看看誰有本事吧，她非得讓他跪地求饒不可！

文思獨具　抒情寫手／卿心

一場精心策劃的謀殺，讓寧禾穿越成為安榮府的嫡孫女，
正當她打算接掌家裡的產業，好當個小富婆時，
皇上居然下了道聖旨，要她嫁給那個老是用鼻孔看人的皇子……
行，為了家族上上下下幾百條人命，她能忍辱負重出嫁，
但是可別以為這樣就能讓她低頭屈服、乖乖聽話！
一個小小的意外，讓寧禾掌握了天大的祕密，
也使她得以與顧琅予進行交易，只要幫助他達成心願，
她就能重獲自由，再也不用看旁人的臉色過日子！
誰知，一條不起眼的線索，竟在轉瞬間讓他們的命運緊緊相繫，
當分別的時刻到來，她真能瀟灑離去，不帶走一片雲彩嗎？

2017年12月出版

財神嫁臨

文創風 590～593

對他而言，大多事情都是無所謂的，
食物只要能填飽肚子就好，他反正嚐不出美不美味；
衣服能穿即可，有沒有補丁、別人笑不笑話，他都無感。
至於成親嘛，娶誰不是娶呢？
儘管這場意外打亂了他原先的計劃，他還是願意承擔責任……

結髮為夫妻　恩愛兩不疑／初靈

若問誰是周家阿奶心中的好乖乖、金疙瘩，絕非周芸芸莫屬，
至於其他兒孫們，對阿奶來說，那就是一幫子蠢貨！
說起來，這都得歸功於小時候阿奶揹著她上山打豬草時，
她不小心從背簍裡跌了出來，然後正好摔在一顆大蘿蔔上，
待阿奶回身想將她撈起來時，卻發現她抱著蘿蔔，死活不肯撒手，
沒奈何，阿奶只得連人帶蘿蔔一道兒打包帶走，
回頭才曉得那根本是人參不是蘿蔔啊，還足足賣了二百兩銀子呢！
要知道，莊稼人看天吃飯，一年能攢下十兩都是老天開眼了。
若只一次也就算了，偏這樣的事情陸續又發生了好幾回，
所以說，阿奶只差沒將她供起來，早晚三炷香地拜了，
從此以後，她在周家簡直就是要風得風、要雨得雨，
這不，就連她從山上帶了頭猛獸回家養，阿奶都沒二話，
甚至還親親熱熱地喊牠「乖孫子」，因為牠會不時進貢免錢的獵物，
當然，她本人也不是個吃白食的，提供了無數個讓阿奶賺錢的主意，
只可憐家中大大小小的人得從早忙到晚，一刻不得閒哪……
幸好她是穿成了這個周芸芸啊，起碼往後在古代的日子裡有人罩著啦！

2017年12月出版

天定良緣

文創風 586～589

少時的傾心與諾言，終於讓她站在他身邊，
她知道他是愛她的，如同她愛他那樣，
可她不知道的是，那些恩愛與纏綿竟會成為她的惡夢……

渺渺浮生，訴不盡的兩世情深／水暖

陸婉兮一直視凌淵如命，到頭來反而教他要了命。
曾經有多愛，就有多恨，恨到她縱身而下，落入冰冷的湖裡——
可上天似是不想讓她就此委屈了結，她醒來後竟成了臨安洛家四姑娘洛婉兮！
同為「婉兮」，命運卻是天堂與凡間，
前世她是陸國公府家的掌上明珠，活得恣意灑脫，說風是風；
這世她父母雙亡，和幼弟相依為命，好在還有洛老夫人庇蔭。
她日子過得安分守己，小時訂了個不錯的娃娃親，
豈知自家堂姊和未婚夫暗通款曲，還想方設法要毀她名譽！
幾番暗害又所遇非人，加上前世婚姻賠上了命，她對嫁人早已不期不待，
只是這頭好不容易解決了糟心事，年邁的祖母卻被氣病了身子，
她深知帶祖母上京醫病是最妥善的路，可那裡埋藏她曾經的愛恨與悲歡，
有她思念之人，亦有她憎惡之人，
她有預感，這一上京，勢必會掀起連她也無法預知的駭浪……

2017年11月出版

龍鳳無雙

文創風583～585

常言道：「不是冤家不聚頭」，
此番招惹了那金尊玉貴的人，
她之後還有好日子過嘛……

故事千迴轉，情意扣心弦／池上早夏

納蘭崢心裡藏著一個秘密。
七年前她莫名被害，丟了性命，卻沒丟掉前世的回憶，
如今再世為魏國公府四小姐，她步步為營，不忘查探當年真凶。
她天資聰穎，胞弟卻資質平平，為替他謀個似錦前程，
她研習兵法，教授胞弟，豈知她在這頭忙，另一頭竟有個少年慫恿弟弟蹺課！
她納蘭崢可不是那種不吭聲的良家婦女，她與少年結下了梁子，
可說也奇怪，這少年一副睥睨姿態，竟說自己是當朝皇太孫——而他還真的是！
她自知惹上不該惹的人物，豈料這誤打誤撞，反倒讓她被天家惦記上了?!
湛明珩貴為皇太孫，什麼窈窕貴女沒見過，卻偏偏被一個女娃擺了一道！
閨閣小姐學的是溫良恭儉讓，她學的是巾幗不讓鬚眉，
一口伶牙俐齒，總能教他啞巴吃黃連。
想他平時說風是風，說雨是雨，如今卻拿捏不住一個女子，
說出去豈不被人笑話？他非要讓她瞧瞧厲害不可！
怎知他算盤打得叮噹響，還沒給她一個教訓，心就被她拐了去……

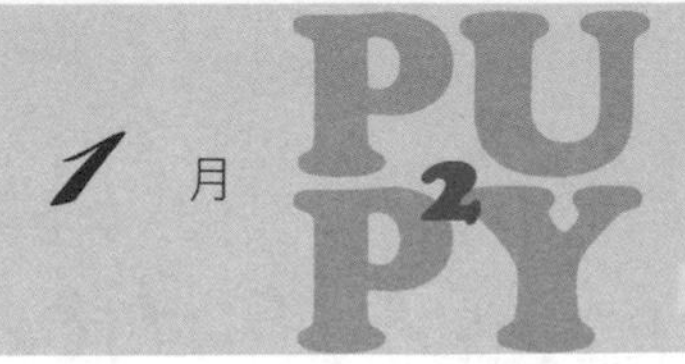

揭開幸福序幕

愛與不愛，有千百個理由，
結婚，卻只有一種祝福——
要恩恩愛愛牽手一輩子喔！
祝福天下有情人終成眷屬，
更願世間眷屬皆是有情人……

NO／511

看誰先結婚 著 路可可

雷鎮宇和夏小羽，兩人名字很搭，談起戀愛也口味超合！
偏偏——她有理由一定要嫁，他很堅持維持現狀更好，
於是兩人開始為了「相親」而槓上——看誰先結婚！

NO／512

結婚好福氣 著 陶樂思

他和她秘密協議，婚後雙方都保有自由、互不干涉！
誰知朝夕相處後，他發現她迷人到讓他心癢難耐，
只想拋開見鬼的婚前協議，再把她拐上床吃乾抹淨……

NO／513

結婚敢不敢 著 香奈兒

說起戀愛對象，一絲不苟的易予翔從不在萬棠馨的名單裡，
偏偏他倆總是很「有緣」，那烏龍般的初吻就別提了，
現在連結婚都要綁在一起，未免太「慘絕人寰」了吧?!

NO／514

醉後成婚 著 艾蜜莉

向來安分守己的徐嫚嫚，可以說是乖寶寶的代言人，
從小到大沒出過什麼亂子，就連違規罰單也沒收過，
沒想到一出錯就來大的，她竟被人「抓姦在床」?!

2018.1/21 萊爾富．幸福小站 單本49元

595

偏愛俏郡守 下

國家圖書館出版品預行編目資料

偏愛俏郡守 / 卿心著. --
初版. -- 臺北市 : 狗屋, 2018.01
冊 ; 公分. --（文創風）
ISBN 978-986-328-816-9（下冊：平裝）. --

857.7　　106021471

著作者　卿心
編輯　連宓均
校對　沈毓萍　簡郁珊
發行所　狗屋出版社有限公司
地址　台北市104中山區龍江路71巷15號1樓
電話　02-2776-5889～0
發行字號　局版台業字845號
法律顧問　蕭雄淋律師
總經銷　知遠文化事業有限公司
電話　02-2664-8800
初版　2018年1月
國際書碼　ISBN-13　978-986-328-816-9

本著作物由北京晉江原創網絡科技有限公司授權出版

定價250元
狗屋劃撥帳號：19001626
網址：love.doghouse.com.tw　E-mail：love@doghouse.com.tw